百部红色经典

地雷阵

邵子南 著

北京联合出版公司
Beijing United Publishing Co.,Ltd.

图书在版编目（CIP）数据

地雷阵 / 邵子南著. -- 北京：北京联合出版公司，
2021.4（2023.7重印）
（百部红色经典）
ISBN 978-7-5596-4923-2

Ⅰ.①地… Ⅱ.①邵… Ⅲ.①短篇小说—小说集—中
国—现代 Ⅳ.①I246.7

中国版本图书馆CIP数据核字(2021)第011753号

地雷阵

作　　者：邵子南
出 品 人：赵红仕
责任编辑：李　伟
封面设计：王　鑫

北京联合出版公司出版
（北京市西城区德外大街83号楼9层 100088）
北京新华先锋出版科技有限公司发行
三河市宏达印刷有限公司印刷　新华书店经销
字数207千字　787毫米×1092毫米　1/16　14印张
2021年4月第1版　2023年7月第2次印刷
ISBN 978-7-5596-4923-2
定价：49.00元

出版前言

为庆祝中国共产党成立100周年，全面展现中国共产党成立以来中华民族辉煌的发展历程、取得的伟大成就和宝贵经验，集中体现中华民族的文化创造力和生命力，北京联合出版公司策划了"百部红色经典"系列丛书，希望以文学的形式唱响礼赞新中国、奋斗新时代的昂扬旋律。

本套丛书收录了近一百年来，描绘我国人民在中国共产党的领导下艰苦奋斗、开拓创新、改革开放的壮美画卷，充分展现我国社会全方位变革、反映社会现实和人民主体地位、弘扬社会主义核心价值观、讴歌中华民族伟大复兴中国梦的100部文学经典力作。

本套丛书汇集了知侠、梁晓声、老舍、李心田、李广田、王愿坚、马烽、赵树理、孙犁、冯志、杨朔、刘白羽、浩然、李劼人、高云览、邱勋、靳以、韩少功、周梅森、石钟山等近百位具有代表性的中国现当代著名作家。入选作品中，有国民革命时期探索革命道路的《革命的信仰》《中国向何处去》，有描写抗日战争的《铁道游击队》《敌后武工队》《风云初记》《苦菜花》，有描绘解放战争历史画卷的《红嫂》《走向胜利》《新儿女英雄续传》，有展现新中国建设历程的《三里湾》《沸腾的群山》《激情燃烧的岁月》，有寻找和重建民族文化自信的《四面八方》，也有改革开放后反映中国社会现状、探索中国道路的《中国制造》，同时还收录了展现革命英雄人物光辉事迹的《刘胡兰传》《焦裕禄》《雷锋日记》等。

本套丛书讲述了丰富多样的中国故事，塑造了一大批深入人心的中国形象，奏响了昂扬奋进的中国旋律。这些经历了时间检验的文学作品，在艺术表现形式、文学叙述方式和创作技巧等方面都具有开拓性和创造性，作品的质量、品位、风格、内涵等方面都具有很高的水准，都是有筋骨、有道德、有温度的优秀作品，很多作家的作品都曾荣获"五个一工程奖""茅盾文学奖""鲁迅文学奖""国家图书奖"等奖项。

为将该套丛书打造成为集思想性、艺术性、时代性为一体，展现新时代文学艺术发展新风貌的精品图书，北京联合出版公司成立了由出版界、文学艺术界的资深专家和学者组成的编辑委员会。他们从文学作品的历史价值、文学价值、学术价值、现实意义等维度对作品进行了深入细致的研读和筛选，吸收并借鉴了广大读者的意见与建议，对入选作品进行深入细致的分析与综合评定，努力将"百部红色经典"系列丛书打造成为政治性、思想性和艺术性和谐统一的优秀读物，向伟大的中国共产党成立100周年这一光荣的日子献礼！

目　录

地雷阵[1]

地雷象个大西瓜，
翻开地皮埋上它；
浇上了鬼子的血和肉，
让它开一朵大红花！

这是晋察冀[2]民兵唱的"地雷歌"。多少民兵都学会了埋这玩意儿——抱着大大小小的"西瓜"，口里不言语，心里笑眯眯的。这"西瓜"是铁的，里面还有火药，"西瓜"藤子又十分细。你要触动了"西瓜"藤啦，就请你扭一下秧歌舞，跌倒地下，不拉你，你再也莫想起来，起来还得进棺材。这号铁皮药馅"西瓜"，大的要几个人抬，小的一个人能拿上三五个。

一九四三年春天，日本鬼子已经吃亏吃够了，怕了地雷，写信给武装

---

[1] 本书收录的作品均为邵子南的代表作。其作品在字词使用和语言表达等方面均具有鲜明的时代特色。此次出版，根据作者早期版本进行编校，文字尽量保留原貌，编者基本不做更动。

[2] 晋察冀：分别是山西、察哈尔、河北的简称。晋察冀边区是抗日战争时期中国共产党所领导的抗日民主根据地之一。

部讲条件。武装部不跟他讲条件，却说："你来吧，不会嫌少的，够你吃的啦！"

瞧吧，日本鬼子走大道，大道寸步难行；走小道，小道的雷也响得一样的厉害。他就只有窜啦，在麦苗上窜，在水里头拖着那双牛皮靴蹄子窜——就没有走的样儿，只好叫他是"窜"嘛——慢慢地，麦苗、水边也会咬人啦。日本鬼子看好地形，说是："好架机关枪啦！"扛着机关枪上山头，一架，"轰！"连机关枪带人飞上去又跌下来，枪使不得，人也使不得啦。日本鬼子进村也好，走道儿也好，学会了画圈圈，还压上"小心地雷"的纸条儿。一个村，他可以画上百十个圈圈。圈来圈去，还是走不得，动不得，挪不开脚步，一碰就响。爆炸手们都知道：

> 管你骑马坐轿，
> 管你费尽心机；
> 我要埋上地雷，
> 你就寸步难移。

可是，出了李勇，地雷战那才算得更有声有色。

李勇是阜平五丈湾人氏，从小就跟着父亲养种着不大点子不打粮食的嘎咕地 [1]，吃着多半树叶，少半粮食。长到抗战开始，是个又黄又瘦，个子不高的少年。

他一看见八路军，就嚷着要当兵去，父亲把他关起来，他钻了一个空子，总算溜出来了。骗着八路军，说是："跟老的说好了的。"穿上一身崭新的黄军装，坐也不是，立也不是，催着出发。

队伍就不出发，慢慢地做饭吃，吃了还睡觉。他就巴望着他父亲不要寻到他那儿来。昏头昏脑，寻到随便哪儿去也好！不敢到八路军来也好！

究竟年轻，没想到大人寻人的本事。突然，父亲站在他跟前。他要溜

---

[1] 嘎咕：阜平方言，表示坏的意思；嘎咕地即坏地、不利于庄稼生长的土地。

出去，父亲拦住大门，一巴掌就把他打了个跌。给硬逼着脱军装，李勇直哇哇啼哭。军装脱下来，军装又拿走了。穿上便衣，一下子就给满身大汗闹湿了。又给硬逼着走。

走一路，他哭了一路。见着庄稼地他就钻。钻进去又给抓出来；走不了几步，又钻。走完二十几里地回到了家，爷儿俩都累得不成样子。他直嚎了一夜，第二天又不吃饭。

"虎毒不吃儿"，当老的跟他妥协啦。尽向他说好的，把他制住了。他也休想再能跑出去了。

很快，他成了共产党员。他一直都是青年们的头儿。谁受了欺负，找上了李勇，只要李勇一吆喝，青年们都一窝蜂跟了去，那是"天不怕，地不怕"！他性子又急，象干透了的劈柴，一点就着火，一着就没完。共产党在五丈湾，使得穷小子、娃娃、妇女都能说话，能办事；那李勇还不是"鱼儿见水，龙归大海"吗？入了党，他自个儿整整乐了好几天，就走路也唱唱打打的了。

人们说："这娃娃拾了好东西，发财了吧？"

一阵快乐劲过去，李勇说话象个大人了，正正经经问起村里的事来。

后来，人们选了他当抗先队[1]队长。组织民兵，他当了武委会[2]主任，又改任中队长。他凭着积极、勇敢、心眼灵，学会了使枪、使雷。在使枪上，虽不说百发百中，却也打得不差码子；在使雷上，他能够在平光水滑的打麦场上，把地雷埋上，无踪无影，好爆炸手也找不出来。各种地雷阵、游击战、麻雀战，更是头头是道。

只是在一次反"扫荡"里，父亲被日本鬼子杀死了。"生要见人，死要见尸！"李勇找了两天一夜，找着了，他也昏倒过去了。醒转来，他成了他娘、他妹、他弟弟的当家人，还不到二十岁。把父亲埋了，眼见得生活更加困难，闷了几天，就拾掇出一副担子，找好秤，和乡亲们凑出几个

---

[1] 抗先队：青年抗日先锋队的简称。

[2] 武委会：人民武装委员会的简称。

本钱，到四外赶集，卖粉面去。

一九四三年，五月十一日，他挑着担子，到邓家店赶集。忽听见一人叫他："李勇！"

他抬头见是区里大队长，就说："下乡呀？"

大队长说："下乡！日本鬼子来啦！奔袭我们阜平。"就把情况儿告诉他，还说："可能打你们村过，地雷，你们得准备嘞！"

李勇顺口就说："那我就回去吧！"

大队长点了点头，又说："雷要响得了呀！"

李勇说："说的。"把担子放下了。

大队长说："你这担子？"

李勇说："不要紧，我交给个熟人好了！"

一回头，看见个空手熟人，把担子交代清楚，李勇撒开腿，一个跑步去了。大队长看着，暗自说："哼，我还以为他要埋怨情况儿变化得怪呢！这小子，就是利索！"

回到村里，把民兵掌握起来，李勇到五丈湾附近，看好日本鬼子要走的道儿，仔仔细细地布置了个地雷阵，专等日本鬼子到来。正是：

鬼子来，

就把地雷埋！

管教他，

来了就倒下，

倒下就起不来！

这一天，日本鬼子没来。第二天，五月十二日早晨，是一个阴天。日本鬼子从那长满枣树、榆树、槐树，绿荫荫的道儿上露头了。枣儿花香，露水重，片片叶儿下垂，十分好的去处。日本鬼子在那儿露头，欢喜死了伏在北边小坡上的李勇和他的游击组、爆炸组。

眼睁睁看见日本鬼子朝地雷阵走去，李勇气也不出啦，众人一二十只眼睛也都是看定一个方向。日本鬼子进了地雷阵，一个进去了，又一个进去了，再一个进去了……李勇他们就等着地雷响。那聚精会神的神情呀，真是：

耳不旁听，
目不旁视；
忘了自己，
忘了旁人！

什么都不想了！千种聪明，万种本事，全丢开了！只干一件事："注意！"这种情境，打惯游击的老乡都知道。这么趴着，趴一天半天，真只当一会儿事，不饿不冷，太阳晒着不热，不撒尿，不拉屎，说他傻不是傻，说他痴不是痴；头儿仰着，嘴儿闭着，脸上皮肉死，就是眼睛向前直视；谁的手动一动，众人心头麻烦死；风儿不吹，鸟儿不叫——呀，太阳早偏了西。

他们等着地雷响，地雷不响，日本鬼子一个一个擦着地雷边过去了。过一个，李勇脸上变一种颜色。连过三个，李勇脸黑了。这个黑法，好比乌云堆满了天，好比那无底洞儿黑沉沉，好比那黑夜只等电闪光。

诸位，地雷厉害是厉害，就有这个缺点：踩不着，它不响。一条宽宽的道儿上，哪有那么容易，就端端踩着！就再窄的道儿，也有脚前脚后，也没有非踩着不可的道理。我们有好多的地雷阵就这样白糟蹋了。这才急死人呀！谁也没想出好法子过。

好一个李勇，灵机一转："他不踩地雷，我得叫他踩！拿枪打，怕他不乱；乱了，怕他不踩！"心里这么想，拿出大枪瞄。回头轻声向众人说：

"打！"

众人说：

"打不得！"

"不敢暴露目标！"

"不打，他不踩地雷！"李勇说着就是一枪。

那一枪，好比鹞子扑小鸡，好比长江归大海，枪子直落到头前那个日本鬼子的头上。李勇头一抬，还说：

"走，走那么快干什么？"

日本鬼子这边顿时一阵大乱，前拥后挤，这个的枪碰着那个的脑袋，前面的手拐撞坏了后面的眼睛，头儿还得东张西望，脚下又要赶奔前程。天崩地塌般一声响，一股蓝烟升起，尘土飞扬——雷响了。这下子，红的白的闹了一地，好象日本鬼子卖豆花，担子翻了；长腿、短胳膊、脑袋、烂皮、碎肉，摆了遍地，好象日本鬼子在开人肉作坊；军帽、军衣，飞上树梢，枪筒、子弹，摆了一地，好象日本鬼子在开杂货铺。

这边闹成一团，且慢些说。

那边李勇的脸，早变了颜色，好比那日出乌云散，好比那雪地梅花开，好比那闷热天气下大雨，好比那黑夜森林着了火。李勇红着面孔，忍不住，急说：

"打！趁这乱劲！"

一阵枪子，就象乱鸦投林，都找着了自己的对象。

这时，日本鬼子顾得着辨明情况打呢？还是顾得着跑呢？自然啰，"三十六计，走为上计。"该跑！——呀，道儿在那儿摆着，谁又知道那"葫芦里卖的什么药"？——日本鬼子看见路旁，朝南有个缺口，一条岔道通向河滩，"狗急跳墙"，就象洪水崩决似的向那儿涌去，各自拼腿长，赌力大，拥着挤着，争先恐后，狗抢骨头一般。

那边李勇笑了，说："跑得好，早给你们算好啦！"

"轰！"比前一番更大的雷响了，日本鬼子挨得也结实。重重叠叠，比堆罗汉还热闹。

李勇再打一枪，打倒骑马的军官，收了场。日本鬼子嚎着到了河滩。李勇第一个站起，众人也会意地站起。李勇红着面孔，大声说：

"追他狗日的！"

一下子李勇脸上成了青苍苍的——所谓"威风凛凛，杀气腾腾"，无非这个样子。他们就追下去了。

　　这一仗非同小可，打开了地雷战的新局面。诸位，记着：在地雷战术里边，从李勇起，加上了大枪。这叫做"大枪和地雷结合"的战术思想，北岳区区党委公布他是"模范共产党员"，武装部和军区聂司令员都嘉奖了他，号召全体民兵向他学习。不到两个月，从南到北，从东到西，在好大的地面上，人们唱开了一支歌了：

　　　　不怕敌人疯狂进攻，
　　　　我们民兵有的是英雄，
　　　　满山遍野摆开了地雷阵！
　　　　　啊！聪明勇敢的要算李勇！

　　　　五月十二那天早晨，
　　　　敌人向那五丈湾前进，
　　　　敌人走进了李勇地雷阵！
　　　　　啊！聪明勇敢的要算李勇！

　　　　李勇拿起了他的快枪，
　　　　一枪就打死了一个敌人，
　　　　敌人乱跑就爆发了地雷阵！
　　　　　啊！聪明勇敢的要算李勇！

　　　　两个地雷炸倒了三十三，
　　　　一枪又打死骑马的军官，
　　　　敌人哭啼啼就离开了地雷阵！
　　　　　啊！聪明勇敢的要算李勇！

　　　　李勇要变成千百万，

千百万的民兵要象李勇，

敌人要碰上千百万李勇地雷阵，

管教他一个一个、一个一个都送终！

太阳升，太阳落，暑天过了转秋凉。这歌子唱得全边区民兵爆炸手们手早痒痒的了。——这且不提。却说，李勇，爆炸成了功，远近驰名——在晋察冀，一个庄户主成了鼎鼎大名的英雄，闹得这么红火，还是第一次。——新闻记者、画画的、作曲的、照相的、各级干部，一个又一个地到五丈湾来看他，夸他。他，二十二岁，顶壮的中等身材，一本正经的脸孔，顶硬的说话的口气，穿着件家里顶新的衣服，忙来忙去，和人应酬得来，人都满意。村里人看见李勇走来就说：

"我们的英雄来啦！"

李勇知道，这个话虽然是跟他开玩笑，却并没有怀疑他的地方。

他挑着粉面担子赶集去，一路上就常听见人们说：

"看！那就是李勇！"

有的说："个儿不高，却了不得呢！"

有的说："你说嘞，一个庄户主比县长还有名！"

又有人说："共产党真会提拔人材！"

从来不认识的人遇见了也当面就叫他："李勇！"好象很熟识似的。

李勇啊，他自己越来越难受，心里打算："上级培养我，下次日本鬼子来，我得怎么打呀！唉！名气大了！打不好，怎么对得起人！"

他就常到区委、县委那儿去，这个话他却没说出来。区委也好，县委也好，也常找他谈，很尊重他的意见。李勇嘛，是个模范共产党员，民兵里头的英雄，各级党委都要培养他——这个思想，李勇自己也明白。他捉摸着区党委的心思、聂司令员的心思，心里很快活。但等会儿再看看自己，就比从前更难受了，老是问自己："下回日本鬼子来，能搞得出个样儿吗？"等会儿又暗自说："不要垮了，辜负了聂司令员他们的心肠呀！得捉摸着！"

区委书记告诉他："李勇！只要自己坚决，为群众着想，打击敌人的时候儿，又爱想办法，就没有问题了——人啦，一骄傲，就得脱离群众！还不要说骄傲，就是照顾群众不够，也不行——尤其是出了名的人，就更不同了，你马虎一点，群众就不理你了。你离群众一寸，群众离你一尺！"说得李勇满头大汗，脸又红了。区委书记又说："聂司令员奖励你以后，呃，尤其你是公开的共产党员，村里人都把眼睛擦得亮亮地看着你呢——他们说你有点骄傲。"

李勇告诉他，他自己没觉着一点，反复说明他的态度："我呀，我也是庄户主啊！没有党啊，还有我李勇？没有上级搞民兵、搞地雷，还有我李勇？光我一个，五月十二，也炸不了敌人啊！"又叫着区委书记的名字说："你以后看吧，看见我骄傲，就给我指出来！"

区委书记又安慰他："李勇！好好注意，就能搞好的。群众哪个不佩服你？党也实在要培养你。就是因为你能为群众、为党做事嘛！"

从区上回来，李勇的态度变了。原先开会就光听见他说话，现在好些了。原先看见人跟他争，就越吵越凶，现在正吵着他会一声不响，等别人不说了，又平心静气地说自己的道理。开初憋得难受，后来好了，慢慢地能作到接受别人的批评了。原先就不能批评他，平白他也会发火。村里人们也说：

"李勇变了！"

又有人说："当了英雄，人老成了！"

又有人说："这小子，这么着下去，真有指望！咳，出了这么大的名，要是别的小伙子，早烧死啦！"

赶集，在路上，区委书记再见了他，也说：

"李勇！这一向，你干得不坏呀！——好好地捉摸打游击吧，情况儿又有些变化啦！日本鬼子报上还登着你的名字呢。他们也研究'李勇爆炸战'——好好地干一干吧，日本鬼子来，叫他们知道你的厉害！"

李勇说："看着我有什么不合适的，勤说着点！——日本鬼子要来，叫大队长多给我们发点雷呀！"

他们研究了一阵庄稼，又研究了一阵地雷。分手的时候儿，李勇把担子换了换肩膀说：

"你看我还象原先那样吗？"

区委书记笑着说，"好得多啦！"

李勇挑着担子直到市上去，卖到后半晌——又作买卖，又盘算埋地雷，真是"一心挂两场"！——心思再也安不下来了。中秋节快到了，生意虽然红火，老百姓总有点慌张，人们在传说着："日本鬼子在到处增兵了！"李勇比平日早走一个多小时。在路上一气也不歇，到家。

吃了晚饭，村里开了个会，说是"准备反'扫荡'工作"，会开了半天，李勇才自转家来。第二天早饭，他娘、他妹、他弟弟都各自端着碗米汤，拿着个菜饼子蹲在阶沿上吃着，李勇还蹲得远点，靠近猪圈了。一头小猪吱吱叫着，在烂泥坑里转。李勇说：

"又要打游击啦！——这回跑远点，索性把猪卖了！——碰见日本鬼子千万不要说出我的名字，更不要说我是你们的哥哥。我倒不怕，就怕你们受制。这回打游击，我回家的工夫儿少了。"

他妹子顶能干，是村里顶活动的角色，村剧团更少不了她；他弟弟，也实在机灵。他们都句句记在心里。吃罢饭，李勇就到中队部去，集合民兵，整理爆炸工具。

刚搞得有眉目，哪消几天光景，出探回来的民兵报告："日本鬼子从平阳来，快到铁岭村了。过了数，有五百一十几个；还有一大把子牲口，没有过数。"

那正是中秋节后，下了几天雨，刚晴，天气凉爽，是打仗的好天气。

李勇说："不要等日本鬼子到咱村来吧——到铁岭西梁上打他去！"

他们飞也似的赶去，日本鬼子还在铁岭村里。埋了地雷，他们伏在西边大高山上。一个时辰，日本鬼子出了村，忽见山势险恶，地形不好，就问抓住的老百姓："有地雷没有？"

老百姓说："不知道！"

又打，那老百姓就不改口。日本鬼子看出了那老百姓的确不知道，只好硬着头皮走。"轰"的一声，地雷响了，炸得日本鬼子一齐趴倒地上，直嚷嚷。

一个游击组组员说:"打吧?李勇!"

李勇摇了摇头,说:"还不到打的时候儿!"

日本鬼子趴了一阵,起来收尸。整个部队都拉到山腰上休息,要在那儿定一定那猫抓了的乱心,喘一喘那口上下不接的邪气。密密层层,挨挨挤挤。

李勇说:"打吧!"

一阵枪打得日本鬼子东倒西歪,又奔又窜。半天,日本鬼子才集结了队伍,向南梁上爬。

一个游击组组员说:"走吧,日本鬼子要占好地势,跟我们干啦!"

李勇说:"趴好不动,让他打吧!"自己就首先在地皮上贴得紧紧地。

说着,日本鬼子在南梁上支起了五挺机关枪向西梁上射来,又轰大炮。那机枪子打在李勇头前的土坡上,卜卜赤赤,尘土冒烟。飞机也来了,擦着西梁岗吼来吼去,吼不出道理来,走了。机枪、大炮也哑巴了。李勇这时动弹了,叫众人瞄准,打开了排子枪。日本鬼子的机关枪再响,他们撤了。

路上,打着身上的土,李勇说:

"今天就是这么回事嘛——高雷劲不大,日本鬼子又都趴下了,还打什么呢?还不是浪费子弹?等他们休息,才是好机会。日本鬼子上南梁,他爱上就上,我们跑他干吗呢?占好了地形,他再好的家伙也不顶事。他不打,我们就摸着打了。他的火力强,我们抗不住他,打下去要吃亏,才撤嘛!"

他们走了好远,那机关枪还在响着。李勇他们又钻了一条沟,上了一条大梁,但是日本鬼子上了他们原先趴的西梁。因看不见人,正在那儿发愣。众人佩服李勇。李勇说:

"多捉摸着就成。"

下山时候儿,李勇和爆炸组组长商量:"日本鬼子总有那么一天到五丈湾的,给他摆一个红火的地雷阵才好。"

吃了晚饭,他们去看了一遍,着手准备。

两天后,日本鬼子果然分两路合击五丈湾,要拔掉五丈湾这颗钉子——李勇英雄。这两路,东边从王快上来,打一面黄旗,西边从王柳口下来，打一面白旗。

这两路，越靠越近，只差半里地了，没听见一声枪，没看见一点动静。北边山上，坐着的李勇，趴着的游击组，蹲着的爆炸组，到处的群众，脸都白了。日本鬼子这样的行动，他们还是第一次看见。两路合击，还打着这两面旗！他们合在一块，要干什么事呀？这两条蛇！

突然，上边"轰！"倒了打白旗的；下边"轰！"倒了打黄旗的。有人忍不住说："日本鬼……"没说完，看见了李勇的脸色，不言语了。

头回——五月十二，日本鬼子踩不着雷，李勇的脸黑了；这回么，李勇的脸苍白得怕人。两回的关系不同：头回是气坏了他；这回，他认为任务重大得多，真正提心吊胆。日本鬼子研究过他的爆炸战术，那么，怎样才能叫鬼子胆寒呢？怎样炸开局面，才对得起党，对得起那么多的众人呢？这回日本鬼子那动作，就象是下了决心来惹李勇的。这时候儿，他觉得好多的眼睛都在看他："李勇！炸得怎么样？"

又"轰"的一声——上边的去抬死尸，又炸了。那群日本鬼子就只好远远地趴着，只嗥嗥，不动弹。这时，下边的已把死人抬上了驮子，叫两个人到村里去找门板抬伤兵。两个人又在门边倒地成了死尸。

上边的，下边的，都不敢动弹了，好比那十冬腊月天冻住了大小河流，好比那人们躲在草堆里，敌人到草堆前，坐下抽烟。好一阵子，上边的动了，下了决心，要冒险。——诸位，这么趴着也不是事呀，该趴到何年何月呀！——起来了一个，在"哇啦哇啦"地骂着找地雷，找着了用手扒，一会儿也就真的扒出了一个。"好运气！算是在老虎嘴上拔了一根毛！"他哈哈大笑。别的日本鬼子也起来，看着哈哈大笑。

山上有一个人叫："李勇！"

李勇神色不动地说："看着吧，没有完咧！"

山上话刚完，山下又"轰"了一声，站起来的都倒了，正笑得最高兴的时候儿死了，好比那气泡吹大了猛地破，好比那要饭吃的欢喜过度打了碗，好比那吊着老虎胡子打秋千，真正是乐到死上头了。

满山群众笑起来了，喊着："炸得好！"

下边的那一股急了，又不敢动，只好支起大炮，放了二三十发，就好象是吹了阵牛皮，没人理他。两边都走了回头路——走不了几步，不敢走大道，都冲着稻子地走。

所有的民兵、群众，都乐了。李勇却带着民兵下山，掩了日本鬼子血，拾起了那面白旗。

打这天起，日本鬼子走大道，大道炸；走小道，小道炸——这不用说。庄稼地也炸，渠道也炸！日本鬼子走河里，河里陷；走苇子地，苇子地也炸。李勇他们天天当天黑的时候儿开会，猜日本鬼子第二天要走的道儿，估计精确就连夜埋，有时也早晨埋，越猜越准，越炸越切实。那日本鬼子也象发狂了，拿着李勇的图像，横冲直撞。走到时，"轰轰"地雷直响；走过后，血呀，死尸，丢了一地。有一回，李勇只隔他一丈远，雷声一响，李勇钻了。那四山群众，每天看着险恶的地雷战，看得发了呆，禁不住地手舞足蹈，喝"好"叫"妙"！——他们宁愿冒着危险，日本鬼子上来才跑。李勇炸了人，又炸了汽车，又捉摸出法子单炸汽车里的人。闹得五丈湾，地雷响的声音，"轰轰隆隆"；地雷冒的蓝烟，飘来飘去。

终有这么一天，日本鬼子把李勇的妹妹弟弟一并捉去。捉时，在另一处，日本鬼子也正追李勇。

原来三十余名日本鬼子，带着千余名伪军，在山上追赶群众。追来追去，看见了一个手提大枪的小伙子，个儿不高，腿快，不慌不忙，时时回过那沉着的一本正经的脸来看他们。追着，踏翻一个地雷。日本鬼子官儿一下子警悟到那小伙子是李勇，就命令追去，还用汉话告伪军：

"追！李勇！"

追了一阵，追不上，但又隔不远，打不着，狡猾得很。一个伪军急了，高声吆喝：

"好！李勇！是好汉，再响一个地雷。"

他明欺李勇被追，无法使雷。李勇正跑，忽听后面吆喝他的名字，回头一看，他们正追到一个早埋上的雷跟前，稍偏一点，没踩着。李勇欢喜得了不得，忍不住高声喊：

"着雷！"

这一喊，不要紧，三四十名日本鬼子和伪军吓得胆裂魂飞，往下一伏，刚好伏到雷上，三个日本鬼子玩了个剖腹挖心的把戏，剩下的往后逃窜。李勇喊：

"我李勇的雷响吧！"

原先吆喝的那伪军，气愤不过，又回过了头来吆喝：

"好！李勇！你再响一个！"

仗着他们走的是回头路，还欺负李勇；好一个李勇举枪打了一发子弹，那日本鬼子、那伪军一散，又踩上了一个地雷。雷声一过，李勇胜利地叫着：

"还要不要啊？"

原来李勇的特点，不只是各种各样的地雷阵，不只是"敌到雷到""敌不到叫敌到""敌未到雷先到"；他么，是游击组打着，爆炸组埋着，临机应变，看眼色行事。地雷在他手里活了。今天，他看见日本鬼子追捕群众，先埋好了雷，然后自己去引日本鬼子，要在这里粉碎日本鬼子今天的搜山。

果然不出所料。日本鬼子也好，伪军也好，再也不敢吭气，搜山也停止了。

天黑，李勇他们到了一个山沟里吃晚饭，正热闹着：

> 这个穿着白裤褂，
> 端着饭碗嘻哈哈；
> 那一个跌了筷子，
> 笑出眼泪说不出话；
> 爆炸组组长拿着一块大锅渣，
> 游击组组长抢了它，
> 伸手递给指导员，
> 指导员按它在碗底下；
> 狗娃早给二拴背上画了个大王八，

二拴要抓狗娃。

象这般，

　　爱贪玩笑，

　　无牵无挂，

　　——战斗起来，你认得他！

　　李勇的弟弟来了，找哥哥，说他今天给日本鬼子捉住，只说是小放羊的，日本鬼子不注意，他溜出来了。"姐姐也给日本鬼子捉住，没有回来，娘直啼哭。"

　　众人再也快乐不起来了。李勇的神色没变，就是吃不下饭了。匆忙地放下碗，仔细地给中队副交代清楚，他和弟弟回去看娘，安慰了几句，也无非："不要着急，保养身子骨，好好打游击，她会回来的。"

　　不一会儿，又回到游击组。走的时候儿，叫中队副放的哨，出的探，他再检查了，才睡觉。

　　整夜通没睡好，天亮了，他告诉爆炸组组长：

　　"今天一定有大批汽车上来，我们要炸它个结实的。"

　　潦潦草草吃了几口饭，手里拿着半个玉茭子窝窝，催着爆炸组组长走。众人劝他：

　　"李勇！看你脸色！"

　　李勇没有听，走了。

　　深秋叶落，宽阔的汽车路上，没有一个人影。李勇说：

　　"你给我瞭着，我来埋。"

　　接过地雷，拿起爆炸工具，就在汽车路上，掘着。正掘呢，听见有嗡嗡的声音。爆炸组组长说：

　　"李勇，你听，不要是汽车上来了吧！"

　　"不会的，是飞机。"他却暗暗加快了动作。

　　爆炸组组长说：

　　"不大远点啦！不是飞机。"

李勇不听，还是掘。爆炸组组长沉不住气了，匆忙地喊：

"李勇！快跑！上来了！"

李勇一看，汽车真的上来了，只离他半里远。再回头一看，爆炸组组长不见了。他抱上雷，就地一倒，倒下汽车路南的低地里，爬起来，跑着，轻轻喊着爆炸组组长的名字，没有应；他跑到了漫着三寸来深的水的地边。不管三七二十一，他跑进水里。出了水，连鞋也没湿。——走得过猛，把水溅起来了。他又喊着、跑着，还是没有应。汽车过去了，一辆又一辆……十几辆，他也没有工夫儿数它，还跑着叫爆炸组组长的名字。

找着了爆炸组组长 ——一开头，爆炸组组长和他跑了个相反的方向——他吐了一口血，眼睛黑了一阵，回去就躺倒了。众人把他送到十里地以外，一个僻静的山沟里去养病；他害了重感冒。

游击组、爆炸组仍在外面活跃，经常和他取得联系。

却说他妹子给日本鬼子捉去，当天带回据点。她没有泄露李勇的消息，还说她姓李，装作村里不懂事的妇女，只会做饭、喂猪、扫地、纳鞋底，很顽固的样儿。一个汉奸证明她是五丈湾的妇救会 [1] 主任：

"今年春节，她领头在平阳集上跳秧歌舞。"

她死死地说："你看错了吧！我才不干那种事嘞！"

日本鬼子把她押起来，她当有人的时候儿，哭着，显出一点法子也想不出来的样子。日本鬼子也不注意她了，只当她"平平常常的乡下姑娘"。

一个白天，日本鬼子大都出去搜山去了。她出来，看见一大堆东西。她认得那是日本鬼子从老百姓那儿抢了来的。她找好的打了一大包，背起，偷着出村。跑了半里多地，日本鬼子看见了，骑着马追她。为了不叫日本鬼子追上，她丢了包，钻了山沟。日本鬼子张望一会儿，没有找着她。

却说李勇病倒在山沟里，憋得慌。一天又一天，老是这么盘算："上级枉自栽培了我。算我垮了吧！"想到这里，他的心就酸酸地痛，眼睛里就涌出一股股的泪水来。又盘算："爆炸组组长心眼灵，游击组组长有准头，

---

[1] 妇救会：妇女抗日救国会的简称。

他们也会搞得很好，不管怎么样，这一向的地雷战，他们参加的，都明白。"他这么一想，他又平平静静，还有些快活，慢慢地闭着眼睡去。游击组里给他送来信，知道了外面的情况儿，又两只眼睛一齐冒火，把盖的衣服被子全都甩开，要坐起来。随着头一阵晕，又倒下了。

不看人，且看邻，强将手下无弱兵。慢表李勇养病，且说五丈湾周围几十里的地雷阵。那地雷阵好比满天星，满天星斗有大有小，有明有不明，且把明的认一认。

前面说过，民兵们都在学李勇，把"李勇变成千百万"的歌儿唱得手痒痒的。这回日本鬼子一来，大家就来了个"八仙过海，各显其能"！

一天，天气很好，出太阳，刮着点小风。日本鬼子行军，慢慢呀，象老牛一般，又象兔子般立着耳朵。到了阜平城东河滩，忽然发现了地雷，一个日本鬼子动手就拾石头，站得远远地打；打一下，爬一下。又要破坏它，又怕它。突然他爬在一个地雷上，地雷请他坐了阵飞机。别的日本鬼子还不甘心，逼着老百姓去扒那死人，投了一阵石头的雷。扒开来，尽是沙子、石头。这是：

地雷赛神仙，
变化千万般；
金蝉脱壳法，
谁也没法办。

这又叫"仙人脱衣"，又叫"真假雷"。

凹里有一片庄稼地，长着红山药。红山药，甜甜的，实在好吃。地边又长着大萝卜，吃了解渴。日本鬼子行军到了那儿，坐下休息。破坏成性的家伙，又想吃萝卜，又想吃山药。要吃萝卜的，进了萝卜地，弯腰下去，伸手一拔，一声响，他流了全身的血，浇了萝卜地。要刨红山药的，到处找小锄，却好一把小锄端端挂在小树枝上。他伸手去拿，小锄到手，他也倒了。这小锄把连着地雷的。这是：

咱家半亩红山药，

一片萝卜长地角；

阎王老子不要摸，

一摸地雷就发作！

西王柳，日本鬼子的集合场，空荡荡，平滑精光。日本鬼子又闹又嚷，天天集在场上。晚上过了大天亮，场上照样，一样的平，一样的光。日本鬼子正闹，突然人仰马翻，人受了伤，马受了伤，人离了鞍，拖在地上；马儿直跑，跑不出十来丈，也倒在地上。人们受惊，朝东，在东边倒一片；向西，西边雷又响。这是"把地雷拴在日本鬼子的腿腕上"：

地雷好比土行孙，

鬼子到哪它到哪；

来本无踪去无影，

连环爆炸力更大！

疙瘩头的日本鬼子司令官关门睡觉。一夜无忧无虑，早晨起身，精力充足，动手开门，门就爆炸。这是：

逼近设雷，

顶顶要命；

鬼子惊惶，

疑鬼疑神。

沙河沿上，日本鬼子走大道，炸了雷；改走小道，又炸了雷；又改大道，又改小道，处处是雷；闹得他只有走回头路，回头路上又有雷。这是：

正偏道上地雷阵，
鬼子来了就死炸；
给他准备回头路，
东西南北全出岔。

日本鬼子走后，雷坑旁边，尽是血，尽是肉。第二天早晨，旁边现出大字："诸君，想想流血人的妻子，再想想自己也有那么一天！"日本鬼子看了，低下了头，士气低落。军官愤慨，就要去抹，还没走到，仰面跌倒，血流地上。这是：

地雷心地好，
劝你早明了；
你若不明了，
准叫你跌倒！

那地雷炸着汽车么，汽车得变几分钟飞机，飞不到屎壳郎那么高，就跌下来。车上的人该着火烤了。汽车得下出零件，再坐上汽车，回到顶远的地方去。这是：

汽车变飞机，
说来太奇异；
汽车坐汽车，
奇异又奇异；
只要有地雷，
就玩这把戏。

汽车要不变飞机，那么，谁先下车谁倒霉，谁修理汽车谁倒霉。
凭高用飞雷，山边窄地使用跑坡雷，看好退路使用拉火雷。制高点上，飞机场上，水边地边，梢道儿旁，那雷呀，都去的。

　　一个爆炸手指着一段路对中队长说："我要叫日本鬼子在这儿集合！"埋上了雷，就等着。果然第二天日本鬼子到了那里挤成一团，雷才爆炸。原来他把道儿闹得突然难走了。这还不算，最妙的是日本鬼子进阜平城。

　　日本鬼子在阜平城外挨了雷，仍然硬着头皮进城了。当头两行红字言：

　　　　城里地雷五百三，
　　　　看你鬼子哪里窜？

　　日本鬼子以为吓唬人的罢了，不大理睬，看着道儿走路。

　　忽见街上有一处不好走，要找一扇门板搭一下就好了。日本鬼子是人，也这么想。尤其他是五六百人的队伍，路是越好走越好啊！也就刚好，路边门上有扇门板，结实耐用。一个懂事的日本鬼子就去摘，一个人不够，又去了几个帮助着。门板下来，立着的几个，没了脑袋，成了肉桩子，倒下了。

　　日本鬼子再往前走，街边大槐树下，一个大鼓，鼓上写着"中队部"三字。日本鬼子看见这鼓就生气。"这玩意儿是中队部的，中队部拿来干什么呀，还不是集合民兵！不能给他留着——打着也响吧？"想着，他就走过去。别的也围着看。敲了两下，很响。拿手搬它。呀，一股烟，鼓上了天，碎成片片；人倒了地，死成一团。

　　爆炸声一停，远近都喊起来。日本鬼子个个腿哆嗦。这时候儿，坐坐才好。为了抬死的，抬伤的，大队停止了。有的坐在台阶上，有的东张西望，找地方儿。眼见得有间没门扇的空房子，靠墙有一条板凳。大概想坐板凳解乏吧，一个日本鬼子就去享福。坐下去便见得屁股底下冒大烟，一个身躯，分好几股流血。

　　出了城，在河滩休息，游击组在打枪；要找个地方儿躲躲枪子才好，一想就看见了：原先打烧饼的棚子。"好！"钻进去，进去了就没有一个出来的。

地雷埋得好，

成了如意宝，

孔明猜不着，

一想就来到。

那几个人抬的大地雷，炸得天惊地也动。日本鬼子在台峪篮球场上集合，准备搜山。雷响以后，那血浸了的沙面球场，太阳一晒，象泥浆地一般，干了，龟裂了。台峪村里，墙上柱上，尽是日本鬼子一面嚎、一面抹上的血。

大地雷，

威力猛，

惊天动地一声响，

专治鬼子发了疯。

毒手打毒虫！

日本鬼子挨雷挨怕了，就抓老乡，绑起来，赶在前面踩雷。可是这些雷还不是日本鬼子挨？那老乡们呀，看见雷是不言声的，巴不得炸响点！日本鬼子不把人当人，谁还管他挨得苦不苦！那一次，日本鬼子从法华出发，往西，抓了六个老乡在前面踩雷。一路上，雷都在日本鬼子队伍中间响。日本鬼子大大惊异，自己走前头，雷又在前边响了。日本鬼子唉声叹气地说：

"地雷偏心！"

又一次，日本鬼子从易家庄到城南庄，七里地，谁都知道，那道儿顶平，好走呀！日本鬼子该怎么走法？他们一齐弯下腰来，一口气一口气吹灰尘，找地雷，创造了世界上最异样的行军动作。

这就是日本鬼子四大难处。哪四大难处？要命，不行，当然，不沾。怎么讲？

横冲直撞干到底——要命！

立着不动待下去——不行！

抓人踩雷不顶事——当然！

弯着腰儿吹灰尘——不沾！

　　地雷这玩意儿，它越响，人们越精神，人们就越爱护它。村干部见面总是"你村响几个？我村响几个！"人们翻来复去晒地雷，埋上还想法叫它不受潮；打游击，抱着，怕它丢了。——阜平城东有个村子的民兵，那才真正爱地雷爱到了极点。

　　一天，天黑前，他们埋了地雷。天黑，下雨了。那雨啊，破坏地雷，妨碍群众转移。人们叫它"汉奸雨"。这"汉奸雨"，下个不停，幽幽雅雅，无穷无尽。唉！

　　　　天上昏昏蒙蒙，

　　　　地上淅淅沥沥。

　　　　就不刮起点风，

　　　　吹散满天云气。

　　爆炸手们，游击组组员们，都愁眉不展，戴着草帽，立在山顶上。直说：

　　"完了，完了！"

　　"李勇的地雷战术也没有这一条。"

　　"取了雷，日本鬼子下来，又来不及埋。"

　　比他们更苦恼的中队长，直摸脑袋。把草帽抹下来，弯腰下去，拾起来，还没戴到头上，忽然大声说：

　　"对了！对了！"

　　就如此这般地和众人说了一番。众人欢喜得不得了，蜂拥而下，到埋地雷那里，一个个把草帽摘下来，给地雷戴上。你瞧！

地雷戴草帽，

人在雨里淋！

雨下大了，人们身上淋湿了，才到了有大麻叶的地方，顶上了大麻叶。一群顶大麻叶的人们又上到山上。吹起深秋天气的小风，巴凉儿，人们牙齿"可可"地直敲打着。一个爆炸手双手交叉紧抱着，衣服湿了，冻得"西西"的，还笑嘻嘻地说：

"李勇的地雷战术又该加上一条了！"这才是：

身上冷又冷，

心头温又温。

天亮，刚把草帽拿开，日本鬼子来了。这些地雷一个个都响得很好。

数罢满天星，再说大月亮。

且说李勇在山沟里养病，病势沉重。却喜县支队一个分队从一区转移过来了，叫卫生员给他看病。指导员知道他是李勇，更加照顾得亲切。他知道李勇要出了事，他要对党负责。他们就在这儿待了一两天。好在他们的任务也就在这一带活动。群众也来照顾李勇。

李勇的病竟一天天轻了起来，又抓耳挠腮，手儿痒痒的了。他妹子又来看他，说了她的遭际，一高兴，李勇的病竟可以说是好了，他跟指导员商量好：游击组在南边活动，县支队去北边活动，每天交换情报。县支队向北移了五里，他回到游击组。

当天晚上，日本鬼子合击他们。

日本鬼子趁着天明前那股黑劲，从沟里进来，放哨的没发现他。群众非常恐慌，腿打哆嗦，昏头昏脑，找不着道儿走。李勇端着枪，站在树林里，作了一个打算："日本鬼子发现我，我先开枪！"轻轻地告诉群众：

"上山上！有我！"

群众见是李勇，都沉住气了，顺着山往上爬。日本鬼子到了五六丈远外那儿道上。满山上人都耽心李勇，叫着：

"李勇！李勇！不行啦！"

听人叫他的名字，李勇才开始着慌，暗自抱怨："你们还怕日本鬼子不知道我在这里吗？"但是他坚持着，直把群众都转移上去了，他才离开。

到了山上，带着众人绕了几个梁岗。李勇的意思：下山，过汽车路，到河南边打枪牵制着，免得群众受制。都同意了。中队副说：

"你们先走吧，我上去瞭着点！"

说罢，他提着枪上山顶去。刚到山顶，从梁那边伸出一只手来，抓住了他的衣领。——日本鬼子比他先一步到了那儿。中队副情知不妙，翻身仰倒，倒下山去。那日本鬼子眼睁睁看着，忘了打枪，看着这种勇猛的动作，吓傻了。趁这工夫儿，李勇他们冲下了山，拉着中队副，过了汽车路。前面哗哗流着大沙河，挡住去路。众人叫声：

"唉呀！"

李勇说："过河，过不了会给日本鬼子敲死！"

初冬天气，河里浮着薄冰了。他领着众人，棉裤也不脱，扑赤扑赤跳下水去，过了河跳进渠道。棉裤统结了冰。

渠道里躲着一个老百姓，脸吓白了，对李勇说：

"你们呀，好大的胆子！就擦着日本鬼子身边过来的！不要命呀！"

李勇莫名其妙，那人用手一指：

"看吧，那不是二三十个穿黄衣服的！"

李勇抬头看去，就在他们下水的地方几丈远有块苇子地，那里端端正正坐着二三十个黄衣日本鬼子。这回事呀，让李勇也打个冷战——诸位，难道那是死尸吗？难道那是草人，吓雀子的吗？——原来，李勇他们的突然的动作，让他们想不到，等他们想到了，拿枪要打，这边早已进了渠道。说着，一排子枪擦着堤飞过来。

李勇说："打！"

众人说："打不得，枪灌了沙了！"

李勇检查，果然灌了沙，就说：

"快擦，擦了打！"

日本鬼子也听见了他们说的话，趁着他们没还枪，下水过河。过到河当中，李勇的枪响了——李勇的枪是不会灌沙子的，好战士保护他的枪就象保护他的眼珠子一样——倒了一个日本鬼子在水里，泛出血水，别的一哄回去了。

这样子，李勇坚持着一天比一天残酷的反"扫荡"，从不泄气。地委书记拿了一支盒子枪，写了一封信，奖励他。县里又给他转交来一面日本旗，那是青年英雄贾玉，打日本鬼子缴获来的胜利品，送给他，表示对他的尊敬。李勇干得更猛了，除了地雷，还拿着支盒子枪领着游击组、爆炸组打伏击。到平阳去袭击日本鬼子，日本鬼子完全灰了心，再也不到五丈湾来找李勇了。

反"扫荡"结束，李勇成了晋察冀边区爆炸英雄，占了英雄榜上地方英雄第一名。在县的群英会上，他看见了王快的爆炸手刘玉振，曾经宣布："向李勇看齐！"四进平阳，三炸敌人，是一个抱着地雷追日本鬼子炸的角色，响了一百零六个地雷，成了县的英雄。在边区英雄会上，他看见了给伪军叫做孟良的"爆炸专门"，又看见了送旗给他的贾玉，还有神枪手李殿冰，子弟兵英雄郑士军，男的女的劳动模范。李勇想到自己的枪还不够百发百中，想到自己在劳动上还差，忍不住，要把这两件事搞好。挑了战，作了计划，回家去。

在路上，牵着奖给他的一头大骡子，他听见了一支歌子，里头有他的名字，他仔细听去，一面听，一面点头。

就在那年，呃，那年，

一九四三年秋天，

李勇变成了千百万，

千百万的李勇，

出现在大道儿、小道儿边。

满山遍野，响起了雷声，
快枪又打在大小山顶。
敌人走路呀不敢走，
不走不行！就抹着腰儿吹灰尘。

又假又真，又真又假，
山药、萝卜也会爆炸。
敌人进村呀莫乱抓，
伸手一抓，那桌子板凳也咬他。

炸了就跑，跑了又炸，
地雷还钻进鼓底下。
正道有雷呀不敢走，
走那偏道，那偏道雷声更可怕。

水边地边，梢道儿旁，
地雷还跑到制高点上。
敌人住下呀也害怕，
天亮开门，那脚下冒火就爆炸。

神奇的雷，古怪的枪，
千百万的李勇，
闹得敌人心发慌！
打得更准，炸得更响，
千百万的李勇，
一天一天更强壮。

贾希哲夜夜下西庄

第一回　人们给他编的歌儿

阜平城东，沙河沿上，

有个西庄，呃，也有个东庄。

东庄游击组，是群众的好武装。

一九四三,九月里,

敌人五百，占了西庄。

东庄游击组，拿起了破枪，

一支破枪，破枪，干一场。

白天打游击，损失了食粮，

晚上睡不着，呃，心里憋得慌。

东庄游击组，是群众的好武装。

背起了破枪，下西庄，

庄稼地里，打了一枪，

烤火的敌人，倒了给火桢[1]，

给火桢，给火桢，敌人，给火桢。

第二天又去，赶了一群羊，

飞石打倒，呃，那个放羊人。

东庄游击组，是群众的好武装。

当天晚上，偷衣裳，

碰上敌人，快快躲藏；

敌人拉屎，拉上脊梁，

敌人拉屎，拉上脊梁。

到敌人窗上，割起电线，

一割割到，呃，敌人面前。

东庄游击组，是群众的好武装。

背起了电线，回东庄，

连跑带跌，跑回东庄；

敌人吓破胆，乱打机关枪，

乱打机关枪，乱打机关枪。

西庄村里，是个草人，

敌人碰它，呃，它就爆炸。

东庄游击组，是群众的好武装。

逼近敌人，有办法，

打了胜仗，得了新枪。

新枪好使，打得又响，

打得响，打得响，打得响，打得响！

---

[1] 桢：阜平方言，烧的意思。

阜平城东，沙河沿上，

有个西庄，呃，也有个东庄。

东庄游击组，是群众的好武装。

一九四三年，打游击，

又会埋雷，又会使枪。

神奇的雷，古怪的枪，

敌人着了慌，敌人着了慌。

这支歌儿，唱遍了沙河沿上。沙河沿上的人们把贾希哲说得什么也似的。

那年反"扫荡"，日本鬼子又残酷。那也是！白天，你爬到山头上去吧，看见的尽是当当[1]的烟，那烟，熏得你直打喷嚏。我们的民兵也够他呛，一天，不是东边，就是西边，地雷总响。别说日本鬼子，就是我们自个儿吧，也不能随便乱走的。要走动，得先叫你要走动的地方儿的游击组派人来领着。人们正紧张得要死，东庄游击组的故事传开了，那还不就是干草上落下火星，刚好！把东庄游击组就越传越凶，传得贾希哲自个儿也不承认了。就是前边那只歌儿传到冬学训练班的时候儿（贾希哲也在那儿受训），他说：

"没有的事儿。我们哪有那么稀松呀，拉上脊梁？他敢！我不卡死他！"

人们哪管他，就传，也不管他真不真，假不假，就一股劲儿往下传，边传边加油加醋。不这样，就象不过瘾。

无风不起浪嘛，我就去找东庄游击组。那时，日本鬼子劲儿不大了，我和贾希哲、贾希贤在一块跑了好几天，也就说：

"难怪他们要这么说嘴，你们就是这个样儿！"

贾希哲说："可不是他们说的那样儿！"

---

[1] 阜平人有用声音形容物件的习惯。

到底，我没有能说服他。

人们说的有一点儿和他们说的不同，他就不承认，哪怕是很小的一点儿。他是挺严格的，说着他好处，不笑；说着他错处，不脸红。这倒好，让我把他们的情况搞得更清楚，就是芝麻大点子也加不上去了。打完游击，在群英会上，我又见了他，又把他们怎么结束战斗的事儿告给了我。我说：

"我要写下来。"

他说："可不要与别人随便乱传的。"

第二回　不叫打枪憋得慌

这东庄，是阜平城东二十三里沙河沿上的一个村。村南是一片河滩地，一年里，春天麦苗，夏天稻秧，的确茂盛。村边尽长着一搂粗的白杨。把村子堵得严严实实的。村西，小五里，是西庄。富庶的地方儿，村子稠，道儿平，里又小。干活儿的时候儿，两村人们常在一个堤坝上休息，一根火绳上点烟。晚边，早晨，两村作饭的烟，可以接起来。两村牛儿合犋，猪狗交配，雄鸡打架，小孩吵嘴。两村人们在一个戏台下看戏，一个学校里送子弟上学。西村大叶烟，远近驰名；东村种的，也叫西庄大叶烟。村后北梁，是一条七八里长的大石头山，挺险。山的周围，小沟小岭无数。多年以前，东西二庄的人们在这里打兔子、打狐狸。抗战以来，闹情况儿的时候儿，就在这里打游击。一个锅几家煮饭吃，一个窑洞，炕上两户，地下三户，分不开东西二庄。他们就为了打游击，在那荒沟沟里掏了窑洞。东西二庄的人们，彼此都熟快，就连两家娘儿们裹脚带子有多长，也骗不了谁。

东庄的人们着实了不起，抗战开头那年，就出了个家家户户父子兵的故事。阜平全县的民校都打课本上念过这一段书。现在东庄的人们也还忘不了这个光荣。东庄的人们不服输。

这贾希哲，年不满三十，中等个儿，相貌平常，一看就是个老实庄户主儿，不长胡髭，眉眼挺和善。他哥哥贾希顺，比他还要老实，也不长胡髭。两兄弟都是老父亲带着打兔子、打狐狸，打出来的好枪手，贾希顺当过兵。贾希哲一直在家务农，一九四三年，是村里游击组组长；贾希顺是游击组组员。还有个叔伯兄弟叫贾希贤，当过区游击队队长，后来在村里当农会主任，打仗能行，反"扫荡"开始后，也到游击组里来了。还有个排行小一辈的贾国才，他还年轻，不到二十岁，样儿长得挺俊，瘦瘦的。还有两个姓陈的小伙子，个儿比贾国才要矮些，身材要肥些。还有个陈国儒，是一个三十来岁的庄户主。他们只有一条破枪，打一回，得通一回，才能再打。

一九四三年秋天，日本鬼子"扫荡"北岳区，一开头就占西庄，平常时候儿是五百人，多到一千，少到两百，直到反"扫荡"结束才撤。西庄有个远近驰名的西庄寺，好漂亮，好宽敞，住上这么一团二团人不成问题。日本鬼子的司令部、医院、厨房、马房、羊圈，都住在寺里。庙门口的钟鼓楼上放了哨，门外做了工事。庙后山上是军事哨，把北梁南边一带大小山沟瞭得显显的。村南村北做了工事、鹿砦，再在河滩里放上一个军事哨，整个河滩也给瞭得显显的。日本鬼子刚占下，就接二连三地搜山。

别的村游击战、地雷战都搞得挺好，西边城厢还打了一个大白山战斗，就这东西二庄不顶，日本鬼子天天搜山，中队部就不吭气。真想不到，东庄不争气吧，西庄也不争气！贾希哲去问中队长，中队长懒心无肠地说：

"打吧！"

就再也不说什么了，领着家里人们逃荒。

日本鬼子又散播谣言说："你们民兵要动弹，我们就烧尽杀绝。"

一部分人胆儿小，怕了，每天天不明就往远处跑，天黑再回小沟里来作饭吃。胆儿大的，在近处转悠，见了民兵，就说："别打枪啊！别埋雷啊！"

中队长更懒得管了，民兵们就见不着他的面。

贾希哲，有什么办法？只好背着那条破枪，在山上转。

那日本鬼子搜山没受到打击，就越搞越凶。两个人也敢进一条大沟去捉人，三个人就敢进村里烧房子。

贾希哲的父亲，六十多岁的老头子，看不过眼了，把手一伸说：

"小子，你们不打给我！"

贾希哲说："爹，我打吧！"

他就端起他那条破枪。父亲说：

"那，打这个，你瞧！"

下边一个日本鬼子正追一个妇女，那妇女抱着一个娃娃，娃娃在哭，妇女跑不动，掉下了一块布。

父亲说："打！"

贾希哲手指头放在扳机上。后面一个人说：

"打不得！"

贾希哲回头一看，那人脸吓得雪白，眼睁睁看着他的枪。那人后边，还有好多人，张张脸都吓得雪白，都眼睁睁看着他的枪。有人象在呻唤，说：

"打出了事，谁负得起责任？山上这么些人命！"

爷儿俩气了半天，也没打成，蹲着，一句话也说不出。

天黑，吃了晚饭，贾希哲又去找中队长，问：

"打不打呀？"

中队长抱着小孩儿在喂饭，听见他问，也不叫坐，懒心无肠地说：

"哼，打不打吧！"

贾希哲说："打吧？"

中队长说："打吧！"

贾希哲说："怎么打呀？"

中队长说："看着打吧！"

贾希哲是个结巴嘴，急了就脸红脖子粗，说不上一句话来。闷了一肚皮气往回走，越想越冒火，到了自个儿窝铺跟前，老父亲睡觉了。在窝铺跟前坐一阵子，他又起来在沟里转游转游，满山沟人们全都睡去了——打一天游击，也着实乏人；人们还准备第二天打游击嘞。——贾希哲又翻回去，坐在窝铺跟前，打火镰，抽烟。抽了一袋又一袋，嘴巴抽得发苦，摸进窝铺里，悄悄睡觉。

心里不舒展，睡觉不合眼。睡来睡去，哪睡得着？外面明晃晃的月亮地，窝铺又窄又矮；一家人跑了一天，呼呼睡得正香。他盘算：

"看哥哥去！"

一骨碌坐起来，摸着枪，钻出窝铺。一面扣衣服，一面看着月亮地说：

"别看月亮大，毬，五丈开外，就看不清人。这时候儿下去，还怕？"

走到哥哥窝铺跟前，叫：

"哥哥！"

那贾希顺也没有睡着，在生气，听见叫，也一骨碌坐起来，问：

"兄弟，什么事儿？"

弟弟在窝铺外说："哥啊，心里憋得慌！"

哥哥在窝铺内说："我就出来！"

三下两下，贾希顺就披着衣裳出来了，哥哥比弟弟高些，脸比弟弟的长，皱纹也多些。

哥哥说："你把枪也拿上了，那我们下去吧！"

哥哥把衣裳扣上，把肩上搭的毛巾，往头上一系，就跟弟弟走。

弟弟说："哥啊，人家不叫我们打，我们只有黑间偷着打！"

哥哥说："可不。"

弟弟说："哥啊，我们天天黑间下去。"

哥哥说："对。"

两人出了沟，就看见河滩里日本鬼子弄了一大堆火。两兄弟顺脚就向火走去。一路上，两兄弟就断不了说话。

贾希哲说："哼，把我们赶到村外边受制，他倒舒服，还烤火嘞！"

贾希顺说："可不！我们在外边，灯还不敢痛痛快快地点，怕暴露目标。"

贾希哲说："打他狗日的！"

贾希顺说："看不见人嘞！"

贾希哲说："有火就有人。"

贾希顺说："走近点。"

又走了几步，贾希哲说：

"够着了！"

贾希顺说："那你打吧。通过没有啊？别出危险。"

贾希哲说："哼，早通得不待通了！"

说着，贾希哲举起枪来，放了一枪。放了，就提着枪看。

贾希顺说："走吧！不要出来了！"

贾希哲不走，说是出来了，他俩就钻庄稼地。贾希顺也只得陪着他立着看。慢慢儿，那火，小了，没有了。

贾希哲说："哥啊，打着没有啊？"

贾希顺说："谁知道？"

贾希哲说："唉，真日蛋！白天看得见不叫打，黑间要打看不见！"

回来的道儿上，贾希哲直叹气，唠叨个不住。

第三回　西庄村边去看羊

第二天天明，日本鬼子没出发，人们都在山上瞅着西庄。平常吃早饭的工夫儿，打西庄村里出来了羊群，在河滩里撒开。那羊，远看尽是白点，在绿色的庄稼地里钻进钻出。山上人们眼都红了，说：

"谁家的羊给日本鬼子抓去了？好肥的白绵羊，撒那么一大片！"

又有人说："嗨，那庄稼嘞！"

又有人说："真是鬼子鬼啊，拿咱们的羊糟蹋咱们的庄稼！"

这里个个人都心疼，不用说他。

在挺矮的一个梁岗上，趴着贾希哲和贾希顺。他们瞅了一阵子，议论了一阵子，叹了一阵子气。

贾希哲说："哥，我下去了！"把枪交给贾希顺，拍了拍衣服就要下去。

贾希顺说："可别。"

贾希哲说："我先看看去。"

贾希顺说："小心啊，别给日本鬼子敲死啦！"

贾希哲说："不要紧，我看看就上来。"

下了山，隐隐藏藏，到了西庄村边，走进渠道，直向羊群走去。渠道转弯了，他进了庄稼地。两手扑拉[1]着庄稼，抹[2]着腰儿走。也不知走过几个庄稼地了，他听见有人说日本话。他轻轻儿扑拉开庄稼细看。原来是一个日本鬼子在那儿弄倒庄稼，作个窝儿，脱条裤子来作枕头睡觉。

远远儿，有个日本鬼子吆喝，这个睡觉的日本鬼子在答应。好象那边在叫他干什么去，他不耐烦了，叽里咕噜说些什么，站起来，走了两步，又回头要来拿裤子，弯腰下去，又咕噜了几句，生气了，就重重地迈开步子走出去，边大声说着日本话，边往外走。裤子还摆在那儿，好象他还想返回来睡。

贾希哲在心眼儿里都笑开了。

"哈，你再别想在这儿睡了！"

伸手把裤子拿过来，系在腰上，又扑拉着庄稼往前走去。

走了一阵子，听见羊叫唤的声音。蹲下，扑拉开庄稼看去：一个二十多岁的小伙子坐在那儿，羊，近处儿才好看嘞，又白又胖，差不离一个样

---

[1] 扑拉：拨开的意思。

[2] 抹：弯的意思。

儿，站了一片，咬庄稼，下雨似的！放羊的也向庄稼地外边吆喝日本话。贾希哲待了一阵子，这么盘算：

"他是日本人吧？样儿又不象，还穿的中国衣裳。又说日本话。脸蛋上就一股傻气！"

呃，他低着脑瓜儿在哼《光棍哭妻》嘞！贾希哲说：

"这是他妈的什么怪玩意儿呀？"

他又抬起脑瓜儿来了，大声吆喝日本话，拍拍地打开羊鞭，贾希哲想：

"捉他吧？捉不了羊。不赶羊吧？又舍不得。一根指头按不住两个狗蹦子[1]。"

他后悔没有多带几个人来，回去又太迟了。

呃，过河吧，过河找得着河南边的游击组。

扑拉着庄稼，到了河边，脱了裤子，过了河。

河滩里没有人影儿，在山上找着个游击组，和那中队长商量。

那个中队长说："你没长眼睛了，河滩里有人家的军事哨。"

贾希哲说："我，我就，就打河滩里过来的嘞！"

那个中队长说："不要冒险！"

贾希哲说："那，那，你们歇着吧！"

差点儿急得他倒地。说罢，不服气，又翻回到河边，趴在那儿。望望河北边山上，又望望河滩庄稼地。西庄村里，日本鬼子弄了不大点子一股烟，日本鬼子山上的军事哨，立着象死了似的，河滩里的军事哨也一样。那羊群，撒在庄稼地里，安安静静地吃着庄稼苗儿。只可惜只自个儿一个人，赶不了那羊群。太阳当顶了，晒得他直流汗。唉！一个巴掌拍不响，一根竹竿容易弯，贾希哲要急死在河边上了！

忽然，他看见从北边小山坡上下来了四个人。那身架儿，那服色，那走动的样儿，他一眼就看出来了，心里说不出的欢喜。他们走路，尽钻的是死角，不是待在河南边，他自个儿也看不出来。贾希哲说：

---

[1] 狗蹦子：跳蚤的俗称。

036

"这些人们真行啊！"

见他们进了河滩地，他就过河去迎他们。

来的不是别人，正是他哥哥贾希顺，和贾希贤、贾国才、陈国儒。原来，打从贾希哲下山，贾希贤、贾国才也到那梁岗上趴着，商量要搞那群羊。正商量嘞，陈国儒在远处儿割柴火，这个庄稼汉要利用这个日本鬼子不"扫荡"的工夫儿弄几天烧的，看见了，把柴火捆上，提溜着镰刀也跑来。

别人还不吃紧，那贾希贤就禁不住了。立起来又趴下去，大声说话：

"毬，赶去！出了河滩地，就是我们自个儿的！"

就恨不得变个老鹰，飞到羊身上，把羊抱回来。看见众人不吭气，吐泡哈喇子[1]在地上，又笑嘻嘻地说：

"不赶了它，真可惜！不知道是哪家人遭殃了！这一河滩地也得给糟蹋得百么不是[2]！"

贾希顺说："贾希哲下去了。"

众人的心思活了，都把脑瓜儿偏过来看贾希顺，问：

"真的呀？"

贾希顺说："骗你？"

贾希贤说："走吧！"

就立起来。

贾希顺说："怎么赶法呀？"

贾希贤说："找贾希哲商量去，这群羊，还叫它飞开了去？"

贾希贤就是这么一个小伙子，黑红黑红的脸蛋儿，粗粗的眉毛，猪肝子颜色的厚嘴唇，脚宽手大的高个子，有劲儿，那宽肩膀又担得抬得。这个人，胆儿大。这还不忙说，再说贾希顺。

他见大家要去，就把那条破枪送到老父亲手里去，跟着下山去。他不放心他老二。再说，见蛇不打三分罪，袖手旁观不是人，谁还不想去嘞。

---

[1] 哈喇子：口水的意思。

[2] 百么不是：乱七八糟的意思。

在河滩里见了面。贾希哲问：

"有法儿没有？"

众人说听他的。贾希哲又问：

"带家伙没有？"

只陈国儒带了一把镰。大家都闷住了。

陈国儒低着脑瓜儿把镰刀把颠过来倒过去。贾希贤坐在那儿不动，歪吊着嘴皮，口里没说出来：

"嗨，这怎么办？"

贾希顺双手抱着膝头，放下脸，象生了谁的气似的。贾国才愣着一对亮亮的眼睛，看看贾希哲，又看看贾希贤，又偷偷看看大家，又转过眼睛看定贾希哲。

贾希哲低着脑瓜儿坐着，突然叹一口气，双手一伸，在地上一只手拿起一个碗大的石头，尖着嗓子，小声说：

"看我的！我得了手，你们就，就上来！"

贾希贤说："好！贾希哲！"

贾希顺说："对，我们大家都去，不要只管自个儿的啊！"

陈国儒说："给你镰刀！"

贾希哲说："不，你拿着。"

说罢，贾希哲扑拉开庄稼进去啦。贾国才挺快地看了大家一眼，抹着腰，也钻进庄稼里去了。接着，贾希顺、贾希贤抢着往前走，贾希贤抢先了，腰没抹好，太高，贾希顺在他背上打了一巴掌，说：

"矮！"

贾希贤唔了一声，矮了些。贾希顺进去了。陈国儒也一声不响进去了。

在那庄稼地里嗦嗦前进。这工夫儿，前边就算是刀山，他们也是要过去的。那快法儿，长虫[1]似的，刮风似的，下雨似的。过了一个庄稼地，又一个庄稼地。

---

[1] 长虫：蛇的俗称。

038

只消一会儿，贾希哲钻到羊群里。羊见了这样的人儿，就窜，就叫。放羊的也看着羊群发呆，有一句没一句地哼《光棍哭妻》：

> 四月里来四月八，
> 奶奶庙上把香插；
> 人家插香为儿女，
> 光棍插香为什么？

贾希哲到了放羊的跟前，只离三步远，放羊的也没看见他。庄稼又深，羊又岔到庄稼里，又叫，又跳。贾希哲一下子直起腰来，一石头打过去，打在放羊的头上，放羊的倒了。贾希哲扑上去，就卡他的脖子。放羊的给卡住了，叫不出来，双手抓住贾希哲的手，要打滚。贾国才扑上去了，要帮忙，下不了手。

贾希哲说："塞住他的嘴！"

贾国才急着找不到东西。贾希贤扑上去，捡起石头要砸。贾希顺扑上去，抢在贾希贤前面，抓下头上的手巾，卷成一团，就按进放羊的嘴里。

贾希哲说："贾国才，架住他这只胳膊！"

贾国才伸手一提溜，放羊的还挣扎，两只眼睛愣得怕人，眼珠要跳出来似的。贾希哲松了手，架住一只胳膊，说：

"走！把他架到河南去。哥，你们赶羊吧！"

也不管他愿不愿，抹着腰儿就往河边拉。到了河边，放羊的把住脚，就不去。

贾国才说："他不走啦！"

贾希哲说，"不走？哼，由得了他，到了这地势儿！你走不走？在这儿砸，砸你的核桃仁儿[1]！"

贾希哲把手一挥，脖子上青筋鼓起来，眼睛红了。放羊的腿一松，给

---

[1] 砸核桃仁儿：此处指砸得脑浆四溅的意思。

拉下河。过了河，三个人下半截都湿了。放羊的浑身软得象没长骨头似的。也不管他能走不能走，他们把放羊的架到山上，水滴滴地见了区长。

区长叫把放羊的嘴里的手巾掏出来，问他，他不言语，吓得在那儿直打哆嗦。

贾希哲说："他是个日本人。我听见他尽说日本话，只会唱《光棍哭妻》，不会说中国话。"

听见人家说他是日本人，放羊的就更怕了，连说：

"不是日本人，是中国人。"

问他为什么说日本话。他说：

"日本鬼子住常了，你们也得学。"

贾希哲说："学！我打，打，打死他狗，狗日的！"

放羊的原来是敌占区的，不明白边区情形，见贾希哲这股劲儿，话都说不出来，就更吓得不行，眼珠子转来转去看人家。区长问他西庄村里日本鬼子的情形，他就说不出一句话来。问了半天，他说：

"夜儿黑间，日军军事哨上正烤火嘞，响了一枪，打死一个。日军说：'红匪'打死的！今儿正在后山上用火枪嘞。叫我们小心着。"

贾希哲听见这个，心眼儿里痛快透嘞，他就一五一十把村里人不叫打，中队长不管，他夜儿黑间偷着和哥下山打枪，全告给区长。区长奖励了他，说，叫大队部去他村里整理中队部。

再说河滩里赶羊的人。贾希贤拿起羊鞭，贾希顺、陈国儒哄羊，把羊往东赶。这群庄稼人，谁个又没赶过那羊？你瞧，赶得好红火！

贾希贤摔起羊鞭，拍拍响，脸上流着汗，陈国儒捡土块，抹着腰儿，边打边钻。贾希顺走几步又吆喝：

"贾希贤，矮一点子，矮一点子，别暴露目标！"

贾希贤就顾不得，一会儿又忘掉了。贾希顺吆喝急了，率性直起腰来，瞅了瞅，说：

"毬！日本鬼子军事哨在做梦嘞！"

贾希顺就生气了，说他：

"矮一点子不就得了，还管做梦不做！"

贾希贤就不理，说：

"怕个毬！"

陈国儒也说话了：

"你矮一点不行了！"

贾希贤也明知自个儿不对劲儿，他只好说：

"真稀松！"

边说边抹着腰儿，掉转羊鞭打羊。

那羊，在庄稼里窜，象流水似的，规规矩矩，朝着一个方向。贾希贤在前，陈国儒在当间，贾希顺在后，打得那羊，一只羊跟着一只羊，五六只羊一并排，跑得射箭似的。那庄稼一排一排倒了，拉开几里长一条河儿。

贾希贤他们，这时候儿么，你就认不得了！一个个拿出劲儿来，挥着胳膊，抹下那虎背狼腰的身子，蹿着，蹦跳着，浑身汗湿了，谁也没有抹汗，眼睛发亮，眉毛飞起来，浑身的劲儿都涨了，人象高大了。

羊，哄到东边，赶下渠道，痛痛快快向东庄赶去。三个人都直起腰来，声音也大了。

到东庄村边，贾希顺说：

"把他娘的赶到山上去！"

转眼间，进山沟，山把他们堵住，看不见了。

日本鬼子那边，后晌还不见羊回来，到河滩里找，不见；又吆喝，没有人应。问军事哨，哨上说：

"没见。"

问自个儿打敌占区带来的民夫，民夫说：

"没见。"

问那在搜山时候儿抓来的老百姓，也说：

"没见。"

下个结论说："红军赶去了。"

从此以后，日本鬼子再不把羊把牲口往村外赶，糟蹋庄稼了。

第四回　夜夜下西庄

　　贾希贤他们把羊哄到山沟里，在一个枣树林里歇下来。贾希贤和贾希顺的劲头儿下来了，坐在树下，脱开衣服，乘凉。贾希贤躺着，骨头架子都象散了似的。贾希顺在给围上来看的人们讲他们怎样赶羊的，人们笑得打跌，都去看羊。羊到沟里，就散开在坡根吃草。有过数的，有捏捏它肥不肥的，有猜它是哪村的，都说贾希哲他们了不起。贾希哲的老父亲也来了，把枪交给贾希顺，跟人们说：

　　"这不吃紧，年青人腿快，心眼儿灵。不说这个，要有人带头呀，二三十个日本鬼子就别想进这沟里来！"

　　人们都信他的。正闹哄哄的嘞，陈国儒拿两对水桶，他两口子一人挑一担水来了。他的劲儿正高嘞，回来的时候儿，他见羊跑累了，就去叫他老婆子和他挑水去，要给羊饮水。打他爷爷起，就没喂过这么大群羊。人们都笑话他：

　　"看你两口子心眼儿好齐嘞！"

　　又说他老婆子怕他累坏了："呃，人家心眼儿疼嘞，不要说了！"

　　又有人说："别看陈国儒傻里傻气的，人家心眼儿可好嘞，你看，他就舍不得给老婆子挑大桶，自个儿拣大的挑！"

　　陈国儒老婆子和他一样，长得胖胖的，不大言语，再老实没有的人。他两口子不会开玩笑，只说：

　　"羊渴坏了！"

　　人们不散，沟里闹哄哄的。打游击以来，人们就没这么快乐过。

　　后响，贾希哲和贾国才打区里回来，说区长说，挑两只肥的杀了，给游击组会餐。羊，调查看，有主没有主。有主，送给原主；没主，送区上处理。人们都说区里办得对。游击组的人更乐得要死。那两个姓陈的小伙子，他们没去，也高兴，就跳出来动手杀羊。看的人也挽起袖子帮忙。贾希哲和人们讲抓放羊的，和夜儿黑间打枪的事儿。人们有挤着听的，有评论哪只羊瘦，哪只羊肥的。贾希贤躺着睡着了，贾希顺和老父亲坐在远远儿一棵枣树下抽烟，在聊些什么，人们都听不见。只有陈国儒乐得厉害，把这只羊摸一把，又把那只羊摸一把，也没什么话说。中队长抱着娃娃也来了，就是哪儿也插不进嘴，坐在一边，脸上青一阵，红一阵，又不走。天黑，游击组把羊肉煮熟，拿大碗盛起大块肉，汤上漂起指头厚的一层油，送给村里人们。一个端起一大碗，就着黄生生的玉茭子饼，蹲在窝铺跟前吃。陈国儒也舀一碗，拿上个饼子，要吃，头一口就吃不下去。嗓子眼儿象关了门儿似的，肚子里就象盛满了羊油。他放下了，蹲在一边。

贾希哲说他病了，要请医生。他说：

"可别！我就是这么个货。头一年闹减租，我也什么都吃不下，饿了我一天半。"

给他作上面条，他只闻一闻就放下了。再给他煮上大米稀饭，他就理也不理。

贾希贤笑话他："你这是光出不进嘛！"

他找不着话说，只笑一笑。

第二天早起，也吃不进，晚饭也吃不进。第三天才开胃口。

东庄游击组，从此以后，每天吃罢晚饭，每个人就自个儿到贾希哲窝铺跟前，商商量量，下西庄去。这个游击组就这么靠着行动组织行动，战斗组织战斗，搞起来了。这个游击组，真是一个彻头彻尾的农民武装。

他们坐着，聊的是庄稼；走道儿，商量的是庄稼；睡觉，梦见的是庄稼；在一块儿就不说一句姐儿妹子占便宜的话。有时候儿，也为一件小得太小的事儿，争吵得脸红脖子粗，好象要垮了似的；抽一锅烟，又什么事儿也没有了。他们不是叔伯兄弟，就是乡里乡亲。

月亮圆，月亮缺；多通夜明，通夜黑；也有半明半黑夜。东庄游击组天天黑间下西庄。直到冬天，日本鬼子退却，三个月里面，他们只有两宿没去，有一宿是掩护合作社运布匹，有一宿是白天打了一场非常凶的麻雀战。

每遭进村，都碰上日本鬼子吆喝。他们也学会：日本鬼子吆喝就趴下，不吆喝了又前进。人们说，他们进村是贾希哲走在顶前头，转弯抹角，都挺有讲究。象兔子般立着耳朵，象鹭鸶般俯着身子，象门神般紧贴着墙。该快就快，该慢就慢，该跑就跑，该爬就爬。贾希顺走后边，照顾大家，贾希贤却一直爱直着身子走，还带几声咳嗽，后来还率性把跟他上下不离的一条大黑狗带上，到那日本鬼子住的街上也是一样。贾国才和那三个姓陈的都是看贾希哲行事儿的。贾国才，人年青，心眼儿灵，又见不得人家有好处，见了就学，挺听贾希哲的话。进村，他是挺好的哨兵。站在日本鬼子门外大树背后，多会儿不叫他撤，多会儿他在那里。陈国儒的埋头苦干，谁也别和他比。拆堵墙呀，搬块大石头呀，就他自个儿干，也不吭气。那两个姓陈的小伙子么，手脚灵活得象猴儿样，个儿又矮，又听指挥。

每天黑间，他们都得弄点东西回来。每天早起，都得向驻在离这儿不远的一个正规团侦察连作一次报告：哪个房儿住的什么兵种？有多少？昨天日本鬼子拆了哪堵墙？堵塞哪条路？开了哪条路？

谁也说不清他们一遭又一遭干的事儿。平常些的，他们自个儿也忘了。人们说，一个什么干部，冲过好几道封锁线，来看贾希哲。在北梁上找着他，叫他说一说他们每一遭的情形。贾希哲顺口给编了四句诗告他：

咱家本在地里耕，
如今学会打敌人；
使枪使犁家常事，
多少战斗记不清。

他们进了西庄，是挺大胆的。有一宿，他们在村里走了个遍，没见什么动静，盘算出村去。听见推碾的声音。他们找去，看见三个日本鬼子打敌占区带来的民夫在月亮地里推玉茭子。他们就打一颗手榴弹。民夫跑了。

他们跑过去，扫下那两升玉茭面、一升玉茭粒。拿回沟里去，把它吃了。

他们就是这个劲儿，不慌不忙。但是，就见不得日本鬼子舒服痛快。要搞他一下，偷偷摸摸，打不痛，也得吓他一阵子。有一宿，他们到日本鬼子厨房后边去偷井绳。他们说啊：

"叫小日本摸不着水喝。"

正解嘞，看见日本鬼子在会餐，灯点得亮亮的。他们说啊：

"好小子，真乐！"

恼得慌。打了一颗手榴弹。登时，日本鬼子一阵乱，灯明全灭了，也不笑也不闹啦。他们这才背着井绳出来。

日本鬼子进边区，是带着军犬来的。那军犬，前腿蹦起来就够着人的肩膀，淡红色的舌头儿有三四指宽，一身好毛衣。日本鬼子抓住人，就给咬，咬得人遍地打滚，日本鬼子就问口供。黑间，日本鬼子拿链子锁在道口。贾希哲他们恨死它了，有一宿，贾希哲预备上一根花椒树棍子，摸到狗跟前，狗蹦起来，他就迎头打。不消几下，那狗不叫了，不动了。贾希哲以为它死了，说：

"日本鬼子埋了它，可惜这张狗皮。"

回头叫人去背。那人刚去，狗又活了，蹦起来差点儿咬着。贾希哲还想上去再打，看见满村灯明，一时灭尽，怕出危险，才算了。后来进村，就没看见这狗。

他们要赶日本鬼子的牲口，可是墙围着，日本鬼子又在门上站着岗。转了几宿，就进不去。

陈国儒说："带家伙掏墙洞去。"

大家说不行，陈国儒就偷着带上家伙跟他们去了。正转着嘞，陈国儒不见了。后来找着，他在墙角藏着掏墙洞。这也是没法子的法子。众人就七手八脚帮着掏。眼看天不早，怕天明出不去，洞又差得远，没法子，他们只好给埋个地雷在那儿，叹口气走了。出了村，快进山沟，走慢了，贾希哲光打哈欠。每回都挺痛快，贾希哲是不打哈欠的。他埋怨：

"太笨了！也不想想，要掏多大个洞才牵得出牲口来啊！"

一直说到窑铺跟前。贾希哲从来没有这么不痛快过。陈国儒也不吭气。

一天后晌，没有风，没有雨，太阳也没有。这一向，日本鬼子没搜山。贾希哲提上那条破枪，到山下绕一遭，没想到占日本鬼子的便宜，就向东庄绕去。

绕过山嘴巴，便看见一个日本鬼子打敌占区带来的民夫在一架烟跟前倒腾。一架烟有百十来斤重，东西两庄的人们把烟当宝贝似的。贾希哲多走几步，看见那民夫在那儿东抓一把，西抓一把，贾希哲打心眼儿里疼起，本来他就结巴，这时，话也说不成了。喊了一声：

"不准动！"

那民夫抬头看了看他，咧了咧嘴，以为：

"吆喝什么！还没给你点一把火引着嘞！"

贾希哲急得脸红，费半天劲儿，才说出：

"你，你，庄稼人，也糟蹋庄稼呀！"

急得他忘了手里有条破枪，光站着要和他说理。

那民夫看见他那样儿，脸上青筋暴暴的，脖子也粗了，眼睛要跳出来似的。原来没怕他，没看见手里的枪。这时怕了，也看见枪了。吓得他撒腿就跑。他这一跑，也提醒了贾希哲，举枪就打。又气又急，一枪没打着，就破口大骂。"龟孙子""鸟""眼睛长在后脑勺儿上了""便宜你王八日的了"，一起都骂出来。直骂得看不见，才回头夺烟。这烟不是他的，可闹得他整后晌心眼儿不痛快。直到黑间进西庄，才好点子。

进了西庄，绕了几遭，该出村了，听见一个屋子里在说中国话，他们立下来听。一个人说：

"是嘛，你庄稼人糟蹋庄稼，不打你打谁？"

一个人说："我不去。你要去，你自个儿去。"

停了一会儿，一个人叹了一口气说：

"你们就不帮忙呀？"

一个人说："跟你去是挨冤枉打嘛！"

另外一个大声说："我也是庄稼人嘞！有人糟蹋我的庄稼，我也得打！"

叹气的那个又叹了口气：

"想不到叫游击组小子欺负！"

贾希哲在外边听见，又好气，又好笑。

第二天上午，贾希哲写好一封信，那信上写：

"民夫们，出来吧，我们不杀不打。你要回家，抗日政府还发盘缠，保护你回去。你们里面那个搞烟的人，是不对的。就是他跑出来，也一样，不杀不打；要回家，抗日政府也发盘缠。夜儿黑间，你们在里面争，批评他，我们都听见了。这边地雷厉害，打枪也有准头，跟着日本鬼子跑，不要命啊！"

别人说他写的是一首诗：

你是庄户主，不知庄户苦！
鬼子抓你来，又不跑出去！
放羊吃青苗，砍倒枣儿树，
搞了大叶烟，拿走耪田锄，
光是造活罪，尽把坏事做。
我要不打你，心里又不服；
我要打了你，又是庄户主！
你要跑出来，不打又不骂；
你要回家去，还把路费发。
今儿给你信，明儿要回话。

黑间进西庄，把它打门缝里塞进去。过不了一两天，日本鬼子的民夫，跑出来六七十。贾希哲把他们一个个交到区上去，还告诉他们：

都是庄户主，都是中国人；
你跟我没仇，我跟你没恨；
回家务庄稼，再莫顺敌人。

这几句诗，好些人都记得。

小时候儿，他进过小学，爱看唱本，在墙上编几句诗。办冬学，他是少不了的冬学教员。所以人们就说他爱说诗，贾希哲，真是文武双全，就是不会说话，就讲故事，也是短故事。

第五回　拉上脊梁

他们天天黑间下西庄，闹惯了，一直闹到冬天。日本鬼子的劲儿早下去了，他们也就闹得更凶。天气一变，下开浓泡雪，他们下西庄，那冷风就叫他们呛不住。没有法子，干起来，就放不下手。每天天明前，回到沟里，一个个冻得快僵了，非弄大火烤不行。

人们说："贾希哲，看你们这受罪劲儿！"

贾希哲说："不吃紧，数九天我们还得闹嘞！"

的确，你瞧，大家围着火，一个个笑嘻嘻的，那两个姓陈的小伙子还在跳嘞！贾希贤在火里烧红山药吃，脸上给炭灰闹得乌黑，还露出雪白的牙齿笑。陈国儒双脚伸在火上烘，众人嫌他气倒[1]。贾希顺在说他，他把脚拿开，等会儿又放上去了。贾国才把火拨开，火苗儿旋起来有人来高。陈国儒赶快把脚拿开。周围看的人笑得直不起腰来。贾国才在嘻嘻嘻地笑。

贾希哲说："这叫受罪呀？"

那开头说话的人说："你们真帮健！"

贾希哲说："呃，到什么时候儿也是这样儿。"

烤罢火，各人回家吃早饭去。吃罢早饭，上山，天明。轮流换哨，一个个趴在太阳底下睡觉。也就挺怪，这些人这一阵子并不那么想睡。贾希

---

[1] 气倒：阜平方言，奥的意思。

哲白天多一半时还转来转去，有时候儿背着枪，有时候儿，放下枪，弯着腰，给家里人们扛粮食。

就在这时候儿，出了那个"拉上脊梁"的故事，闹得大家不痛快。真实情形是这样儿：

有一宿，他们下西庄去。陈国儒翻进围墙到了日本鬼子电话室门口。院子里铁丝上搭着两件白衬衣。陈国儒说：

"收了它吧，拿回去穿穿也好！"

刚伸手嘞，门儿嚓的一声开了。陈国儒说：

"糟了！"

回头一看，围墙挡着，走不了；就这么一卷，肐蹴[1]在墙角落里。好在这儿没月亮，隐隐糊糊的。

打门儿里出来个迷迷糊糊的日本鬼子。他们进边区抢老百姓的牛羊，抢得过多，天天杀来吃，吃多了，尽拉肚子。这时候儿，肚子又胀得不行了。你瞧，他提着裤子，披着衣裳，就向墙角落里走。陈国儒吓得不行，又不敢言声。那日本鬼子瞅了瞅陈国儒，把他当成个大黑石头，解开裤子，就离陈国儒不远，蹲下去。陈国儒蹲着不动。

日本鬼子蹲下，就响开了，又是尿，又是屁，又拉稀。那气倒劲儿，就不用说了。

陈国儒也掏过茅坑，也拾过狗粪，就没这么气倒过。受不住，又不敢捏鼻子。一阵过去，日本鬼子还不起来，又拉；呻唤两声，又拉。陈国儒肚里说：

"呃，还没完了！没福气受得住好东西！"

凑巧又刮起一股小风儿，把那些糟蹋粮食的味儿直刮到他脸上。陈国儒死劲儿把脑瓜儿去就肩膀，又就不着。

日本鬼子拉了三四遭，又死挤了一阵，才站起来，提着裤子，出门，关门儿。陈国儒说：

---

[1] 肐蹴：蹲下的意思。

"唉呀，这算完了！"

移动到一边，蹲一阵子，一点动静也没有了。又害怕再来一个，赶紧立起身子，收了衬衫，翻出围墙，找贾希哲去。

在路上，众人听陈国儒说罢，都笑得肚痛。第二天，这话传开去，周围几十里的老百姓，没有一个不知道的。

晌午，贾希贤到王家，一个村干部问他：

"贾希贤，真的呀？日本鬼子就靠着陈国儒拉的呀？"

半后晌，贾希顺在阎王鼻子上找他二伯，一个青年问他：

"贾希顺，日本鬼子就朝着陈国儒的脸拉的呀？"

天快黑，贾希哲打吉祥庵回来，过中庄，听见两个妇女在聊天，也谈到陈国儒。她们在切树叶儿，一个头顶白布，一个头顶蓝布。

顶白的说："呃，贾希哲他们胆儿不小呀！日本鬼子拉了陈国儒一脊梁的稀屎。"

顶蓝的说："可不！陈国儒家里的今儿给他洗半天还洗不干净。"

顶白的说："胆儿不小！"

顶蓝的说："胆儿不小！"

说罢，风一吹，把顶白的头上的白布刮跑了，那妇女放下菜刀，去追来往头上系，坐下低头切菜。一会儿，顶白的大笑起来。

顶蓝的问："笑什么？"

顶白的边笑边说："拉一脊梁！"

那声音非常响，摇铃似的。说罢，两个人一齐笑开，就象撞乱钟。树上的一只雀子也吓飞了。

要是别人听见么，会骄傲了，自个儿明知道是假的，也会说是真的了，还跑过去说：

"可不，真危险嘞！"

把自个儿也编进去，说：

"我在一边急得不行，差点儿也拉我一脊梁嘞！"

就是自个儿脸红，也得壮着胆儿。这样儿的人，一天得变十个样儿，别人传说，给他加油加醋，也跟不上他自个儿变得快。有时候儿，把自个儿往坏处吹也不管。

贾希哲不是这样儿的。他说：

"好事不出门，坏事传千里。叫他拉粪拉一脊梁，多稀松呀……是我，卡住日本鬼子的脖子，卡死他！"他就低着脑瓜儿直往前走。

"得想个法子！"

他边走边想，嘴巴尖起来，眉毛往一块儿压。回到自个儿窝铺跟前，媳妇正在作饭，火烧得红亮亮的。他不吭气，钻进窝铺睡觉。

游击组的人们慢慢儿聚到他窝铺跟前来了。问：

"贾希哲嘞？"

他媳妇说："刚回，在窝铺里嘞。谁惹了他，回来不言声。"

贾希哲也不吭气。人们伸进脑瓜儿来瞅了瞅他，又缩回脑瓜儿，在说些什么，坐在那儿抽烟。

媳妇把饭作好，唏里哗啦洗碗，又伸进脑瓜儿来叫他吃饭。他爬出来，先不吃饭，摸出烟锅儿抽烟。点着火了，对众人说：

"你看糟糕吧，人家把我们说成什么样了！"

三个青年愣着眼睛看他，贾希顺把烟锅儿嘴打嘴里拿开，贾希贤正拿个碗去喝米汤立着不动，陈国儒正笑着停住了。贾希哲吐了一口烟，说：

"那也说嘞，把陈国儒说得稀松劲儿！"

众人吐了一口气，看陈国儒。陈国儒闷着脑瓜儿不吭气。

贾希顺说："人们爱传嘛！"

贾希贤说："管别人说什么的。"

贾希哲说："说什么？丢，丢，丢人嘞！"

这么一来，贾希贤和贾希哲闹开了。贾希顺去劝，也闹起来了。三个青年开头是自个儿三个小声在一块儿谈，慢慢儿声音大了，也闹开了。陈国儒还是坐在那儿，不吭气。

他们闹得真凶啊，好些人都看来。媳妇催好几遭吃饭，贾希哲也不理，只顾着吵。后来，媳妇率性把碗按在他手上，他才吃起饭来。

贾希顺他们还在闹。贾希顺、贾国才是说丢人，贾希贤他们是说不丢人，"别人愿说就说去。"

直争到贾希哲把饭吃完。

第六回　鬼子窗根儿割电线

贾希哲和贾希贤一比，有好些地方儿都不同。贾希哲赶毛驴打集上回来，就跟着毛驴走；贾希贤就歪着身子，坐在驮鞍上。贾希哲赶集，舍不得吃东西；贾希贤赶集赶到后晌，就说进面馆。贾希哲少说话；贾希贤爱笑。贾希哲爱想心事，走道也低着脑瓜儿；贾希贤嘴里藏不住话，走道儿，脑瓜儿挺得高高的。两个人都挺勇敢，一个爱计划，一个爱试试看。他们两个儿在一块儿爱吵，吵一会儿也挺容易好。

所以说，他们正吵着嘞，贾希哲放下碗说：

"别吵了，我们就今儿黑间进日本鬼子电话室里背他电话匣子去。这玩意儿，边区缺。"

人们都不吭气了。一阵子，贾国才叫了起来：

"老天爷！这怎么背？人家屋里的物件！"

众人都不言声。贾希贤想了一会儿，说：

"这有什么，拿个手榴弹就进他屋里去！"

众人都要说什么，贾希哲说：

"下去看情形。"

众人不言语了。

贾希哲别了一把快镰，走前头。贾希顺提着那条破枪，紧跟着。贾希贤别了两颗手榴弹，走后边，狗跟着。当间是陈国儒，把手揣在怀里。三个蹦蹦跳跳的小伙子，走在陈国儒前边。他们就这么下西庄去。哪一个心眼儿里也痛快，连陈国儒也一样。陈国儒就是好，不小心眼儿，他知道贾希哲心眼儿是怎么长的，今天吵，也不是嫌他稀松，他没有给鬼子拉一脊梁。

没给日本鬼子吃喝，他们进了村。远远儿看见电话室院儿里升起红红的火光。贾希贤抢前几步，背着大风说：

"日本鬼子还在享福嘞！"

贾希哲捏他一把，他又退后两步，安安生生地跟着。

到墙外，陈国儒第一个上墙，贾希哲也跟上去。贾希顺他们五个留在墙外。狗在地上打滚。

陈国儒和贾希哲上墙就在墙上贴住了：进不去，又不退回来。——原来，四个日本鬼子正围成圈儿烤火。那日本鬼子烤火，不嫌费柴，一个劲儿往里送，好象没有个完。打完游击，西庄的树，给他们砍了个差不离。因为柴干湿不一样，送进火，一会儿毕毕剥剥地爆，一会儿唧唧区区地叫，明一阵，暗一阵。日本鬼子烤罢脚又烤手，手脚都烤罢就对火坐着。

墙外人们急得不行，又不敢问。狗跑来跑去，直哼哼，摇头摆尾，又趴下啃脚爪子。贾希顺留下贾国才在墙根儿放哨，带着众人到近处去把口子。人都分配定，不放心，又到处去瞭了瞭，听了听，也没什么动静。贾希顺再回到墙根儿，里面还亮着火光，陈国儒和贾希哲还没下来。

贾希哲趴在墙上瞅日本鬼子，看他们怎么着，就一股劲儿瞅着，忘了下来。有时候儿想下来，又害怕响动，惊了日本鬼子。陈国儒见贾希哲不下来，也不下来。

就着一闪一闪的火光，看得见这个院儿不太小，三间冲西开门儿的平房。左右两间没门子。当间一间，想来是日本鬼子自个儿住的，两扇白木门扇掩着，窗户纸也糊得好好儿的。一根电线打窗户里通出来，对角扯着一根发亮的铁丝。墙角落里，黑黑的，有几件破家具，破瓮呀，破柜呀，乱草呀，百么不是。四个日本鬼子都不说话，尽烤火。只看得见三个人的脸蛋儿，一个比一个老。顶老的一个长着渣渣瓦瓦的胡子，想睡觉的样儿。顶年青的一个是一张尖脸蛋儿，挺怕冷。那一个不怎么老也不怎么年轻的是一张四方脸蛋儿，象老是在地上找东西似的，背冲着贾希哲。这一个个儿挺大，肩膀挺宽。贾希哲说：

"这家伙想干什么呀？那个松样儿！"

贾希哲瞥陈国儒一眼，陈国儒死死地看着火。有时候儿，也瞥瞥贾希哲。

老北风刀子似的，脸啊，手啊，疼得不行。墙外的人们象站在水里似的，棉袄棉裤全不顶。墙上的陈国儒和贾希哲连骨头缝儿也给老北风刮进去了。远处山上还白亮亮的，一片一片的雪。日本鬼子还不睡觉去啊！

好不容易，日本鬼子进屋去一个，墙上两个人都松一口气。半天进去一个，半天又进去一个，最后一个，就是背冲着贾希哲的那一个，看着火势儿慢慢弱了，还出了一阵子神，才立起来，进屋里去。没人了，风刮得火星子满院飞。唉，真是核桃要得十年栽啊，慢工作出细活来！

又等一阵子，贾希哲猜想日本鬼子睡着了，打手势叫陈国儒往下跳。陈国儒也巴不得，往下跳就往下跳。脚还没落实地，脖子挂住了，吓出一身冷汗，在这么冷的天气！一愣，也落地了。

贾希哲一跳，轻轻落地，直奔窗户上乱摸。看见陈国儒在那发愣，以为他不知干什么好嘞，咬耳朵说：

"先割电线！"

一看那样儿不对劲儿，猜中了八九分，又说：

"不怕，那是电线，不吃紧，你先没看着。软电线，边区缺，比电话匣子还缺。先割了它，再背电话匣子。"

又说："开门子去！"

这边，陈国儒开门子，见了贾希顺他们，都说了，大家进来。那边，贾希哲摸着电线，拿出镰刀，挨着窗根儿就割。镰刀碰着电线，赤赤地响。电线打着窗户，打打地响。

他们就是这样的勇敢。

进来的人们，一齐看着门儿，立住了。狗也立住了。瞧，贾希贤拿着手榴弹向门窗走。他的狗也跟过去。到门儿前，他把手榴弹挂在门儿上，就向贾希哲走去。狗在门儿前拿鼻子闻，要想钻进去似的。贾希顺把枪交给贾国才，叫到院外边立着去，他自个儿也到贾希哲跟前来。

镰刀快割坏了，电线也断了。陈国儒他们就上来帮着收。贾希贤自个儿拿着窗上那一头，拉，死拉，想吊出电话匣子来。拉了一阵子，哪想拉得动分毫。就说：

"算了，拉下来，也出不了窗户窟窿眼儿。"

放手去了，带着狗来帮着收电线。

收着电线，出了院子，到了街上。在那些破墙角里，破砖瓦堆上，没人住的房盖上，收着。又出了街，一直往南。电线突然高了，上了白杨树。贾国才说：

"这物件真闹麻烦！"

贾希贤抬头看了看，把袖子往上勒一勒，爬上树去，把电线搞下来。又往前收，电线又钻了庄稼地。人们就理着电线，扑拉着庄稼往前收。庄稼苗子旱干得成柴火了，人碰着，电线碰着，哗啷啷地响。人们在后边收，狗在前边跑，闻那电线抖动的地方儿。

贾希哲在顶后边，缠电线。贾希顺靠着他，帮忙。贾希贤在头前理，紧挨着是陈国儒和那两个姓陈的小伙子。贾国才端着枪，在一边走着，看前看后的。

贾希哲说："哥啊，这电线通哪去呀？"

贾希顺说："谁知道？收吧，兄弟，到前边再说。"

走过一块庄稼地又一块庄稼地，电线一直往南。前边，两丈远，狗跑到日本鬼子军事哨跟前了。那日本鬼子看见一团黑茸茸的东西到跟前，吓了一大跳，就吆喝。狗就仰起鼻子来。

这边众人也惊了，连割带顿，搞断电线，撒腿就跑。后面拖着一节，踩着了又摔跤。狗也追上来，赶过他们，跑在前面。背电话匣子，眼看不成了，他们往东庄跑去。也不管哪是道儿，哪不是道儿，也不管谁先谁后，连跌带窜，快就得啦。狗象射箭似的跳着，跑几步又等一等。五里地，一会儿就跑完了，他们到了东庄。

贾希哲说："没事了，喘喘气再上山吧！"

贾希顺说："回吧。"

贾希贤说："慌什么？还没听见手榴弹响嘞！"

贾希顺说："你看，我倒忘了。"

说着，他们坐下。一个个浑身汗淋淋的。老北风吹着也不冷了。贾希哲坐下就摸镰刀，怕它丢了。摸摸口子，他说：

"咦，这还是什么镰刀呀？卷得这样！咦，缺得象把锯似的。"

众人都拿来摸了摸，都说：

"可不，啃什么也啃不动啦。"

贾希哲叹口气："什么时候儿打完游击嘞，不秬一点子钢，没用的了。"

众人都不吭气啦。西庄手榴弹响了，又响开机关枪。众人悄悄的。狗在贾希贤面前打滚。贾希哲在拾掇电线，往结实里缠，边缠边说：

"有他妈十来斤了！好狗日的！这么好的电线，软软儿的！明儿黑间非背了他电话匣子不可。"

机关枪打得不打了，他们上山睡觉。天明，贾希哲拿秤约，大秤十一斤。派一个姓陈的小伙子送到区上。

"干得好，比牵两头大骡子强。"

奖他们二百元。当时二百元能买八升小米。

第七回　轰轰烈烈麻雀战

众人打好主意，这天黑间背电话匣子去。前晌，贾希哲去侦察连，谈罢夜儿黑间的情形，侦察连长告诉他们：

"政委说，要给你们枪。背去吧！他可喜欢你们这个游击组嘞，说得好好儿培养你们的战斗力。"

贾希哲捎个口信给游击组，也顾不得往回翻，翻过大山上团部去。见了政委，政委挺欢喜，详详细细问了他好多事情，说：

"能用多少背多少，尽你们使枪的本领。子弹使完了再来拿。"

还讲了联系的问题，怎么活动的问题。贾希哲想了半天，下不了决心背几支枪。人嘛，是七个，真能使枪的只有他和贾希顺、贾希贤。象贾国才他们那些小伙子，有胆儿，心灵，一学也就会的。那么背七支嘞？六支嘞？家里还有支破枪。三支嘞？贾希哲是不干冒冒失失的事情的，他背了五支。

游击组人们得了口信，知道他背枪去了，一个个可痛快嘞，聚在一块儿，等他回来。半后晌，等得人们不耐烦了，才见贾希哲打从小岭上下来，背着枪。都说：

"好了，有枪使了！"

迎上去，一见是五支，也还高兴，都把枪拿下来，在手里掂，打开枪栓，放空枪，认牌子，当着好些人面前拿架式擦枪，向看的娘儿们"要布条"。人散了，分枪，——贾希贤一支，贾希顺一支，陈国儒一支，贾国才一支，贾希哲自个儿一支。——这就闹开了。那两个姓陈的小伙子不干了，说：

"当一阵子游击组，连枪都摸不着背。"

还说："我们没资格使枪，还当什么游击组。"

贾希哲急了，说话光结巴，又解释不清楚。贾希顺也说贾希哲：

"为什么不背七支？背六支也好嘛，搭上那条破枪也够使。"

那两个姓陈的小伙子说贾希哲宗派：

"我们不要破枪。我们不姓贾。"

这么着，贾国才呛不住了，也嚷着不干了，把枪放下，就要回家去。贾希顺说贾国才的不是，不该跟着闹，火上加油。贾国才和贾希顺闹，那两个姓陈的小伙子也和贾希顺闹，和贾国才闹。贾希哲在当间涨红了脸，转来转去，说谁，谁就给他碰。贾希贤在一边插不进嘴，闷着脑瓜儿抽烟。陈国儒看了半天，想出主意了。他说，他不会使枪，给他两颗手榴弹就得。

他把贾希哲拉到一边，说了。又说了那两个姓陈的小伙子一顿，又批评了贾国才。贾希哲把一支捷克新枪和那条破枪给那两个姓陈的小伙子。人们都低着脑瓜儿不言语了，陈国儒圪蹴下边抽烟边说：

"呃，贾希哲真计划得对！我就不会使枪嘛，给我枪，我不会使，把它闹坏，不是白糟蹋？呃，你们使枪吧，我使手榴弹好了。我不使枪，还会和他们一样。你们到哪，我到哪。"

说话那神情，谁看见也会气消的。陈国儒是个聪明的老实人。他又说那两个姓陈的小伙子：

"你们心灵，好好儿学打枪。别把枪弄坏啦。枪可是了不起的东西嘞！"

一场风波过去，东庄游击组可神气嘞。耍猴的有了猴，做庄稼的有了牛，游击组有了枪，那就是有了自个儿的天下了！天黑，正要下去背电话匣子，区合作社要他们掩护运布去。一宿没下西庄。掩护运布回来，天快亮了，大明星高高挂起。睡了一阵子，听见了枪声。

天刚明，区游击组就打西庄后山的军事哨。去的是两个小伙子，趴在那坡头有一枪没一枪地打。日本鬼子还枪，他们走了；日本鬼子停枪，他们又去了。连搞三四回，日本鬼子急了，打掷弹筒。山上看见的人们都说：

"这两个小子厉害了，就会给日本鬼子泡蘑菇！"

东庄游击组一个个手痒痒的，催着吃罢饭，纷纷背枪上山。常言说："疯狗过街，处处叫打！"人家打起来了，还稳得住？贾希顺、贾国才、陈国儒一起翻过一座座小岭，到了日本鬼子军事哨紧东边小岭上。准备着，有机会就打。贾希哲、贾希贤一起到北边，想和西北上的区游击组取得联系。两个姓陈的小伙子一起，一条新枪，一条破枪，站在东北角一座小岭上，雄赳赳的。

山上可以听见日本鬼子下操叫口令，劈柴火。军事哨那哨棚一会儿跑出一个人来瞭一瞭，一会儿又跑出一个人来瞭一瞭，区游击组一打枪，又钻进去。太阳慢慢儿高了，到半前晌，天气热得闷人。区游击组一阵密密的枪，把日本鬼子打急了，哨棚里钻出一个人，一阵跑步下西庄寺去了。

山上人们说：

"得了，日本鬼子要出来了，瞧他报告去。"

一会儿，八个日本鬼子打西庄寺后坡露头，上了安军事哨那梁，一直向北走，还扛着挺机关枪。他们要打区游击组去。山上的人们谁也看得清清楚楚，贾希顺端起枪来，没有打，又放下了。贾国才、陈国儒跟着他偏梁岗往北走。他们端着枪，瞅着日本鬼子，那边梁上日本鬼子快，这边梁上他们也快，日本鬼子慢，他们也慢。走着，还拿眼睛瞅那边沟里。他们就不放枪。山上看的人们也不照顾自个儿的转移了，在各个小岭上偏梁岗往北，追着看。这是干什么呀？这些人们不要命啊！人们就追着看，看日本鬼子，看贾希顺他们三人，他们三人瞅那边沟里的那个怪样儿！

快到大北梁梁根儿，八个日本鬼子伏在一个坡头上，向西北架机关枪。还没开枪嘞，一群日本鬼子，三十来个，打贾希顺他们瞅的那沟里露头，到那八个日本鬼子趴着的那儿，一齐向西北开火。人们这才看见贾希顺、贾国才举起枪，冲日本鬼子背开火。贾希顺一条枪，贾国才一条枪，平平八八，各放三枪。全山上的人们看得清清楚楚，日本鬼子象羊群里跳进了狼，象鱼群里投进石头，象捣乱了蚂蚁窝，象劈开了蜂桶，全乱了，扭回头，跑开。山上人们全看见，有两个日本鬼子趴着一直就没动，象钉子钉住了，象生了根。人们说：

"好枪手啊！"

日本鬼子乱了一阵子，聚起队伍。贾希顺带着贾国才、陈国儒扭回头，绕梁岗往东边跑。过了一道岭，只见陈国儒不跟着跑了，和贾希顺说了些什么，就自个儿一直往南，顺着梁岗跑。贾希顺、贾国才又过两道岭，回头一看，日本鬼子聚好队伍，绕梁岗向这边追来，到了他们放枪那儿，一齐趴下，向东开火。贾希顺、贾国才冲东南，跳梁岗，到了远远儿一个大坡头上。日本鬼子打罢两梭子机关枪，又爬起来绕梁岗过一道岭。人们一看，乱了，向东，都跳梁岗走。人们上了第二道梁，回头看，日本鬼子又绕过一道梁，架好机枪向东打。人们正要跳梁岗再走，见日本鬼子乱了，扭过身子要往北打嘞。人们还在说：

"这是怎么一回事啊？"

日本鬼子刚向北趴下，正东边呜啊呜啊飞过来两颗子弹落在日本鬼子背上。日本鬼子又乱了，又扭过身子来了。这时候儿，只听得见北边、东边枪声乱响，那日本鬼子惊了，顾不得还枪，一窝蜂跑到一个山洼里去了，弄了一股烟，直嚎嚎。山洼两边都放上哨。直待到后晌，山上的人们不散，眼睁睁都看着日本鬼子。山上人们说：

"唉呀，日本鬼子着憋嘞！"

又有人说："捉鳖，游击组才捉他们的鳖嘞！"

"原先三个五个也敢到沟里捉老百姓，唉呀，这下可不敢了！"

"可不敢！"

那些背着行李跑的，把行李放下垫坐，打火抽烟，聊闲天。那些扶着病人的，把病人干脆扶到背风的去处，抓把柴火，支起小锅儿熬开水。妇女们也一屁股在岭上坐下，打开包袱，拿针线活出来作。远一点子的，先是把窝铺拆了，这时候儿又搭起来。都说：

"日本鬼子今儿没劲儿了。"

这时候儿，日本鬼子村边又响了一个手榴弹，人们正立起来望嘞，日本鬼子打山洼里出来，一个跑步就往回翻，抬着的，搀着的，一窝蜂打梁上钻下沟走了。那时候儿，太阳偏西，日本鬼子一个个透着太阳光黄黄儿的，有人还给过了数嘞。

这一仗，满山人们痛快极了，这且不忙说。那在北边打枪的是贾希哲和贾希贤。他们两个都是好枪手，又占的地势高，他们打得好不用说了。那打正东飞子弹的，就是早起就立在那儿不动的两个姓陈的小伙子。他们，一条新枪，一条破枪，两个使枪都是生手，夜儿黑间才叫贾希贤、贾希顺教会的。日本鬼子向东打的时候儿，正冲着他俩，他俩正稳不住嘞，日本鬼子乱了，背冲着他俩。

使新枪的说："打吧！"

使破枪的说："等一等，等他们趴好再打。"

使新枪的说："趴好了。"

使破枪的说:"还动嘞,不好打。"

使新枪的说:"打吧,我瞄那胖子。"

使破枪的说:"我瞄那人稠的地方儿。"

使新枪的说:"打吧!别发抖啊!"

使破枪的说:"你嘴唇皮发白了!"

使新枪的说:"不打紧。打吧!"

他们都有些发抖。第一颗子弹打出去,使新枪的推子弹,叫使破枪的别忘了通一通再打。

"要爆坏手的。"

自个儿打了第二发。打第三发,使破枪的也推子弹了。使破枪的嫌他慢。他们就一边争,一边打。打罢,他们都你埋怨我,我埋怨你:

"没打中。"

老实说,他们打得倒不怎样坏,日本鬼子又近,又挤得羊似的。他们不痛快的是没一枪一个。

那陈国儒,趴在最南的坡头上,趴得不待趴了,看见一个瘦小子赶一群羊打西庄出来。原来,日本鬼子仗着自个儿搜山去了,想必下面没有事儿,就叫这瘦小子把羊赶出来放一放。那刚好!陈国儒也是想趁日本鬼子出来了,到村边看看去的,只是趴在那儿就没看见什么动静,没下去。羊一出来,陈国儒的眼睛一下就亮了,心也跳了,好容易他才忍住,让那瘦小子把羊赶到东边,避开了军事哨的眼睛,他捏着手榴弹,飞跑下去,向那瘦小子说:

"走你的。"

瘦小子瞥了他一眼,不怕他,也不理他。

"好小子,你不听啊!"

陈国儒一个手榴弹丢过去,没炸着他,羊可给惊散了。瘦小子还没走,是愣住了,打不出主意?还是不怕?陈国儒蹿上两步,说:

"快走!我又打手榴弹了!你受了伤,日本鬼子也不给你治的!"

陈国儒把手榴弹一举,瘦小子扭转身跑了。陈国儒动手赶羊。散了的羊群哪能一时半时聚到一块？他心也跳得过厉害，象猴儿搬玉茭，搞到两个，丢啦两个。又害怕日本鬼子出来。东赶西赶，聚拢五只，一色的大白绵羊。他赶着就走，性急的人才知道羊是走得多么慢的！这时候儿，性子不急的陈国儒也急了，急得满头大汗，也是没法子，又不敢多吆喝。他一下子想起腰上有那朝朝暮暮，晴天雨天，紧紧别在农民身边的镰刀。他赶快拿下来，掉转镰刀把打羊。羊走快多了。

那放羊的瘦小子跑回西庄，跟着跑出来一个日本鬼子。说不清他是要追陈国儒，还是来看是不是瘦小子扯谎，没带枪，又直追。常言说："那也象，那也不象。"

陈国儒看见有人追他，赶羊赶得更急，把一只羊打得不能走，躺下了。陈国儒舍不得丢它，就把它扛起来。陈国儒是中等身材，比别人胖，腿又短，扛着一只羊，赶着四只，又要快，是挺费劲儿的，但是，日本鬼子终究赶不上他。他赶进山沟里，棉袄棉裤通汗湿透了。

山上日本鬼子就是听见他打的那颗手榴弹才回去的。他怕夹屁股打脑袋。

第八回　胜利结束反"扫荡"

陈国儒赶了五只羊回来，又饿了三顿。两个姓陈的小伙子你埋怨我，我埋怨你：

"没打中。"

到贾希哲跟前，又给他们讲了怎么才打得中，也没事。第二天黑间，他们下决心背电话匣子去，到电话室那儿，连房子也没有了。日本鬼子看那电线的割法真可怕，又迷信，说那房子不吉利。东庄游击组还是天天摸进西庄去。有一宿，看见一群日本鬼子在屋里烤火。日本鬼子也听见脚步声了，就吆喝。贾希哲也不怕，打那窗户里丢一个手榴弹进去。手榴弹刚好落在火堆里，炸得满屋子火花乱飞。有一宿，他们带着部队上的两个同志，扛了挺机关枪进去，要打会餐的日本鬼子。日本鬼子钻洞了，只打死七八匹大洋马。有一宿，还去摸日本鬼子的军事哨来。

日本鬼子退的头一天，贾希哲还和日本鬼子开了个大玩笑，埋一个非常有意思的地雷。

贾希哲本来是不会埋地雷的。在他赶羊的第三天，他去找中队长。那时候儿，中队长还没撤职嘞。他和中队长说：

"我们游击组动作嘞，爆炸组嘞？"

中队长说："你们会埋你们就埋吧，别等爆炸组了，他们不顶用。"

这个中队长是永远不起劲了的。贾希哲把他没有法子，就回去找贾国才，要他和他一块儿埋地雷去。

贾国才说："我不会。"

贾希哲说："不吃紧，帮帮我的忙吧！你只替我瞭着就得了。"

贾国才跟他到了日本鬼子常来往的大道儿上。贾希哲把地雷放在道边，跟贾国才说：

"毬，这地雷我就没埋过！试试看。这玩意儿考人嘞！"

贾国才说："老天爷，你也不会呀！我以为你会嘞！你瞧！"

贾希哲说："来都来嘞，埋埋试试看。"

贾国才说："没家具呀！"

贾希哲说："用手，你站着，牵上你的衣襟。"

贾希哲蹲下去，用手挖砂子，说：

"你拿眼睛瞭着啊，人家埋地雷要放哨，我们就自个儿来吧。"

贾国才两脚张开，双手牵着衣襟，两只眼睛梭子似的往东看一眼，又往西看一眼。贾希哲就在地下刨土，一捧一捧地把土捧到贾国才衣襟里。贾国才衣襟装满了，贾希哲叫他去倒得远远儿的，自个儿瞭着哨。贾国才回来了，又挖。就这样子，他们埋开地雷。到日本鬼子退却这时候儿，他们变成了挺好的爆炸手。

那天，贾希哲在山上转游半天，后晌，打山上提溜回一个草人儿。众人看着，也不言语，贾希哲也不言语，把草人儿塞进窝铺，又走了。一会儿，他拿着一张纸一支笔，还有墨跟砚瓦。他搞上水，磨墨，众人也没注意他。墨磨好，他把纸铺展开，提笔写字。贾希贤以为他记账嘞，到他面前来看。贾希哲写的是四句诗:

小孩长得壮，立在当道上;
谁要把他动，就和谁抵抗。

贾希哲写罢，贾希贤咧开又厚又宽的嘴唇皮，把嘴都笑歪了，伸巴掌打贾希哲的背，说:
"你真会写。"
众人问:"写什么?"
贾希贤笑得把话都说不清楚，说:"来看吧。"
众人围上去，看了也笑。贾希哲脸红红的，结里结巴地说:
"我，我要叫，叫日本鬼子踩踩，我的地雷! 这几，几天，要走，走，就狡猾，猾了! 不，不，不要笑。"
黑间，这张纸贴在草人儿身上，跑到西庄街口，天明，响了挺响的一个地雷，人们看得见打那街口冒出的一股蓝烟。这四句诗，当天就远近传遍了。这是人们传着的贾希哲最有名的诗。
日本鬼子退却，贾希哲他们回家，把枪倒转来挂在墙上，进地，赶集，料理家务。一天，他在地里转了一遭，回来在那架大叶烟面前倒腾，动手扎成几个把子，准备第二天赶集卖了买盐吃。一个区干部来了，递他一个通知，叫他到县里开会去。说:"区里根据村里的意见，选你作战斗英雄，县里也选你，我看，你得有一趟子群英会好开了。"
他说:"只选我呀?"
区干部说:"全县四十几个。"
他说:"我是说我们游击组的人们。"

区干部说:"你就代表他们吧。"

他说:"那行。"

区干部说:"你们干得不错呀,真看不出。"

他说:"那有什么?日本鬼子是老几?"

区干部看着他笑,他气忿忿地说出四句古话:

> 山大压不死螃蟹,
> 牛肥压不扁虱子,
> 厚墙挡不住老鼠,
> 洪水淹不死虾米。

贾希哲的事儿,阜平人都这么说。千张嘴,万张嘴,一张嘴比一张嘴说得好。

牛老娘娘拉毛驴

这里说一个非常平凡的老人家,她干出了一件叫人胆寒的事儿。——她没干,谁也不敢干;她干出来了,人民看来倒也并不怎么希罕。真是:

> 一蹶子掘开了窖子口,
> 是金子是银子摆在面前。

愿意知道这事的,听我慢慢说来。

阜平鹞子河边柳村,有个七十多岁的牛老娘娘,是南边十来里地名方代口的娘家。老头子去世多年。两个小子就叫大老牛,二老牛。两兄弟都另开家,支盐量米,各立门户。大老牛,五十岁,养了两个小子,一个闺女,大小子年满二十,家境困难,还没说下媳妇;二老牛,四十岁,养了一个小子,两个闺女,大闺女已嫁了出去。老娘娘跟着二牛家过活,孩儿也能孝顺,盛菜煮饭,送汤送水,把老娘娘安顿熨熨贴贴。老娘娘也成了活菩萨一个,一天到晚,盘着腿,坐在炕上,补补连连。闹得补针上打补钉,再打补钉,一家人衣服就是旧得不象样子。可找不出有一个窟窿眼儿。后来眼睛迷糊了,就搓麻绳捻线。那一双手就闲不下来,闲下来,老娘娘就喊：

"憋得慌！找个活儿混混手！"

二老牛早就不让她作活了，就说：

"这么大年纪了，也清闲清闲。"

老娘娘就说："呃，歇不惯！歇下来，就象少了个什么东西似的，坐也不是，立也不是。呃！"

老娘娘还说嘞，二老牛歪着头，笑嘻嘻地，装上一袋烟，对上火，扛上锄头到地里去。二老牛到地里干了半天活，晌午回来，又见老娘娘盘着腿，坐在炕上，理那破布片子。她把她埋了半截炕，一张一张摸过来，凑到眼睛边瞅了瞅，理展了，放在膝盖上，一叠一叠把它折起来。

二老牛说："娘，这个还理它，没毬用啰！"

老娘说："呃，理出来吧，打个补钉哪，打个褙壳哪。——呃，不理展它，看着也心烦呵！理展了，心也痛快了！"

实在找不出活儿来，她又走到大老牛家，东摸摸，西摸摸，找活儿作，一转眼，她又理清了破布片子，搓完了麻绳，补好了盖锅的拍拍。人老心软，老娘娘就是有一点护短。大老牛也好，二老牛也好，打儿打女，老娘娘看见，总是不依的。他们要跟媳妇吵嘴么，老人家总站在媳妇这边，挨打挨骂的都没有事，她却眼泪汪汪的了。两老弟兄闹开口角，她一来，就自个儿散了。

老娘娘眼睛迷糊了，一头白头发。白头发在脑后挽了一个小疙瘩，簪子都别不上了。老娘娘瘦一些，那身子骨头倒还结实，五六年来，没害过病。

所以她短不了拿根棍子回方代口她娘家去。她娘家还有一个老弟弟，叫李大全，六十多岁快七十，眉毛胡子都雪似的白了，也是个好老人家。老姐姐见着老弟弟实在亲热。

老弟弟门前有棵桃树。每年八月间桃子熟了，老弟弟端个小椅凳，拿一条火绳，——蒿子编成的火绳——敞开胸脯，坐在旁边一棵大黑枣树下抽烟。敲了烟灰，拉过快编好的席子来，蹲上去编。那一个个拳头大的定州桃，圆溜溜瓜一般，饱满满肥猪似的，嫩一些的，白得玉白，嘴上带点水红；老一些的，红中带紫，紫得发乌。剥开了皮，又红又细，不用牙齿，一抿就化了，凉爽痛快，说不出的美味。这时，老弟弟总得说：

"老姐子该回来吃桃子哪！"

老姐姐也回去吃桃子。去不了，老弟弟也得叫儿呀孙的给送去，还捎口信问她：

"是不是身子骨头不舒快？娘家穷，米汤还熬得起。"

那桃子，老姐姐翻来复去地看了，擦清爽了，又剥了皮，边吃边说：

"呃，老弟兄还是老弟兄！"

没吃上半个桃子，她就歇下了，把剩下的一半给了小孙孙。看着小孙孙吃完了，她就乐啦，把桃子一个一个分给她孙儿、孙女、大老牛、二老牛、两个媳妇。留下一个半个，却也擦得清清爽爽，放进抽屉里，说：

"这个谁也吃不了我的。"

第二天，半前晌，孙儿孙女挤在她面前来了，她把桃子拿出来，拿刀劈成瓣儿，一个一瓣分给他们。她给她的小孙孙把皮剥掉，喂进嘴里，这个小孙孙，才上树掏雀儿窝来。弯着腰，在她面前，张开嘴，吃上嘞，就又去掏雀儿窝。

要是她回到老弟弟家去么，老弟弟的儿呀，媳呀，都来了，给她椅凳，给她蒲扇，问她吃饭没有，问她喝茶不喝。小一辈的，还有那再小一辈的，也拥上来，哪怕刚会走路。这工夫儿，喝口水也是甜的，吃口干粮也是香的。老姐姐，老弟弟，在一块聊开家常，就再亲热些吧。一会儿擦眼泪，一会儿你看着我，我看着你，不说一句话，一会儿只要老弟弟把旱烟锅的火对好，又聊开啦。老姐姐就把自个儿想法告给老弟弟，老弟弟也一样。

牛家好几代是佃农，减了租子，日子过好了。从去年起，老娘娘有了个想法，就是要喂一头驴。她去跟二老牛商量：

"二小子，我们喂头驴呀！"

二老牛说："呃，你怎么想到这个？"

老娘娘说："我们就缺一头驴。"

二老牛说："缺的东西多嘞！"

老娘娘说："有驴就好啦！送粪啦，推碾啦，不信你瞧你媳妇，累成什么样儿！呃，还是有头驴好！"

二老牛说："没钱啊！"

老娘娘说："两兄弟伙着。"

二老牛说："哥也没钱！"

说罢，二老牛又进地去啦。老娘娘就去找大老牛。

大老牛也说："娘，你真想得好呀！"

老娘娘说："可不，什么事儿都好啦，再有头驴，我就死，也心甘嘞。"

大老牛说："就是没钱。"

老娘娘说："买不上呀？"

大老牛说："可不。"

老娘娘和大老牛长久地聊着大老牛小时候儿的光景，养种着二亩半嘎咕地，一年尽吃杨叶。有一天杨叶吃完了，吃槐叶，又泡得不够时候儿，一家人都肿了脸。说得眼泪汪汪，半晌后，才回二老牛家去。

回娘家，她也一次两次告给她老弟弟：

"他两弟兄有头驴就好啦！人们都说如今世道不同啦！好好儿务庄稼吧！他两兄弟就缺驴！缺驴，就不顶！"

老弟弟就说她的想法对："买吧，叫他弟兄俩积攒积攒。"还领她去看自个儿的驴。

每遭回娘家，两个老人家都得谈到驴。

老姐姐一去，老弟弟总得上来问：

"老姐子，你的驴买上没有？"

老姐姐就说："没有嘞！"

老弟弟总得说："快些买吧。"

老姐姐总得说："没钱呀！"

老弟弟就叹气了："我看你盼不上啦！"

老弟弟又领她去看驴。抓一把草放在槽里，驴就伸脖子过来。老弟弟一掌打在驴屁股上，就说：

"上一集，我可见过好驴嘞！"

就拉开各种来聊了。在这世间上，驴，怕是她最后一个想头了。一时半时到不了手，不要紧，老娘娘一股劲儿盼着，正是：

> 一粒麦子落在地下，
>
> 终会发出青苗来。

一九四三年，过了中秋，情况儿紧了。变工组散了，忙着跑反去了。不几天，日本鬼子到了阜平，在这柳峪周围扎了三个临时据点，北边凹里，南边南湾和方代口。日本鬼子实在疯狂：

> 烧房，推摸，开窖，抢粮；
>
> 杀了人来，他又赶了羊。

那牛老娘娘，打游击，真是受制，看又看不见，走又走不动。摸不着好吃的，摸不着好睡的，就不用说了。就全靠二老牛拉着她，眼看日本鬼子搜山搜得更紧了，她就跟二老牛说：

"别跟着我，我老了，死了也不要紧。你们年青人，能跑就跑，能活就活。"

二老牛哪能听她的，死也要跟着。一天早晨，吃了早饭，牛老娘娘就自个儿到山上找个地方儿钻了。二老牛在满山上叫，她只做听不见。自个儿心眼儿在说：

"找不着我他就会自个儿走的。一大家人少了他就活不成。"

二老牛正叫着，日本鬼子上来了，二老牛急得哭了，再叫：

"娘！"

没有应，抹着眼泪走了。下午回来见了娘，二老牛还没说话，老娘娘就说：

"我今儿个一点儿都不受限制！"

二老牛说："娘！一会儿看不见你老人家，当儿孙的是放不下心的！"

老娘娘说："可别！这是什么工夫儿！你不受苦，娘娘就放心了。"

打那天起老娘娘就自个儿打游击。敌后那些当老的都有这个苦心，她明知道当小的都为了这事心里难受。俗语说得好：留得青山在，不怕没柴烧。

只要有儿子在，一家终归有个办法，就当老的死了，也不要紧。那牛老娘娘等日本鬼子走了，就爬出来，身边放着棍子，坐在树荫下等她的孙儿回来。看着一个个都没事儿回来了，看着二老牛又起窝铺，二老牛媳妇作好饭，她就欢欢喜喜端起一碗菜疙瘩，说：

"天天看着一家人都不出事儿，心里头也亮堂堂的，饭也吃得进啦。"

有时候儿她也说："呃，你舅舅家给日本鬼子糟蹋成什么啰！"

二老牛说："谁知道！"

二老牛媳妇说："娘，吃饭吧。别尽说这些啦！"

老娘娘说："呃，来阵子不见你舅舅！"

二老牛说："没事吧，今儿我还见着。"

老娘娘说："不着急吧！"

二老牛说："还有不着急的？打从日本鬼子来，方代口说天天火光齐天，尽着烟，当当地直冒。"

老娘娘声音都小了，说："日本鬼子什么时候儿才退啊？"瘪着嘴，坐着不动，鼻子一动一动的，泪珠儿滚下来了。

众人也就不再言语。老娘娘天天打听：

"方代口还冒烟不？"

过不了两天，凹里的日本鬼子退了。南湾的日本鬼子也退了。南湾逃出来的人，闹哄哄，回家去。但见一个个卷上袖子，喜气洋洋；迈开脚步，咚咚价响。却也凑巧，老娘娘正是自个儿一个人待在山沟里。伸手就拉着一个小伙子，问：

"哪去？日本鬼子来啦？"

那个小伙子急着要走，就说：

"日本鬼子退啦！"

老娘娘又问："什么地方儿的退啦？方代口还冒烟不？"

火气十足的小伙哪顾得上，嘴一撇，头一摇，撑开老娘娘的手，当当当，飞也似的跑去，在沟口上不见了。老娘娘在那儿立了一会儿，心想："是方代口也退了吧？"

又往前走了几步，听见到处在说话：

"退了！退了！"

人们都急着往南边跑。老娘娘说：

"是退啦！唉呀，真好！我老大老二家里倒还没有事儿，一根草也没给日本鬼子闹去；就是方代口，不知道他舅舅嘞！"

她就想趁这工夫儿看看去。这工夫儿，只要有一个人把牛老娘娘一把拉住，拖回沟里，才是正经。要不，老娘娘一下子腿疼，立不起来，也是好事儿；这一去，才叫做危险。好比：

　　失足跌下古井里，
　　井里盘条大蟒蛇。

没到南湾，人们以为她是到南湾去的；过了南湾，道儿根本没有人，谁搭理她？她就直往前走，一路走，她还一路想。过南湾的工夫儿，见人们正在村里抢夺，十分慌忙，有挑着担子跑的，有扛着衣袋窜的，远远的，她也看不清楚。她还说：

"嘴上无毛，办事不牢。这是一些青年人！有什么好跑的。"

道边倒着一条毛驴。她拿了棍子拨弄拨弄，不动弹，她看出来是条死驴，蹲下，摸了摸。

"唉，真可惜，好好儿一条毛驴就死啦！这些人们也不拿回去！剥了皮，洗得干干净净，总有七八十斤净肉呃！"

拿棍子戳了戳。

"呃，还肥肥的！叫他舅舅他们拾回去。"

立起来，挂着棍子，又往前走。"我老二剥驴这活儿，真是个把式！皮是皮，肉是肉，心肝肚肺，洗得一清二白！"

经过山嘴巴，就是一条平道，直通方代口，道边儿，尽是树。西边地里，长满了枣树；东边，一连不断的苇子地。把方代口堵得严严的，不到就看不见。枣儿撒了满地，也没有人拾。她说：

"呃，他舅舅他们回来就该拾枣儿啦！"

她走累了，就靠一个枣树坐下来。老娘娘，手是不停歇的，拾枣儿拾满一把了，就装在口袋里。装了满满一口袋。她想的是："我今儿个没啥东西给小孩儿们带去。吃几个枣儿也好。一去，小孩儿们一拥上来，好歹总得给点吃的。"

歇够了，站起来又走。到了村边，她听见驴叫。抬头一看，就在侧边十几步远，碾旁，拴着一条毛驴。屁股圆圆的，毛底亮亮的，好象一条黑毛驴！再远点，再远点，拴着一条大青骡子，更是爱人。她说：

"方代口的人把牲口也牵回来了呀，好快！这都是谁家养的？"

正在这工夫儿，她又听见了洋马叫。她说：

"咦，连军队也驻上啦！"

把身上的土打一打，按按头发，她就要进村。刚走了几步，那边屋子里说话，一听，是说日本话，还在笑，那个笑法就跟中国人不一个样儿。唉！真危险。

　　半天嘻嘻哈哈笑，
　　谁知走到鬼门关！

日本鬼子出来，她就别想跑得了，那日本鬼子一指头得把她戳一个筋斗，一巴掌得把她打一个死。

老娘娘却站住了。她想趁鬼子没看见她的工夫儿把驴牵走。老娘娘是不是疯了？是不是驴把心蒙住了？是不是不知道，鬼子多厉害？她有她的利害，她有她的道理。她说：

"到这儿也是这样子，不来都来了。"

她又把驴看了两眼，那驴就越看越漂亮！她又看了看村里，没有一点动静。她说：

"嗯，日本鬼子也是这样儿！懒汉似的！就是到他屋里，抱了他被子，他也不知道！"

老娘娘就过去，伸手解毛驴，牵着就走。毛驴也规矩，悄悄地，就低着头，老娘娘牵着，就不费劲。老娘娘也不知道小道儿，还是走她来的那条平道儿。老娘娘不会跑，又骑不上它，只能牵驴慢慢儿走。越走，她越欢喜。时想它就想不到手，这工夫儿，不花一个子儿，掌上这么好一条！她说：

"就死也合眼啦！"

老娘娘拉了毛驴，边走边想：

"那儿还有一条大青骡子，都拉来。日本鬼子拉出来的不就是咱老百姓自个儿的？又是大青骡子，又是这条毛驴，变工组搞生产就方便多啦。"

转过山嘴巴，她把驴拉到山上，找个山洼，拴上了。她又拄着棍子下山，还走那条道儿，向方代口去。你瞧她快活得什么似的！多机灵呀！一点儿也不慌不忙！简直就是个小孩孩儿！难怪中国古人说："老还小，老还小！"拄着棍子，她又到了村边。

这一遭，洋马也没叫，屋里日本鬼子也没说话。她到了大青骡跟前，够不着解，老娘娘又垫上个石头，才解下来。大青骡子莽撞些，老娘娘差点儿拉不住它。大青骡高一脚低一脚，好几遭儿要把她摔下河里去。好在那毛驴走得挺快，老娘娘快，它就快；老娘娘慢，它就慢；老娘娘立着，它就立着。一路到了柳峪，正是：

> 既然大意走进老虎洞里去，
> 就从老虎身上找张皮子回。

家里人们急得不行。找不着老娘娘，见了老娘娘，又惊又喜，自不用提，这头驴，他们就养下来，拿它推碾，拿它送粪。打完游击，还拿它驮脚挣钱。村里这个小子赶一遭，那个小子赶一遭，轮着。老娘娘，直到现在，还挺结实。这个人呀，就是死的工夫儿，嘴角上也会带着笑的，她的尸首也会是一个笑样儿。

阎荣堂九死一生

任你，用水攻，用火攻，要枪毙，要杀头，我是颗，煮不烂，捶不扁，响当当，铜豌豆！

这个故事出在鹞子河边南窝口。这鹞子河从雁北流来，到这阜平境内南窝口南不及十里，流入沙河。河两岸，岩高，沟不宽，枣树、杨树挺稠密。出两成麦子，八成小米、玉茭。河边也有东一块、西一块的苇子地，河里秋、冬、春三季水清见底。

南窝口村干部都是本地土生土长的农民，平时，一块儿赶集，一个碗喝酒，一个烟包里掏烟抽，割柴火时一块儿，干粮平分吃，打游击就一条被子两人睡。群众和他们的关系么，那也是好到十分，向他们没有不能说的话，没有怕他们知道的事儿，谁和谁也是好，真是"美不美，乡中水；亲不亲，故乡人"。

一九四三年反"扫荡"开头，日本鬼子占了上头七里地的曲里，下头五里地的东弯。——打游击的时候儿嘛，一个村就是一家人，村干部就自然是那当家的。买盐借米，请先生看病，出操放哨，转移粮食，催促大家作饭，吆喝大家拆窝铺，传话送信，村干部样样都得想周到。起早睡夜，雨里去，风里来，也得辛苦一些。撤的时候儿要走在最后，回的时候儿，要回在头前，也得多耽受些惊怕。

有一个粮秣员，四十岁，叫阎荣堂，家里不富，做一些喝一些，做一下对付得过肚子。抗战参加共产党，因为群众选他当的干部，为人分外辛苦，一次坚壁上几窖子公粮，为了减少损失，什么粮食也得高度分散。东沟西岭，南岔北洼，他奔来跑去还不用提。白天，来了日本鬼子搜山，曲里的下来，东弯的上来，赶得他们爬坡上坎，上午东山，下午南梁，这阎荣堂直耽心，只怕粮食出岔；好容易盼到太阳落，日本鬼子退，阎荣堂第一件事便是看窖子。有那等不妥当的，还得连夜发动人转移。打游击时候儿，哪家没有妻儿老小？谁又不腰疼腿酸？那人呀！不是那么容易发动的，阎荣堂就只好搞一个通夜。搞一个通夜能搞得好就好，就怕还搞不了。那么第二天，阎荣堂在山上就和热锅上的蚂蚁一般，走头不是路，不要说一心挂两场，简直是挂记这里也不是，挂记那里也不是。阎荣堂把家里事全忘啦，到家里就是吃饭，丢下碗又走了，反正到处都是山沟，哪里也有窝铺，天亮前，随便找一个地方合一合眼就行了。无论睡在哪儿，别人上山也得惊醒他。他去得最多的是刘发荣的游击组，那里消息灵通，又好发动人。

刘发荣，不到三十岁，家境和他差不离，因为能行，勇敢，人们叫他当游击组组长。这个游击组就别扭，没一支枪，手榴弹也有限，要说武器，大大小小，十几个拳头。刘发荣只好每天每组抓紧站岗放哨，传送情报，注意汉奸。

这几天，风声很不好。极乐庵，日本鬼子杀了八个人。左家沟，日本鬼子赶了一群牛。日本鬼子在西岭闹了个遍，哪家人的窖子也给开了。人们还说："曲里后坡那大窖子也给日本鬼子开了，——响了一个地雷，日本鬼子伤了人，也进了去。"

刘发荣生了气，对阎荣堂说："你看！还是有汉奸领着嘛！曲里后坡那大窖子多秘密，——他们中队长还向我夸口！——哼，这些汉奸啦，活捉他几个！我真想不到本地还出汉奸。这些人的心眼儿呀，不知怎么个长法！"

阎荣堂说："许是本地老百姓挨不过打，招出来的。——今年日本鬼子真鬼，这几年，哪回反'扫荡'，日本鬼子也没占这一带，今年倒占了两处！——我看见日本鬼子这么一占，心眼儿里就紧得不行。——原先的窖子都不牢靠啦，你看呀，鬼子抓住了本村的老百姓，稍微熬不过的就坏事，只消一句就坏事啦！"

刘发荣愤愤地说："毬！破鞋的肚子，松包！……我就看不惯。"

说着，刘发荣勒一勒袖子，起身到哨上去了。阎荣堂又坐一阵，抽一袋烟，看窖子去。

过不了一两天，曲里的日本鬼子撤了，众人松了一口气。但是啊，东弯的日本鬼子倒越搞越凶，众人的心又紧了。跑出来的民伕说，那里有个绰号叫"五阎王"的翻译官，安了个死心眼，见人就杀，他说阜平老百姓都是死了心眼的，改不了啦！这倒是的确的，阜平老百姓死了心眼，就是小孩们也知道偏梁岗走，打游击，十五岁的小伙子进日本鬼子临时据点去牵牲口。有一个青年半夜摸进东湾，打开门把日本鬼子捉去的老百姓放出来一百多。

刘发荣哼了一声，叫："好狗日的！"

"好狗日的"这个话，在阜平不单是用来骂人，有时候儿又是惊叹的意思。

阎荣堂叹了一口气，低着头想去了。

他想："唉呀，要捉住我们村的人，这些公粮完啦！"

这天晚上他又开了一宿窖子。他算计："日本鬼子再狠吧，也得怕我藏！我自个儿藏！"他学会了老鼠的办法，就一粒粒抱，也要非得藏严实不可。他准备一点一点重新把它们藏过。他知道这个公粮，丢不得，老百姓省下来给子弟兵，给政府的，来得不容易。天快亮了，跟每天一样，他乏得不行，正要往家里走，碰见了刘发荣。刘发荣问他："吃饭没有？"

阎荣堂说："闹了这一宿，才回家去嘞——呃，再闹两宿，日本鬼子搜也搜不着啦。就算他把山上石头都翻了个遍，地皮都掘了个遍，再把村里人们捉来打死吧，他也没法找出我一颗公粮啦！——你说吃饭，哪顾得上！"

刘发荣说："游击组还有一点饭，吃去吧！——别回家去啦，就回家，你大小子他们也把饭吃啦，拆窝铺了嘞。"

吃饭倒没有什么，游击组的伙食也是大家自个儿带的，谁吃谁拿，记的有饭口表，阎荣堂吃他几顿，有工夫，把粮食捎来就成了。不捎来也不要紧，乡亲们不在乎这点。进了游击组的窝铺，刘发荣给他盛了碗萝卜条儿汤，拿了五个黄干粮。

阎荣堂说："两个就够啦！"

就着汤吃起来。阎荣堂这一宿工夫正闹得口干舌燥、肚子饥，现在东西下肚，香的真香，甜的真甜。刘发荣说："你吃着，锅里还有汤。——我查哨去。"

阎荣堂吃了一个干粮，正吃第二个，第二碗汤也喝了一半，刘发荣回来了，说：

"日本鬼子来毬！我叫游击组的给沟里的人送信去啦——把干粮带上两个！我来坚壁锅。"

阎荣堂把剩下的半个干粮塞进口袋里，帮着刘发荣拾掇。坚壁了锅，坚壁了干粮，窝铺也两下弄倒，把席子卷好，丢在大石角落里，一转眼工夫，拾掇干净，他两人上了山。

在山上转了两个遭儿，天也亮了。沟里群众早走干净了，山上山下没有人影。鹞子河哗哗流着。

刘发荣说："今天日本鬼子怎么鼓捣的？就看不见！"

阎荣堂说："村里去了吧！"

刘发荣说："麻雀飞过也得有个影子。——他就没一点影子？"

正说着，日本鬼子从两边上来了。刘发荣脸就苍白了，说："跑！"

不等他们撒开腿，他们两个一起给日本鬼子捉住。

日本鬼子把他们带下山来，到了河滩里。村里的日本鬼子多的是，看样子，日本鬼子要住啦，正在闹鹿砦，放岗哨。三个两个的在井上打水，饮牲口，到村外找柴火。又有几个正向村边一座房子进攻，刨门眼，拆窗户。刘发荣、阎荣堂只得在心眼里各自着急，两人你瞪我一眼，我瞪你一眼，没有一点法子。日本鬼子也不打他们，也不骂他们。他们疑惑不定，叫走就走，叫站就站，见风使舵，互相使眼色。

来了一个中国人，把他们两个领到树林去。日本鬼子在到处跑来跑去，砍断花树，抹倒大杨树，有抬走石头的，有在那村边撞倒院墙的。鹞子河在三丈远近那地方儿流着，跑是跑不了，两个人双手都绑着。那中国人叫他们蹲下，他自己也蹲下去，说：

"你们受惊啦？——不要怕，有我就不要紧了。我是翻译官。你们叫什么？是什么干部？"

阎荣堂想："这家伙不要就是五阎王吧？"

刘发荣说："庄户人。"

翻译官说："是什么就说什么。——你们还想回去吧？家里有老的没有？有媳妇？有孩子？说吧，是什么干部？说了放你们回去。"

刘发荣说："我是个穷光棍儿，什么也不知道，就赶个集，挣几个子儿，又不识字，——谁还要我当干部？"他想的是："一个穷光棍儿，看你把他怎么样？"

翻译官倒有几分信了的样子，又问阎荣堂：

"你嘞？"

阎荣堂说："我呀还有个老娘，你看他们正拆的那房子不就是我的！好人呀，你给我说了吧，拆了它，我可盖不起呀！"他做出很和气的样子。

翻译官点了点头说："我看啦，你们不要受苦啦，跟我们去吧，不缺吃，不缺喝，要什么有什么。媳妇么，不要说一个两个，你要八十个也有的是。——你们忙一辈子吃了什么？穿了什么？"

阎荣堂说："呃，跟你们走？没有我，我老娘就别想活了！"

刘发荣不哼气，在想："跟你去？——卖洋油的敲碾盘，好大的牌子！"翻译官巴着问他，他只得说："受苦人嘛，还是受苦吧！"

就这样子谈下去，真是人心隔肚皮，永远谈不通。谈了一两个钟头，太阳高高的，半前晌了。边谈着，阎荣堂边留心山上，没见日本鬼子搞回一点粮食来，也没有捉下一个人，心里松了些。

阎荣堂是这么一种性子：温和，但是很老练。你别看他笑嘻嘻的，多少年的折磨，他练成了以柔克刚的本领，就挨着打，受着冻，受着饿，大祸临头，他也有他自个儿的打算。他抗日，他参加共产党，就不是随随便便来的；抗日了，参加共产党了，他又有了一股劲头儿。

刘发荣比他年轻，性子刚，和他大大的不同。

阎荣堂想的是："能哄就哄，听不听由你，听了就好，不听再说，给你抓住了嘛！"他看出了日本鬼子翻译官不会那么容易放他，但他总是要找机会。还找不着么，就慢慢地来。

刘发荣想的是："毬，今天给你抓住，算你占了上风。只要我跑出去了，下次搞几支枪，光我游击组也得打你个王八吃西瓜，滚的滚，爬的爬。要不，我当八路军打你狗日的！"

翻译官翻来复去打听粮食窖子，私人的，公家的；又给他们保证，要给他们钱，放他们走。

"你们还怕我们把窖子找不出来？你们的窖子，我们一眼就看得出来。我们把窖子开了，你们出去，别人也得说你们说了呀！——老实告诉你们吧，你们不说也不行。"

谈到别的问题还可以说几句，谈到粮食窖子，两人的嘴就好比生铁结住了一般，死撬也撬不开，撬开也漏不出一个窖子的地位来。

阎荣堂口里不说，心里想："别吹牛，我不说，你就找不出来！——哼，你找得出来，还给我们说好的？你看，你今天就没得到一颗粮食。"

刘发荣想："随你说去吧！"

翻译官说："好吧，你们阜平人真是死了心眼啦！"

这句话说得毛骨悚然，阎荣堂偷看了刘发荣一眼，刘发荣正低着头。阎荣堂心里暗暗吃惊："真是五阎王呀！"

翻译官不再问了，只说："我就看你们不说吧！"

说罢，把他两个叫起来，跟他走。把他两个带到一个院子里，进了小屋，翻译官在外面把门关上，上了锁，走了。

刘发荣在屋里，坐也不是，立也不是，真心慌，说："这才气坏人啦，要怎么就怎么吧，来个痛快！"

阎荣堂说："这时候儿可急不得嘞，——看事行事——人一急，就糟啦！"

刘发荣说："我生就这个性子！"

阎荣堂说："可别，这不是使性子的时候儿。"

刘发荣就静不下来，在那儿骂："日本鬼子，五阎王，我日你们的祖宗！"不骂了，就叹气。

阎荣堂劝他："骂不顶事儿，落都落在他们的手里了，不要硬碰硬。从他们手里逃得出去就算英雄好汉。你要他来个痛快，那还不容易。"

刘发荣哪能听他的。

下午，来了两个伪军、两个日本鬼子，开了门，把他两个引出来，走了一条街，进一个大院子里去。进了屋里，一个日本鬼子官，和一个黑小子中国人正谈什么，那个翻译官在当间说几句鬼子话，又说几句汉话。见他们进来，那黑小子说：

"这两个全不是好玩意儿，不打不行！"

那口音听来很熟，阎荣堂在想："这家伙阜平人，远不了。——本地汉奸啦！哼，鬼子话没学会嘞，新来的！"阎荣堂偷偷看了刘发荣一眼，刘发荣脸上却没有一点动静。——他正在想："要打就打吧，怕打的算是赖种！"——他生气，他骄傲，是正当的，但是，就这个蒙住了他的心。

翻译官看定刘发荣的面孔说："怎么样？明白了没有？要不就不客气啦！你说，你们村的窖子都在什么地方儿？"

刘发荣低着头不哼气。

阎荣堂说："别人的窖子我们实在不知道。人家都是半夜三更，人定的时候儿埋的。我们自个儿也没有窖子，穿的在身上，吃的在肚子里。我家只有一个老娘，……"

翻译官说："你看见谁在半夜三更，人定的时候儿埋的？"

阎荣堂愣了一愣，很快就说："半夜三更，人定的时候儿埋，所以我看不见嘛。"

　　翻译官说："那你怎么知道？"

　　阎荣堂说："谁也这么埋啊！"

　　翻译官在地上捡起来一根胳膊粗的白杨木棍子，就问："那你一点也没看见？"

　　阎荣堂说："我又不想偷人家的，我管他谁在那儿开窖子。"

　　话还没说完，头上就挨一棍子。翻译官骂："胡说！"

　　阎荣堂不吭气了。

　　翻译官说："快说，你们是什么人？"

　　阎荣堂小声说："庄户人。"

　　翻译官鼻子里哼了一声，那阜平口音的黑小子笑嘻嘻地说："谁问你是不是庄户人呀？——说吧，是干部不是？是共产党不是？"

　　阎荣堂更加小声地说："不是。"

　　黑小子说得更大声了，还打了个哈哈，说："真笑死人啦，连个不是都不敢大声说，准是！"

　　翻译官又问刘发荣："你嘞？"

　　刘发荣说："别问啦，给我个痛快！"

　　翻译官一棍子就打下去说："你要痛快，我就要慢慢地来！"

　　黑小子说："这家伙是个共产党！"

　　翻译官又是一棍子，边答应黑小子："阜平的庄户人，十成有八成是共产党。"

　　刘发荣两眼冒火，——他心里说："好黑小子，你真好眼色！"——就是给绑着，还不了手，只是大声说："黑小子，我算落在你手里啦！"

　　黑小子也拾了一根胳膊粗的棍子，说："打，先打这狗日的们一顿结实的！"

　　说罢，两条棍就打开了。乒乒乓乓，一棍比一棍重，雨点般，一阵比一阵紧。

那黑小子就象要吃人的狼似的，把他一辈子的恶毒都使出来啦。眼睛红红的。他骂："我就不信你们这些共产党员是铁打的！再显威风吧！发动群众吧！"

那翻译官也就上了瘾。刘发荣先还呐喊，慢慢儿闭嘴了。阎荣堂把不住脚，就要跌倒，耳朵里只嗡嗡响，也听不清楚那翻译官和黑小子嚷叫些什么，也分别不出棍子的轻重了。忽然，刘发荣扑通倒了下去。阎荣堂也只觉着天旋地转，想站稳，办不到，顺着下去，棍子还打着，却再也不知人事了。

也不知经了多少时辰，阎荣堂在地上醒了过来，只觉得浑身麻木，火辣辣的，动一动就好比针扎一般。蒙里蒙眬地，他听见那两个中国人在说话。

翻译官说："活了！"

黑小子说："可不，一顿是打不死的。我打过。"

翻译官说："唔，我也打过多啦，常常打得我胳膊发疼。"

黑小子说："用酒擦一擦就好。"

阎荣堂睁眼看了一看，日本鬼子官不知到哪去了。他又闭上眼睛。心想："该把我丢出去了吧？这时节该装死。一定是刘发荣动来着。"他想到万一把他丢出去，等身边没人了，他就赶快起来，连爬也要爬回去。要回去了么，家里人们该是多么高兴。大小子顶事，他得叫大小子去照料窖子。他又想到不久就告给区里，叫他们另外找人想办法，不要叫大小子把事儿误了。一会儿他又想到不要紧的，打的伤容易好，不要叫人看出来毬不顶，挨几下就辞职，别人也照样嘞。

那黑小子凑到阎荣堂的面前，说："痛吧？"

阎荣堂不注意的把眼睛睁开看了他一眼，又赶快闭上，不哼气，心里头埋怨自个儿。

黑小子又跑到刘发荣面前，问："你说不说？"

用脚踩了两脚，刘发荣睁开了火红的眼睛，说："随你的便吧！就恨我没有死。"

翻译官也跑去了，软的硬的说了一阵。

刘发荣说："给我来个痛快！"

不管什么，他都来了个"软硬不吃"。"软硬不吃"这句话在阜平特别流行，这句话把阜平人的顽强说透了骨。

翻译官到了阎荣堂面前说："说实话吧！"

阎荣堂说："实在是庄户人，什么也不知道。"

黑小子说："这都是贱痞子，还得打！"

阎荣堂说："我这都是实话呀！"

一阵棍子又落到身上来了。这一遭不比头一遭，哪消一顿工夫，又都死了过去。等到阎荣堂再醒过来，听见挺急的脚步声，睁开眼一看，那黑小子带着两条汉子，把刘发荣架了出去。屋里生了一堆大火，照得明明白白。刘发荣还向他这边看了一眼，却给一巴掌打了过去，黑小子对阎荣堂说："你还看！"

天已经黑了，他躺在那儿，眼看着那日本鬼子官和翻译官坐在火堆旁烤着，都不做声。一会儿，进来一个日本人、一个中国人，端着肉菜、大米饭、罐头，放下，不吭气，又出去了。日本鬼子官和翻译官叽里咕噜说了几句，就吃饭。吃罢又走了，那两个人把家伙拿出去。日本鬼子官和翻译官又跟木头一样，坐着烤火不做声。

远处有日本鬼子的说是唱不是唱，说是吆喝不是吆喝的怪声音。——这种声音，日本鬼子一闹就闹到天亮，哪一个临时据点里也一样。——阎荣堂想："山上的人们都听见啰？"他又听见门外头直是窸窸窣窣的，听了半天，才搞清楚那是下雨了。阎荣堂心想："下雨好，下了雨就看不见窖子的印儿来了！"他挨着的地方都肿了，衣服绷着疼得厉害。那伤口又多的是，不觉着还啰，觉得就象千条毒蛇钻着咬，顾得了这，顾不了那。

阎荣堂看出来，事儿还没有完，还有拷打在后头。他叹了一口气。想到今天早起不该到刘发荣那儿去，该就上山，肚子饿怕什么？未必在山上还找不着吃的，弄得这时节受苦！他想到，打游击嘛，饿是小事儿，他设想他要活出去啰，以后就宁肯挨着饿，挨着冻，只要不给日本鬼子抓住。

他是受惯了冻饿的人。

他一点没想到死，一脑子的希望，哪怕这希望是艰苦的生活，这样的希望常常是有力的。

一会儿，日本鬼子官和翻译官叽咕了一阵。翻译官走过来，问阎荣堂说："熬得过吧？说了吧！这儿只有你一个人了，那家伙拖出去枪毙了。"

看那说话的神情，阎荣堂就知道是假的，他也没听见枪响，就说："呃，熬不熬得过？要不熬，又有什么法子！"

翻译官笑嘻嘻地说："说了不就完啦。"

阎荣堂叹了一口气："说啊，说了又怎样嘞，说了你又不信啊。"

翻译官说："说吧，你就是不说呀。"

阎荣堂说："说嘞，你又不信。我是庄户人嘛，哪当什么干部来？就门也不出，集也不大赶的，我就守着我的老娘。"

翻译官也不再问了，坐着想了一阵子，和日本鬼子叽咕了几句，问阎荣堂说："你有几条命啦？"

阎荣堂没有吭气，自个儿在肚里说："我有几条命横竖也由你糟蹋。"

阎荣堂哪能吭气，眼前发黑，牙巴都快给自个儿咬碎了，为了不叫唤出来，自个儿把气闭住。

这是真金子不怕火炼的时候儿，这是一个人为了活，为了理想忍受比死还痛苦的肉体崩裂的时候儿，人不是铁打的，但这时比铁打的还要坚硬。

翻译官又烙了。铁丝盘盘黑了又换红的。连烙几次，回头一看，那阎荣堂死得和石头一样。……

阎荣堂再醒过来时，那日本鬼子官和那翻译官还在烤火，他们脸上却一点精神也没有了，他两个说话的声音变成了软绵绵的。象在想什么东西，想不出来。——常言说："人逢喜事精神爽"，倒了霉时就抬不起头来。显然，那鬼子官和翻译官是因为他们的计划失败了。——阎荣堂脊梁上一带就好比在着火，在用刀子割，肉在往下落，受不住地疼痛，又给剥光衣服，丢在这潮湿的墙脚边。在这秋天下雨的夜里，浑身上下冷得厉害，他不哼一口气，熬着，躺着不动。这时节，他肚子里是一团傲气。他想："好狗日的们，这个我也熬下来啦！"他不觉着他可怜，他觉着他和敌人斗争赢了。

他看出日本鬼子还不会放松他，会把他糟蹋得不堪，他想着，他们还会拿刀子捅他，在他身上一块儿一块儿地往下割，或者会拿洋狗咬他，他给自个儿设想了各种各样残酷的结局，他仍旧没想到死，好象随便怎么样他也会活的一样。断不了他要想到他们怎么把他丢出去，他怎么可活。

翻译官立了起来，在屋里来回地走。走到门外看了看，又回头看了看阎荣堂，忽然一问："冷不冷？"

阎荣堂心想："还有不冷？你还问。"又想："我就说冷，看你怎么样？"就说："冷。"

翻译官说："我找个地方儿叫你暖着些。"

阎荣堂心想："还耍这个？该不是又要搞什么新鲜的吧？不要真给我点什么甜头吃吧？——不管怎么得小心。"

翻译官又向日本鬼子官叽咕了一下，出门去。一会儿，带了两个中国人进来，伸手来架阎荣堂。阎荣堂说："你把我丢出去，我也得个全尸。"

翻译官说，"我看见你冷得不行，先叫你暖一暖。"

动作起来，浑身都疼，阎荣堂一路就忍不住轻轻呻唤。他完全靠在那两个中国人身上。出了门，把他架到院子里墙角落跟前。放下他，把脚也给绑住，丢下就走了。

翻译官过去问刘发荣："受不住，你就说吧！"

刘发荣说："我是这个村的游击组组长，我的任务，就是领着民兵专门来打你们这一群狗日的。"

翻译官问："是共产党吧？"

刘发荣住了住口，说："共产党，你配抓住共产党？你配，你是老几？你只能抓我这种人。"

那边，阎荣堂叹了一口气，放心了，他懂得了刘发荣的心思，但他心眼里说："没有用，犯不着！"

翻译官指着阎荣堂问刘发荣说："他是什么人？"

刘发荣说："他还不是老百姓，你没长眼睛，看不出来？"

翻译官说："不是干部？"

刘发荣说："谁要他当干部！"

翻译官问阎荣堂说："不要骗我，快说实话。"

阎荣堂说："你闹死我这么多回了，我就是老百姓嘛！"

翻译官说："哼，我明白，你还没受够罪，——呃，游击组组长，哪有粮食窖子？"

刘发荣说："有，曲里后坡，粮食可多嘞，在一个大窖子里。"

翻译官说："不受够罪不说，真是贱痞子！"他又回过头来，"把这小子再淹一个死！"

又把阎荣堂淹死一遭。阎荣堂醒来，人们正拿杠子抬刘发荣，两手两脚紧捆着，倒吊起来，说是找窖子去，阎荣堂想："这该活下来啦！这一关又过去啦！"他看了看村后的山上，山上没有一个人。一个伪军拉他起来，他脚发抖。再放下他，他把眼睛闭着。他埋怨刘发荣，但是心里慌慌的，他不能多想。

日本鬼子叫伪军拉着刘发荣到曲里去，走不了一里地，刘发荣给吊得受不住，只得说："让我下来自个儿走吧！"

翻译官说："你是游击组组长，大干部！走着不象样子，还是抬着好。"

刘发荣说："人说你们禽兽不如，我看啊拿禽兽比你们，还是太抬举你们啦！"

翻译官说："你骂吧，开不了窖子再给你说。"

刘发荣说："我怕？我死了心啦！"

到了曲里，刘发荣把日本鬼子直带到后坡那开了的窖子去。日本鬼子还摸不清这是怎么回事，刘发荣笑着向翻译官说："开吧，这不是窖子？"

日本鬼子一枪把刘发荣打死了。

阎荣堂给弄到村里，叫他和民伕们在一起，日本鬼子官和翻译官都不再拷问他了。一个民伕给他找了衣服来，开饭了，也给他点吃的。出人意料，他竟活下来了。就是身上伤太重，不能行走，只能挨撑几步。他觉着他熬下来了，从五阎王手里熬下来了，又负气又放心。出太阳了，他跑去晒太阳。身上痛，他忍着，痛得不行了，他这样想："熬下来就了不起啦，痛一点怕什么，只要不死，就是留得青山在，不怕没柴烧了。"没事了，他就计算着自个儿坚壁的粮食，哪儿多少，哪儿多少，是什么粮，坚壁在哪儿，怎样坚壁着，这样来快活自个儿。他也想到家里的人该急死啦，但是啊，那是不要紧的，他一回去就什么事都没有了。打听出了刘发荣的下落，他暗暗地滴下几颗眼泪。吃饭吗，吞不下肚去，后来他想他们都有骨气，才又放开了。他那两只眼睛比起过去要亮得多，好象有一种什么了不起的精神上他身上来了。

三天后，日本鬼子退了，把他带到东弯。过不了几天，又带他到北庄。在北庄住了六天，又带他到王林口去。

他身体好多了，盘算着逃走，虽说浑身还痛，精神不好，他却比过去神气，冷冰冰的脸上透出一种异常坚决的光辉。他觉着他比过去要老得多了。他思虑了各种各样对敌斗争的巧妙方法，从日本鬼子的宿营、行军，他都挺注意。他对民伕们挺好，象个老人家似的，民伕也喜欢他。

到了王林口第二天，日本鬼子出发，他从民伕那里还探听出了那个黑小子姓什么，哪儿住，——这黑小子还跟着日本鬼子——他装着大便，进了一个破墙角，趁都忙着，闪出了村，下到一个渠道里——阎荣堂逃走了。

他跑了五里地，前面看见了区游击组的哨，心上一松劲儿，好象骨头架子散了，心也不跳了，倒在地下，昏死过去。

回到村里，他把黑小子的姓名住处，报告给区治安员，拉着棍子他又去检查窖子，有一个窖子不放心，他把大小子叫来，说："当老的身子骨还不得劲儿，你给我挪动挪动，到山沟里给分散开，平地死埋起来。就看你的心眼儿啦！咦，不要辜负当老的这九死一生的一场苦心啊！你也该负点责任了。"

这一天，有一个正规兵团到这附近来了，要取公粮，准备在这儿作一战。他，棍子也不拄了，领着去开窖子。这村的公粮刚刚够用。军队把公粮背走，他才回窝铺里，倒在床上。

这场病，挺厉害，大烧大热，嘴唇皮都烧黑了。脊梁上那一指头厚的黑痂，直到反"扫荡"结束才落下来。又病了一个多月才能行走。出生入死的折磨把他身子骨糟蹋得不轻。他自个儿却一直不相信这一场大病是受过折磨的那股劲翻过来了。他认为日本鬼子不拷问他了以后，他还是好好儿的，回来了也是好好儿的。

我们是不同的

　　一九四三年冬天，我们阜平城厢游击组在一块儿打游击。那是火热的斗争的日子，好多村子都被敌人占了，人民也充分表现出了自己的英雄气概："你要在村里占，你就占吧，长占下去，叫你死在这里！"较有基础的村子，都组织起了自己强有力的游击组和他打，基础差些的村游击组，也进行起了侦察、送信，埋地雷、运输等工作。所有的人都紧张起来。白天不见炊烟，都进了山，小孩上山，也会打主意隐蔽自己的行动。大家都很明白，敌人终于要败的，他天天在这里死，我们的主力又在外线抄他的老窝。敌人简直把我们没有办法，天天搜山，但要弄住我们的人，比登天还难。

　　我们这个游击组，住在一个深沟的顶里头。只因为两边笔立起险绝的高岭，才说它是沟；坡度很大，进沟就象爬山。往上走，四里地，就到著名的大白山顶；往下走，七八里地，就是法华村，敌人在那里扎了司令部，还平了个飞机场。这里的冬天特别冷，泉水冻在石头上，象生铁，随便哪里也找不到一点绿色，全冻死了。天不明，我们拉着石头尖和葛藤往上走，到山顶监视敌人的行动。——那将是一个变化难测的白昼：打仗呀，奔跑着去袭击呀，给老百姓送信呀，和区里的大队部或者区委会联系呀，……

太阳落，又拉着石头尖和葛藤往下下，在沟里吃了饭，就出沟去执行白天在山顶上计划好的任务：掩护老百姓趁黑夜下去搞吃的呀，打敌人哨兵的冷枪呀，捕捉敌人的散兵呀，摸进村里投炸弹呀，埋地雷呀，……那是最好活动的时刻，不到后半夜不回来。——整日整夜，都是又艰苦，又危险，又快活，又豪爽，那个生活气息，简直会叫人白发转青的。

这一天，拂晓，我们上到半山了。沟里还有点黑，天上已展开了一线红霞，我们都累得出了大汗，嘴里出的大气，拂到衣领上、肩膀上，就在那儿结成了霜。我们坐在一块黑石头上休息。我们不会哑默着休息的。一个游击组组员有条有理地讲起他在山西当小伙计时收拾管账先生的故事，大家都痛快地笑了，又东一个西一个地插嘴，取笑讲故事的人。突然，极小的一个声音，象把冷剑般地插了进来：

"看头顶起，我的老天爷！"

大家抬头一看，所有的笑声、吵闹声，都象严寒中的河流，马上冻住了。东边梁上一群敌人，扛着机枪和掷弹筒，向大白山顶跑去。岩很陡，从下面看去，一个个人影映在黎明的天空上，清楚得很，就好比从桥下看桥上的人似的。谁也会疑心，只要他们手一松，手榴弹就会坠落到我们头上。我们的第一个念头，以为我们的笑声、吵闹声，已被敌人听见，相信敌人会马上站住，来打我们。打仗，倒从来没有怕过，但，地形，现在对我们是这样的不利。立时，不约而同，各人都窜向了能够掩护自己的岩腔呀，土堆呀，大石头的背后呀，隐蔽起来。万一打起来，那末，我们就象水银泼在沙上，钻到我们愿意去的地方去了。大约敌人趋向既定目标的心切，跑得快，没注意到这谷底的笑声、吵闹声；也许由于天气过早，听见了声音，也看不见这黑沉沉的谷底的人们，更看不见我们的枪，所以没理，只弯着腰快步跑着。

我们也不再停留，一齐就顺沟往下窜。窜了一阵，离开远了，是应该好好策划行动的时候了，大家都这么觉得。有人提议出沟去；有人又说出不得，怕敌人堵住了沟口。中队长，这个勇敢而又熟悉了战斗的小伙子，不管大家的争论，也不说话，手一挥就说明了他的意图，接着就按自己的意图行动起来。大家这样服从他，就好象他的行动点燃了所有的人的心。人们变成了一个意志的集体。以他为首，大家一股气沿着敌人刚刚上去的东梁的半山腰往出走。我们常受敌人的包围，也常常这样抽空子，钻到敌人的包围圈外去。

在半山腰绕着走了四五里，谁都惊叹中队长的高明，我们发觉敌人刚好堵住了沟口，可是，现在，我们比他们高，又有好的地形利用。于是，我们隐蔽着，绕出了沟，又向东南方向移动，准备到阜平城背后那片丘陵地带去——那里，我们过去活动得最方便。走了很久，到了一个小梁岗上。我们发现，我们要去的那片地方，所有的房顶都在燃烧。那就是说，敌人正在那里。

这样，我们处在最困难的景况中了：上不能上，下不能下，留给我们的唯一办法，是叫敌人不要发现我们。但是，要叫敌人不能发现我们，我们就非要常常看着敌人不可。人们就各按适当的地形分散开来了。我和一个叫做段廉的小伙子——能干的早熟的小伙子呀，阜平城厢小学的学生，但已经是游击组的通讯员了；现在该在百花灿烂的事业中大显身手了！——为了看得远一点，爬上了一个从半山腰上巍然立起来的小山峰。这时，太阳已经出来，草上的一两分长的霜毛开始融解，没有起风，有点暖意了。向下，我们看见敌人赶着上百头的牛在山下边大道上一条线地慢慢地走着；向上，看见敌人在大白山顶放了哨兵。我总想从那哨兵的动静上看出点什么来，不转眼地看着、看着。突然，段廉小声地可是很紧急地对我说：

"你看，敌人在追张老师！"

他指给我看西梁上一个女人，那衣服，那走动的样子，一看就是我们阜平城厢小学教员——张云莲。在她后边几十丈远，四个敌人正快步走着。张云莲好象很疲乏，走几步又站一站，看样子，她还不知道她后面有敌人。西梁离我们这儿很远，那是随便怎么叫也不会让她听见一点的。段廉很急。我也很急，恨不得飞到她跟前去，拉住她走。唉，假若有什么东西引起她注意，让她回头看看也好！但是，她，仍然那么慢，你看，又站了一下！

那西梁，岭上岭下，别无一人。梁上草已枯了，在太阳光里显得一片金黄；老黑石岩在这一片金黄的色泽中是那么巍峨阴郁。敌人离她愈近了，她还在几步一停地走嘞！终于她到了老黑石岩前。那侧边是有一条小路的，要不走这条小路，到了岩顶，就没有路了，下面临着几十丈高的绝壁。这个地形，我知道得清清楚楚。近来我们常到那儿放哨。敌人从下面往上打，我们就在那儿打击敌人，他人就算再多也把我们没办法；但是敌人占了大白山顶，那儿就成了绝地，就得赶快离开它。我就耽心张云莲会迷迷糊糊地走上岩顶去。但是啊，她竟一直走上去了。这时，敌人离她只有七八丈左右……

正在这时，敌人向我们开枪了，我们马上跑开来，应付战斗。这场战斗很紧张，我们跑得要死，也不管跑到哪里，那密密的枪子儿都跟上我们，不是从头顶上飞过，就打到脚底下，把石头炸开，打得泥土冒烟。战斗能使时间过得想不到的快，也能使人忘掉一切。但张云莲所处的险恶景况，却象刀子刻在我脑里一般，走到哪里，带到哪里。太阳下山，敌人退了，我们的队伍没有一个人受伤，又回到那深沟里的家。路上，一个老乡拉住我讲话，我走进庄子，天都黑了。段廉立在一棵黑枣树下等我。当我走到时，他气呼呼地对我说，张老师跳了岩，伤很重。关于她如何脱险的，现在又在哪儿，他都说不上来，只知道段国璋曾经看见过她。

张云莲，陕西韩城县农民的女儿。人不高，胖胖的，苍老的面容上刻着顽强的线纹，说她象个教书先生，不如说她象个经常在风里来雨里去的劳动妇女。当时，晋察冀边区经济困难，小学教员的待遇是一个人一天新秤一斤二两小米，此外村里供给柴火和五毛钱的菜金，这五毛钱够买半斤菜。就这样，她还打主意节省，每天课余去野地里拔灰菜，拿回学校熬稀汤汤吃。小米省下来，卖了钱，包在小布包里，准备冬天买棉花添被子，不向公家领。

据她说，她在韩城的那个老家，并不太穷，也不怎样富，有父母，有哥嫂。抗战开始，她要到延安去，全家人都说她"一个不识字的姑娘家还要跑到红军那里去"。那时，别的也许她还不知道，但旧社会妇女的命运她是知道得一清二楚的，她把嘴巴一撇，什么也不管，就走了出来。到延安，她进了抗日军政大学。进去以后，真是万般困难，同学们都是外面来的学生，她么，讲的听不懂，写的不认识。然而她咬着牙巴，不说跟不上，也不埋怨谁，自个儿暗地里从识字开始自己的学习。差不多一年，她能听懂了，还能记下比较简单的提纲。一九三九年，她跟着抗日军政大学到晋察冀。一九四〇年秋天，她毕业出来，当了小学教员，一边教，一边才学会了小学的课程。

她一直在阜平城一带教书。一九四三年，我下乡时，和她成了同事。反"扫荡"开始，我们分开了。上级派她到大白山后苇沿村去坚持工作。那儿，敌人从来没有去过，比较安全些。她又在苇沿教过一年多书，大人小孩都喜欢她。每隔十天半月，苇沿的老乡进城赶集，总给她送鸡蛋来，有时还给她送新鲜菜来尝新，好象她是从苇沿嫁出来的闺女。见了苇沿的人，她的话就说不完。她了解苇沿各个家庭的情况，谁家减了租，谁家的地主顽固些，谁家的小孩出痘子了，谁家的女人给狗咬了；她和他们一起到县农会去告状，替他们找医生，替他们写信给他们在前线的子弟。这次分配她去苇沿，真是一个正确的措施。她一进村公所，就帮助村公所算账。她这个人，能吃苦，爱劳动，替人家抱孩子，切菜，做庄稼活，只要手空，她就干。人虽然严肃，但是脾气好，人们爱和她开一点毫不过火的玩笑；又因为她经常给他们读报，读文件，写报告，又总是村里的妇女领袖，所以都十分尊敬她。

我们城厢游击组打了仗后，总爱跑到苇沿去躲避敌人的锋芒。我们游击组的人们，也非常关心他们的女教师。当我们的地雷炸着了敌人的运输队和骑兵，把敌人埋了，把死马死牛抬到苇沿去剥，煮肉来吃，也总忘不了叫她来。这，我们叫做"团年"。

段国璋也是我们游击组里的，因为脚痛，最近请假回家养病。这天，当我听说他看见了张云莲，就大大地放了心。因为段国璋这个人做事情很仔细，很负责，决不会丢了她不管的。

在黑暗中，我和段廉摸索到游击组住的院子里，远远地听到段国璋在讲话。我赶快跑进去，屋里也没有点灯，借着灶里一闪一闪的火光，我看见了他。他站在炕前，和炕上躺着的游击组的人们讲他今天的经过：

"两个伪军站在我的石窟窿前面说：'阜平人真有福气，山里有这么些石窟窿，藏起来，连鬼影也找不到。'我吓了一跳，以为他们看见我啦……"

我连忙问他关于张云莲的事，他说：

"她跳岩的时候，我正在离开她不远的地方儿躲着。我看见她，她没有看见我。敌人一走，我就下去找她——唉呀，她头上、身上，尽是血，她还在笑嘞！她身上摔得可不轻，鞋也丢了，一个什么钱包包也不见了。我扶着她光脚走到我老母亲那儿去。我老母亲把她按在被窝里，去给她扯草药吃，她还嘴硬嘞，说她自个儿可以去扯。她还没有休息下来，一休息下来，我看她明天就动不得了！有一年我摔了跤……"

大家都很奇怪，为什么摔得满脸是血她还在笑？接着人们都埋怨起自个儿来了，说：早就应该叫张老师到游击组来；说：苇沿没有武装；说：我们游击组没有尽到责任……

我说，第二天一早去看看她。可是到了半夜，我们游击组奉命转移了。离开了这条沟，往东，走了十几里，过大川，到了另外一带浅山的山沟里，完全脱离了大白山，在那儿掩护一条临时的运输线。

接着几天严寒，刮开了雪风，下雪了。附近有一个老太婆冻死了。游击组的人们关心他们的女教师：这么一个全身受伤的人，怎能受得风雪的袭击！于是找了一副担架，派人去抬张云莲。下午，担架回来，出乎意料之外，她不在段国璋老母亲那儿，说她不知跑到什么地方去了。

我们着急地向四面八方打听她的下落，几天都没有找着她的踪迹。最后，找着一个最近才从张云莲躲的那带地方来的妇女。我问她，她说：

"她看见我要下大白山，就要和我一块儿走，说要到苇沿去。风又大，又是雪，她浑身上下又都是伤，东倒西歪的，我劝她回去休息着，不要自讨罪受。她才不听嘞！我们一路到了苇沿才分手。她真行，连鞋子也没有，硬挺着，连呻吟也不呻吟一声。"

那女人也不知道她究竟在哪儿。到苇沿去问，苇沿的人们说，没有看见她。从他们那儿只晓得也是在那天拂晓，敌人到了苇沿的。苇沿在那之前的几天被敌人烧了，人们全都住在山里。那天，启明星刚起来，人们起来把沟里的冰抬回家去煮饭来吃了，男人们抽着旱烟，女人们给孩子们喂奶，敌人就来了。关于张云莲怎么跑出去的，他们也一点都不知道。他们也正在打听她的下落呢！

几天以后，我们又移动了，走得不远，还是在那一带浅山里。我们选择了一个最僻静的小庄院。一进院子，迎头看到张云莲。她额上、脸上，长满了伤疤，原先那粗犷、朴实但很固执的脸，更显得固执了。走起路来，她还是有点不大灵活，但是精神却很好。游击组的人们就在院子里围着她站住了，还背着背包，背着枪。一阵安慰的、问讯的、自责的、奖励的、代表着各种复杂情绪的语言，倾泄而出。这是蕴藏了很久的各人内心的思索。

原来她被一个老太婆死死拉住，说她的伤不好，不让她走。老太婆就不离开她。最近老太婆转移到这儿来，就叫儿子把她抬来。她正说她的伤好了，要回转苇沿去。

她看出了大家对她的关心，她这样说：

"你们不要操心，日本鬼子搞不赢我的。他和我们不同。要不，他早就把我捉住了。那天早起，我还在窝铺里就着人们煮饭剩下来的火烤手嘞，人们都走了，我看见黑影影的一群人奔来，觉得不对，问：'谁？谁？'没有开腔，对直向我跑来。我立起来，抓起背包就跑。他们开腔了：'不要跑，不要跑！'果然是日本鬼子！我还不跑？哪个愿意叫他捉住当俘虏？我跑上山，他们就追上山。嗨，我看他们糟透顶啦，总想捉个把活的才对我们有办法。要不，他为什么不开枪？我上了一个小坡，再上一个小坡，看见了一个酸枣林。我想，酸枣林里到处是刺，到处是乱石头，我敢进去，看你敢不敢进来！我就钻进去了！"

我们都知道苇沿背后山边那酸枣林，酸枣树又多又密，横的，顺的，高处，矮处，尽是刺，又密密地长着山草和一些不知名的草藤。除非带起全部家具，磨得很快的镰刀、斧子、叉子，从边上砍起，才能踏进它的范围，窥见它内中的秘密。那里头简直是一个乱石窖。酸枣树的本领就在这些地方，仿佛越是乱石窖，越是利于它的生长。难怪它长得那么硬，它的刺那么多，那么尖锐呀！说到她钻了进去，有人忍不住说：

"我的老天爷，那是连狼也不敢往那里钻的呀！"

她笑起来了："可不，要不我为什么说'我敢进去，他们不敢进去'？他们果然不敢钻进来！只在林头打了两枪。枪没有打着我，我也不躲他的枪啰，就一直钻。钻过了酸枣林，又上了两个山坡，前面又是一片密密的酸枣林。我说，不要紧啦，我也不要钻酸枣林啦，顺着路走吧！哪晓得撞上了他们插过来的哨兵了，看见有人就喊：'不要跑，不要跑！'我马上就又钻进酸枣林里去。这个酸枣林才大嘞，衣服挂破了，背包也挂脱了，手上、脸上湿漉漉的，在流血，我也不管它了，'我敢进来，你不敢进来！'只钻我的。跑脱了，我就一直往大白山顶上走。

"上了大白山顶，太阳刚刚冒出来，我回头一看，已经离开敌人远远的了。我想啊，我们这种人是和别人不同的。难怪红军可以过草地，冀中的人可以钻在地底下过日子！我们受得了的，别人就受不了。要是调换一个面儿看，我来捉他，那他就算钻到火里去，我也要钻进去把他掏出来，看他断气没有。难怪我们八路军打仗么勇敢啊！这么一想，我心里头好痛快呀！我就顺脚朝西走。

"边走，我边在看，要找你们嘞！哪晓得日本鬼子来了，你们走了，我一个人都看不见。我想，到了大黑石岩顶上应该可以找到你们。到了岩顶，还是一个人都没有见着。打下一望，下边是长满了草的陡坡，草干了；再往下是没有路的深谷。半坡上尽是些圆圆的黑石头。从岩下边吊起一条丈多宽、五六丈长的冰壳。唉呀，冷气逼人，连一只雀鸟也见不到。我说，该下山去找你们了，一回头，嗨，日本鬼子就在我背后。他们是四个人，张开手，大步向我围拢来。看见我看见了他们，就喊：'不要跑！不要跑！'我转过脸来，向下一望，无路可走了，一个想头抓住了我：'我跳下去，他们就把我没有办法了！'我就往岩下一跳，心想跳远点，好落得下去些，但是已经身不由己了。你问我怕不怕摔坏了吗？我没有这么想，我的心是放到'我有办法，他没有办法'上面去了。我只觉得冰壳悬在我的头顶了，大约我是摔在冰壳上面的；我又觉得我落在陡坡上了，在一直往下滚，——后来我就昏过去了。

"醒转来的时候，我听见敌人在打乱枪。头发盖住了眼睛，伸手一掠，我才看见满手是血。我落在两个大黑石头中间，是个很安全的地点。我躺着不动。顶上的乱枪停止了，一切静悄悄的，我又才想起来：'我敢下来，你日本鬼子就是不敢下来！我们这种人就是和你不同点！'我就笑起来了。你问我当时痛不痛吗？我当时也不觉着痛，只觉得头上的血热呼呼地往下流。我也没有去管我的手、我的脚是不是残废了，想这些，那是后来，后来的事。"

她说完了，大家还是没有动，还是背着枪，背着背包，围着她立着，仿佛还要听她说什么。段廉叹了一口气，说：

"张老师，亏你那时候还笑得出来！"

她笑了，没有答说什么。那张粗犷、朴素而显得很固执的脸孔上展开了坚强的、胜利的笑。

……这天，是我们游击组最兴奋的日子，大家准备了一顿好饭招待她。但是，当天夜里我们又奉命移动，回到原来的地方。她也没有马上回苇沿去，区委书记知道了，留下她谈话。

夹河关

　　一九四八年八月，国民党七十九师进攻白河的时候，我们带着一个武工队刚到白河。这个武工队，有一个工作组、两个战斗班，还配备了一挺捷克式轻机枪。我们和县的机关一块儿撤到羊尾山，由白河城坐船，顺水而下，二十里就到。白河城在汉江南，羊尾山在汉江北。上午撤退到羊尾山，下午，我军某部来了，要到汉江南边，白河城附近作战去，——我们便在羊尾山一个老庙子的戏台上，在凉风里睡了一夜，天明前随着部队过汉江。太阳把山头晒得醉醺醺的时候，我们上了七里矼——白河城东的一座大山上。枪炮打得正猛烈，敌人象蚂蚁一般地向城里前进。我们原来准备到白石河，侦察员报告一条白石河全塞满了敌人。我们随着部队翻过那一座又一座的壁陡的黑岩石的大山，到陈家庄，又在另一个戏台上的凉风里睡了一夜。再往东走，在一个叫做楸木沟的山里休息，煮了一顿绿豆南瓜汤吃了，发觉我们跟着走的部队最近三五天内还打不成仗，我们马上出发到汉江河边。等到金梳子一般的弯弯月亮从高山背后昂起头来，青色的月光洒到了江边，我们又上船渡到汉江北。

　　这两天一夜，两渡汉江，一在拂晓，月亮照在雾气蒙蒙的江上；一在星夜，月光还刚照到河边，河水在黑暗里咆哮着打滚，大家都是去为了迎接战斗，没有一个人觉得走了冤枉路。当我们渡过对岸，在刻在岩石上的小路边坐着，等候一船一船的跟我们同行的在陈家庄碰见的白河民兵和区干队时，回忆这段经过，有些不大相信这是两天一夜的事。当夜等齐了白河民兵和区干队，迎着汉江往上走，——常常走在高高的包谷林里，包谷叶长得又宽又肥，在月光下特别爱人。走了三十里，回到羊尾山那个风凉的戏台上睡觉，已经下半夜了。天明后，到白河县政府去——县的机关就是那天从白河城里撤退时，和我们一道坐船下到羊尾山的，企图在羊尾山一带组织河防。白河县的同志告诉我们：敌人曾在夹河关以西抢过去了两只船。我们感到河防已经成了问题了，应该象真空的瓶子一样的河防，现在已经叫敌人钻开了窟窿，空气跑进来了。我们怕敌人从夹河关以西过河，就想把我们这一支小小的武装带到夹河关一带去，可以打击打击敌人，也可以捉几个敌人的特务。上午休息了一下，下午又出发。

头天去，敌人第二天就进占了夹河关。于是我们被迫地变成一支纯粹的作战部队，陷入了单纯防御的境地，丧失了宝贵的机动性。自然当地群众在当时完全希望我们如此，还怂恿我们如此。我们在顶前面监视敌人，当地民兵和村干部在我们后边一里路左右，常常怂恿我们去主动打击敌人。也真难怪他们抓住毛驴当马骑！当地群众的土地，土地上的庄稼、果木、柴草、祖坟、房屋、猪、羊、鸡、狗、猫、床铺、箱箱、柜柜、风扇、犁、耙、磨子、牛，还有最主要的就是他们在那一带进行生产的各种关系：做生意——在夹河关街上；船的上下，——靠在夹河关；铁匠炉，铧厂，——在夹河关；打下粮食，收藏——在夹河关；妇女捡几根柴火——也要放在夹河关；夹河关是交易的场所，有谨慎温暖的家，有围墙，邻居住在近旁，你借我的牛，我借你的米。本地群众的利益全在那里！人民的东西破烂是破烂，可是那是人民的整个王国。敌人进一步，他们要损失多少！除了我们，当地又没有拿枪的人。我们又不知道整个军事部署。我们完全陷入了孙武子在他的有名的兵法里所描写的被动状态："备前则后寡，备后则前寡，备左则右寡，备右则左寡，无所不备，则无所不寡。"怕敌人闹上了瘾，横行无阻，既把这一带村庄搞烂，又威胁两郧分区的后门。看着敌人占着一个庄子，心里可惜；眼看着敌人烧房子、抢东西，沉重的听着群众在我们耳朵边边上叹息。我们又没有能够真正出击敌人的力量。我们只能白天夜晚在山头上监视敌人，——这个监视，也就只能是看着。整整坚持了一个星期。可是敌人比我们还幼稚得多。敌人常是一个营左右的兵力，有时增加到二个营，远远地向我们放枪，不敢单刀直入，也不敢大军横扫。翻来复去，敌我双方天天都在夹河关背后那条大山梁上，——当地群众把山梁叫"架子"，——我们，连民兵、群众，除少数几颗子弹之外，无任何损失。

周围一带什么消息也不知道，只听见远处有大炮声响，当地群众从自己的希望来想象这些炮声，老老实实地造出了一些谣言：什么旅已抄到敌人后面，什么旅在攻打白河城；更有某地某人，亲眼看见某旅从那里走的，还有某个船夫亲自撑船送的某部过的河。比较可靠的是听说白河县大队在夹河关以西二十多里的地方，打得很好，敌人要过河，几次都叫打回去了。

恰好，白河县委会给我们来了一封信，说白河县大队归我们指挥，活动地区规定在夹河关以东，就是我们活动的地点。正要去调他们，他们过来了。——敌人终于在夹河关以西过了河，还包围了他们一下，他们突围过来的。我首先找着了第三连。这一切都是烈火一般变化下来的，和所有战争中的事件发展一样，多变、迅速、有力。我遇着了三连，我就把县委会的意思告诉他们的连长，还把当前的一个具体任务交给他，——把武工队这一个排换下来休息。他们都踊跃地接受了，连休息也不休息。这样的品质，真正值得羡慕。我当时是怎样的感激呀！就象一个猎夫，精强力壮，雄赳赳的，毫不犹豫地参加了进来一样。武工队在这一个星期以来，实在拖得够苦了！战士们和工作员一个山包又一个山包地坚持着，用少数的子弹控制险要的路口。常常就要挨那一连串就是二百五十发的重机枪的射击，——敌人的重机枪射击手是很不够一个战斗者的资格的，二百五十发的重机关枪子弹常常在我们头顶上嗖嗖地成串地飞了过去，只在很偶然的机会，把我们头上作伪装的草叶子打得扑塔扑塔乱飞。——这时节，抬起头来一看，敌人正打着鲜红的一面大红旗往上走哩，这面大红旗，很容易误会成一团大火。不要紧，只需朝红旗打上两枪，他就会收起来的。有一天，正当太阳偏西，太阳光从西边山顶上射到东边山坡，把东边山坡照得金黄，敌人顺东边山坡往上攻，我们在西边山坡头上监视敌人，我们一个同志突然站了起来，显出了鲜明的庞大的黑影，敌人后退了。人在斗争中，常常能忍受不可想象的困苦。我们工作组组员们和战士们整天头顶晒着火红的太阳，伏倒在一片没有树叶的山顶上，动也不动；逃荒的群众看不过去，在山沟里架锅烧起开水，老头和小孩都端着瓢和提着茶壶给我们烧水。入夜除了下雨，就睡在山顶上，山顶上秋天深夜的寒冷，简直不能刺激疲乏透了的神经；拂晓，在命令催促下醒来，一个个衣服上拧得出水，——好大的露气呵！但，这些人，没病倒一个，只是黑得象煤炭，瘦得象柴，脾气很大。我耽心他们当中会病倒一个，如果病倒一个，恐怕会一连病倒几个的。我们又没有医药。第三连来接防，武工队在这夜得到了一辈子最幸福的睡眠。

第三天一早，我怕这群昨天傍晚才投入战斗中的战士们得不到人给他们送饭，我就爬上山坡，顺着山梁，到警戒线上去找他们。和往天不一样，今天没有一声枪响。秋天鲜红的太阳光穿过浓密的水蒸汽射在皮肤上，使人感到轻微的冷颤。这条岭是南北岭。一眼看去，七八个山包，顶靠前面的四个山包上头都趴得有黑色的人。岭的阳面一律是草尖已转黄的、长得很厚的、连成一片的茅草，夜间披上了白晃晃的露水，太阳光照上去，青中透红。岭的阴面，草少些，却长出了一些小青枫树丛，本地叫做花柳树根。以山脊为界，一边透亮，一边黝黑。路偏偏地摆在向阳的山脊上。在岭的正前头，低下去，有一道东西横梁，向东的半里远，起了一个大山包，密麻麻地长满了小青枫树丛。又低下去，再向东，又起了一个大山包，无树，顶上是一块平顶大石头。再向东，又起了几个山包，就一直低下去。那个山角角上，可以看得见一段水银一般的汉江。前两天敌人控制了那一道东西横梁，在那长满小青枫树丛的大山包上架了一挺重机枪向我正走着的这条南北岭上扫射。距离远了，打不着，但仍然使人走着有些毛骨悚然；所以我这时走着也自然地紧张起听神经，而且不住的往那大山包上看。头一天，敌人还在那偏东一些的大山包的平顶大石头上架设了白布哨棚，现在看不见了，代替它的是两个象是人的黑点点。

我走过了三个山包，到了第一个伏着第三连战士的山包跟前。他们有五个，趴着或坐着。他们一齐向我回过头来，没有洗脸，眼眶都有点发青。和我说话的一个，四川口音，看样子有二十三四岁了，额骨和颧骨都很宽大，眼睛也大而圆，左脸颊上有点浮土，鬓边沾得有根草。我认得他，昨天接防的时候，我和他握过手。我问给他们送饭来了没有，他告诉我司务长回去弄去了。我坐下来和他闲谈，才了解他是入伍不到一年的解放战士，原是机枪射手，现在三连背老汉阳夹板枪，当二班班长。他告诉我："就是子弹少，有了子弹啥也不怕。"他把眼睛鼓得大大的，向他的战士们看了一眼，好象在估计大家的气力一样，又慢慢地说："我们哪一个都想打一打哩，想把敌人的三八枪拿来，给我们换一换。"我问他前边情况怎么样，他不介意地说："那有啥？一点动静也没有啰！"我从他那神情中，得到了一种快意，一种安宁，心想："叫他坐在一挺象样的机枪后头多好！"

我又向前去，再越过两个山包，又走上一个山包，找着了连长。连长是一个北方所说的大个子，头上留了一个拿破仑式头，穿了一身较整洁的蓝色军服，和战士们的灰色服装很不一致，大约是自己作的。三十岁左右的年纪，这个人平时就不大爱说话，好沉思默想。这时，他手里捏着那支卷着的联络旗，坐在那里，又在沉思默想。我问他：敌人有无什么活动？他告诉我什么动静也没有，敌人的哨棚也撤了。他又说他已经派人到前面侦察去了。我问回来没有，他告诉我，没有。

"那是一个'二敢子'，提着枪，就跑去了。我们看见他跑到敌人昨天搭哨棚的那平顶石头上去了。"我说怕出危险吧，他说他也耽心："那是天不怕地不怕的人物，哪回都是这样子！你不叫他去侦察就算了，你叫他去，他就非跑到敌人跟前去。出了门你就收不回来。"他表示他特别忧虑的是和那个"二敢子"一块去的人都回来了，那个说：他们走到花柳树根子的大山包上，看见敌人昨天搭哨棚的平顶大石头上黑不溜秋蹲了一个人，他说他要去，他叫他不要去，他硬是就去了。他就蹲在那儿，看他走到跟前去不回来，他还听见蹲在平顶大石头上的那个黑不溜秋的人向他喊："上来吧！"他就上去了。等了好久，他没过来，他就转来报告。我问是哪个跟他去的，一个十八岁的青年说："是我。"他步枪横担腿上，正伸手去结草鞋耳子，——胖驴驴的脚上套一双破草鞋，耳子磨断了，——抬起那张红红的面孔，向我笑一笑。这是一张非常熟悉的脸孔，贫苦农民的漂亮子弟，都有这么一副脸孔：在太阳和风霜下头锻炼过的黑色而特别发红的双颊，黑白分明的大眼，端正而均衡的鼻子，略为宽大的嘴巴，一切都是大方周正的轮廓，朴素结实的色彩。他在两三个月前才参军，战斗经验还很少，他告诉我，他回来给连长报告过了还要去的，他认为这是很近的地方，他对那个"二敢子"的遭遇完全有信心，"没有事，那就是没有事。"是一个毫无保留地信任自己的直觉的单纯的人物。

我叫连长再派两三个又胆大又精细的人去看看，究竟是怎样一回事。他向山包上叫了三个人的名字，——趴在山包上的人，都听见了我们谈的一切，——登时起来了三个。那个和"二敢子"走了一趟的，十八岁的结实的青年瞪着两只圆圆的眼睛："连长，我再去一趟吧！"连长说："叫着你再去。不要自由行动！"他向立起来的三个给了简单的指示，如何走，到了那里又如何办，"到了那平顶大石头包上，没有事，三条枪齐放！"他们三个，一个二十岁左右的麻子青年，一个二十三四岁的小胖子，一个二十四五岁的大个子。麻子青年身材小巧玲珑，穿一身灰色制服，这个人穿衣服很费，扣子扯得很不齐全了，露着黑色的胸脯，腰上横勒着条子弹带。小胖子看来是要稳重得多了，连子弹都扣得整整齐齐的，脚下穿着一双稀有的青布鞋，还有白洋布袜子，只是袜子脏得厉害了。大个子穿了一双布筋筋打的草鞋，偏耳子，带红绒团，上身没有穿制服，紧紧扎扎地穿着一件汗污了的白汗衣，照规矩捆着子弹带。他们立时提起枪就走，没有说一句话。离开我们四五丈远，他们跑了起来，一个离一个三丈左右。他们跑过前面山包，一会儿在下面东西横梁上出现了，仍然是跑步。太阳光把一道东西横梁照得异常光辉灿烂，他们映衬着蔚蓝的天空，三个好灵动小巧的人物！小麻子走在最前头，穿着白汗衣的大个子跑在当中，第三个是小胖子。一个跟着一个，上了小青枫树丛的大山包，又一个跟着一个下去了；一会儿又一个跟着一个地上了平顶大石头上。他们上去那儿又立起了两个，五个长长的灵动的黑点，立在石头顶上。

我向连长说："这几个战士好勇敢！"他歪过头来，向我笑了一笑，用嘴一叼，对我说："这个一班长比他们都还厉害些。"一班长坐在机枪后面。——第三连没有机枪，这机枪是换防时，武工队借给他们用的。一班长是一个二十岁左右的小伙子，白河人。连长向我讲起了他的简单然而有趣的历史。三年前，他被国民党拉过壮丁，学成了一个机枪手，跑回家来，但是国民党并不放松他，找到门上，要他再当一次壮丁，要不，就要他上"夜壶队"。解放军到白河，成立了区干队时，他自动参加了区干队。他听他们连长说到他，脸有点红，我希望他转过脸来，始终没有。我拿话挑他："一班长，你检查一下，机枪有毛病没有。"他仍不转过脸来，答道："还能用。就给我们吧！"我转到他的面前，那是一张完完全全的农民的脸，现在不很自然，眼睛看定机枪，不肯看人。一个农民子弟，当父母给他当面说亲的时候是这样的表情；坐在人家家里，人家正在吃好东西的时候也是这样的表情。

这时节，在平顶石头那个山包上，一连响了四枪。趴在我们这个山包上的战士们都马上活跃起来，扭动着身子，高兴地喊叫："没有敌人了！"连长对我说："那个'二敢子'跟他们在一块儿了，——你没听见响的四枪？"突然在平顶石头山包下面，夹河关方向，响开了一阵三八枪。立在石头顶上的五个长条黑点，非常灵动地伏下去了。这时的情况完全用不着叙述。——大家忙乱，紧张一阵之后，敌情没有什么变化，一会儿五个笑嘻嘻的人回来了，四个战士、一个老百姓。——老百姓就是夹河关的，在这几天慌乱中，他蹲在家门跟前草沟里，听了几天枪声，这天早起，听不见枪声，出来一看，敌人走了，他就上了平顶石头山包上看，以后就看了我们的"二敢子"提着一支枪跑去。……

当天，又来了上关独立团的一个战斗连，接着又来了白河县大队的第一连和第二连，但两天后，敌人大举出动，用了三个团的兵力，三路进攻，占了我们所控制的夹河关后梁。我们白河县大队三个连的子弹全部打得干干净净，退了下来。——上关独立团的一个战斗连因有其他任务，在激烈战斗发生前的头一夜被调走了。我们武工队这时只剩个工作组，——五条捷克枪，正在山梁后边作群众工作。我们武工队的两个战斗班调回分区去了。敌人三路进攻是采取包围形式的，突围是由第三连打的掩护。没有了夹河关后梁，暂时完全失掉了夹河关，也没有了子弹，但我并不着急。当一个人感到有生力量膨胀的时候，是快乐的，哪怕碰见了暂时的失败。……

我们和白河县大队一起离开了夹河关这一个战场，把斗争转到另一方向。——敌人好久之后，才弄清了当天的情形，"把子弹打完了。"于是放胆前进，恰好，上关独立团到那里，子弹分外充足，敌人碰见了一次能够持久地强烈地给以杀伤的火力。可惜，告诉我这段经过的直接指挥这场战斗的营长杨辉贵同志，距那时将近一年后，已英勇地牺牲在安康前线！——战争教育了我们，我们丢开了讨厌的"控制某某山头"这个字句，找着了更适合我们的游击战争形式，又过汉江南边。

关于第三连，这里只需说一说英雄们的另一面。入冬之后，山顶压上白雪，红柿子在光秃了的树枝上软了，掉了，田里结了冰，我们的棉衣棉被都还没发下来，因我们深入游击区活动，供应不上。这些战士，晚上穿着单衣站岗放哨，有的冷得偷着哭泣；白天照样精神抖擞，有说有笑，提着枪快去快来。

一个共产党员成了神的故事

　　湖北竹山县，是一九四九年一月二十日解放的。解放时，社会秩序较稳定。解放军入城时，满街满巷是群众，家家户户插小红旗，放鞭炮，标语满街。这是我们参加这次进军的人所惊异的。要说明这场惊异，这里需要唠叨几句。

　　一九四七年过黄河后，我们曾安插了一支力量到湖北省西北角，还曾经一度解放白河，白河和竹山交界。但我们进入这个区域，政策上犯了"急性土改"的毛病，打乱了阶级阵营，社会秩序大乱，尤其边沿区发生了赤白对立的现象。非控制区的人民受着互相勾结的国民党、官僚、地主、恶霸的严重镇压，他们不敢接近我们。敌人控制的地区，那更是厉害。因此，我们进入一个地区，总觉得群众冷淡，侦察员出去活动，常常苦恼，问老百姓什么事情，老百姓都爱答："不知道。"自然，当我们在边沿区或敌占区活动环境险恶时，部分群众对我们的关心是令人难忘的，永远记在我们心上，永远鼓励着我们，鞭策着我们。他们有时甚至用自己的生命来救护我们。他们脸上露出那种对我们关切的忧愁脸色，常常就是告诉我们要遇到危险的信号。但那只是部分的群众。

　　后来遵照中央指示，纠正了我们自己的偏向，情况逐渐好转。但那已给煮成夹生饭了的边沿区，仍然是困难重重。群众的革命积极性，仍然突不破敌人的镇压和欺骗。敌人到处杀人，到老百姓家里找八路军。他们打开箱箱柜柜、坛坛罐罐，找"八路军"，抢去老百姓的东西，还要把老百姓吓得喘不过气。他们造的谣言，在一部分群众中也有一些影响，有一次，当我们向群众宣传政策，一个老汉问我们："你们为什么不准满六十的人吃饭？"很明显，还有一些人是没有把自己的怀疑向我们提出来的。在边沿区里，就是拂晓也听不见一声鸡叫，雄鸡都被敌人捉完了。老百姓的猪圈是空的，就连狗也难逃得过敌人的手。

在解放竹山之前，一月八日解放房县。我们认为竹山和房县是在边沿区之外，认为突破了边沿区这一块赤白对立的硬壳，总会好些。事实证明也的确好些。因为政策的影响是什么也挡不住的。纠偏之后，我们比较正确地执行新区政策，这是房县人民也知道了的。但，我们进入房县后，还是感觉到群众有些慌张和不安。这也证明了错误地执行了政策所产生的恶果是很大的，不是容易排除的。从这里，大家可以想象得到我们进入竹山后，受到老百姓的欢迎，我们心里的惊异了吧？我们看着群众一张张的笑脸，心中是怎样地高兴，又是怎样地感激呀！真觉得回了家了，我们面前的是我们亲爱而又亲切的弟兄！

我们马上进行了解，原来，竹山群众心里有另外一个东西。这个东西，可以抵抗一切的毒素。敌人的镇压呀，欺骗呀，碰见了这个东西，就要垮台。这个东西，就是一个共产党员的优秀品质。在一九四六年夏天的时候，新四军从中原突围过来，走到竹山，委派了一个县长，叫做许明钦，仅在半月里头，就在人民大众中造成了不可磨灭的良好影响。后来，敌人来了一个师，在艰苦战斗之后，许明钦同志被捕了。在敌人面前，他坚决不屈，英勇牺牲。群众从许明钦同志身上认识了什么是共产党员。因此，我们入城后，群众对我们说："你们是跟许县长一样的共产党。"

我们进行访问，想从人民的口里探听出一些许明钦同志生前给人民作了些什么事，有些什么好作风，拿来加强我们自己。可惜，关于他在竹山县长这个工作岗位上所作的事，人们能说出来的太少了。

从所有人的谈话里，我们仅知道当时新四军进入竹山城时，老百姓普遍是在国民党的强迫和欺骗下离开了城的，城里只有一些老头、小孩和少数部分壮年男子。许明钦同志曾经召集过一次群众大会，请最老的老年人坐在主席台上。他还请了一次客，来的群众坐了好几十桌，他给大家都敬了酒。吃罢饭，已经晚上了，送客的时候，他说："大家请不要拥挤，不要把老人家们挤倒了。年青点的留下几个，照顾老人家。老人家不比你们，他们眼睛不灵便，腿也不灵便。"最后他还叫一个青年把一个老人家背起送回家去。这个青年，在我们这次解放竹山后，参加了县政府工作。他常常向我们谈起许明钦同志。从人们的谈话里，我们还知道许明钦同志依靠劳苦人民解决军粮问题，他把钱无利贷给劳苦人民，叫他们去买粮食来卖给他，这样解决了不少劳苦人民的生活困难，同时军队也有了粮食吃。另外，我们知道他肯跟劳苦人民往来交朋友，常到老百姓家里去玩，跟老百姓商量谋生的办法。他又懂点医术，给老百姓顺便看病。一个老百姓曾经指给我们看许明钦同志坐过的板凳。一般的说法：他只有二十多岁，湖南口音，小个子，说话是轻言细语的。但，最感动人民的是他的死。

　　被捕前，他在南山里打游击。竹山的南山接近大巴山主脉。敌人的一个排追了上去，凑巧，只有他一个人在一个老百姓家做什么事。看见了敌人，他往山林里跑，但他还来不及跑进树林，敌人就截住了他。他马上从身旁摸出一把银元丢在地上，敌人正要去捡，——他要取得敌人捡的这么一个空隙好跑。——但，敌人的排长喊道："不准捡！谁捡，我枪毙谁！捉人！"他被捕了。敌人要他走，他不走，他说："打死我在这里吧，我懒得走！"敌人没法，只得找了一个箩筐来，把他放在箩筐里，抓了两个老百姓，把他抬起走。他的手和脚都被绑着，动弹不得。他低着头，一直抬进竹山城。天，下起雨来了。

　　敌人的排长，先一步抢进城，向街上人们喊道："看，你们的县长来了。"人们拥到街上来看，他从箩筐里向人们点头，浑身水淋淋的，但他脸上有一股傲然的气概，使得当时所有的老百姓都立时振作了起来，没有一个人发出一点声音。一个老太婆忽然轻声哭泣了起来，他震惊了一下，头歪过去看着老太婆，叹了一口气。他再回过头来，他神气变了，脸上原先一条条向上高昂的皱纹，都下垂了，两眼悲悯地扫过人群。顺过去，他的眼光落到了站在街前的敌人士兵身上，额颅突然皱起来，两眼里象燃了火似的，他又看了看人群，又看了看敌人的士兵和士兵背上的枪。有人在叹息："他在怜悯我们！"敌人的排长生气了，吆喝起来，赶开人群，把他蜂涌到西关一个名叫何心彩的老百姓家里关起。这一天，人们至今记得清清楚楚，是旧历九月二十日。在场的人们说："心痛啊！"一个青年，"左"倾学生，平时就很忧郁，感情脆弱，在一个街角上转弯的时候，迎头碰见了许明钦被抬起过来，登时晕倒在地。当时他的同伴说他害了多时的病，一出门遇了风，替他遮掩了过去。

第二天，他被一排敌人押解着，从街上走过，到驻扎在北门坡中学校里的敌人一八五旅旅部去。人们都到街上探听消息，拿眼睛不断地向北门坡望，要从那里窥探出什么动静来。也有跑到何心彩家里去打听的，据说：许县长进了他家里，和老板打了打招呼，因见看守的人在面前，不便多说什么，只是问了一句："老百姓没有死什么人吧？"然后就直冲冲坐在那里。何心彩家的人说："真是嘞，那个派头，就跟一尊神一样，看守的，兵也好，官也好，就不敢到他跟前去咳嗽一声。简直看不出许县长是这个样子。以前在县政府里，可不是这样子。"又说：从头天下午到这天早起，他没有吃饭。这天早起，旅部的副官给他送了一桌菜来，说是谷旅长私人送来的。许县长说："拿回去，你们的饭不是我吃的。"这一些马上象一股风卷遍了全城，街头巷尾人们在叹息，赞叹他真是英雄好汉，议论起他的为人，把过去的县长一个一个地和他比，说他这样的县长从来就没有过。下午，许明钦同志仍然被一排敌人押解着从北门坡中学校里出来了，立时，"出来了""出来了"的声音传遍了各处，街头上聚满了人，老太太也打开窗子望。他满面光辉，比头天那股傲然之气显得镇静得多了。他，不象一个被押的犯人；他，是一个胜利者。头天那一身衣服在他身上也起了变化。头天那顶齐眉戴着的呢帽，这时高高扬起。蓝色袍，干了，也整齐了。只见脚下一双青布鞋，沾了不少的泥土。他一边照顾着脚下的梯坎，一边不断地在望老百姓。到了十字街口，人们聚集得最多的地方，他停住了，向人们说："老乡们，不要紧，我活着为人民，死了也为人民；活着为国家，死了也为国家。"一声声叹息，从人众中流开。那敌人的排长喊起来了："快走，你说什么？"两个兵士上前推着他走，那排长又威吓群众："你们看啥子？是不是都要当共产党，跟他一路到旅部去？"许明钦同志扭转头喊道："我们共产党还要来的，终有一天，这个地方还是要解放的。老乡们，记住呀！"敌人又拥着他到何心彩家里去了。

　　人们焦急地打听他这天在旅部里的情形，据旅部一个副官说：这天，谷炳奎对他很客气，跟他讲同学关系——不知怎么说起的，说许明钦同志和谷炳奎是同学，这段关系一直没有查出来。——他对谷炳奎说："同学关系，那是以前的事了，现在我们是敌人，要吗是你投降我，要吗是我牺牲。"谷炳奎说："那你投降我不行吗？"许明钦同志说："你为蒋介石，我为人民。你为国民党，我为共产党。这当中一个对，一个不对，我们两个比起来，我是对的。我怎么能投降你？那岂不是要叫太阳从西边出吗？"谷炳奎说："论公事，我们是敌人。呃，何必这么过硬嘞？私下里啥话都好说。打开窗子说亮话，你也是被别人差遣，我也是被别人差遣，那都是不得已。我们，同学究竟是同学。哪一个人没有倒楣的日子？鲍叔牙举荐了管仲，要是管仲把齐桓公真的射死了，管仲还不是要举荐鲍叔牙。我们不望别的，只望成为管鲍之交。"许明钦同志答："我和你的想法不一样。论公论私我们都是敌人。你被别人差遣，吃了人家的饭，哪怕就昧良心的事你也干，我和你不一样，我是自愿干的。我为的是人民，我做的事都要是对人民有益的。人民命令我也好，差遣我也好，就是要叫我冒着生命危险也好，我也死而无怨。我不是管仲，我不是有奶便是娘的人。我死了，不要紧，人民是要胜利的，蒋介石一定要倒的。"接着他给谷炳奎谈起国际国内大事来，说到希特勒，又说到苏联，说到中国共产党怎样的由小而大，打败了日本，最后，他还对谷炳奎说："你要是投降人民，肯立功，人民倒欢迎你。"说得谷炳奎开不得腔。谷炳奎只有用死来威吓他，但那也是没有用的，整整谈了大半天，许明钦同志连口风也没有松一点。临末，谷炳奎说:"看你舍得死吗?看你投降吧?"许明钦同志说:"这个你不要问。反正我不小心,落到你们手里了,该着我牺牲。"

第二天下午,何心彩家里的人出来对人说:"许县长真是一个铁打的硬汉子啊!他们给他送去的饭,他看也不看一眼,光说一句话:'你们拿去吃,我不吃你们的饭。'我们给他端了一碗饭去,跟他说:'许县长,这不是他们的饭,这是我们的饭,你吃一点吧!'他说:'好老乡,我领你这个情!'他挑了两颗饭,放进嘴里,又叫我们拿走了。天啦,这么好的一个人,三天不吃一口饭了,怎搞呵?一个人饿得了几天呀!"这个话一传出来,大家就议论起来,耽心这么好个人,就要活活地饿死了。有的人就偷偷地端菜饭,送到何心彩家去,要看守的答应他们送给许明钦同志吃。眼看着许明钦同志几天没吃东西,没有理由拒绝,看守答应了。不要人教,也不要商量,他们都懂得了许明钦同志的心肠;这样说:"许县长,这不是他们的饭,这是我们的饭,你吃一点吧!"许明钦同志,在看守面前,在谷炳奎面前,是那样严肃的,这时,会突然亲热了起来,象一个久别了的朋友似的,向人们问长问短,甚至说起家常。有一个给他送过饭的说:许明钦同志曾经给他说了一个治摆子的草药方子,因为他问起他家里人的生活情形,知道他女人在打摆子,又吃不起药。他还告诉他们:要好好爱惜子弟,有气不要在子弟身上出,也要教育子弟,穷要穷得有骨气。人们劝他吃饭,他总是说:"我活着为人民,要死也是为人民;我活着为国家,要死也是为国家。你是好心好意,我领你的情。"他照样拈一两颗饭送进嘴里。老百姓死活地劝,他总是不吃。他说:"老乡,我不是不懂你的意思。你想一想,我和他们是敌人,不是他死,就是我亡,我现在不小心落在他们手里了。本来我不该落在他们手里的,就是我不小心。我死了不要紧,终久还是我们赢的。我现在就要赢他们。他杀得死我这个人,他们杀不死我这条为人民、为国家的心。他们也并不是想要杀死我这个人的,他们是想要杀死我这条为人民、为国家的心,叫我跟倒他们整穷人。他们好多了一个害人的伙计,多一条打主意害人的心。"谈得老百姓眼泪汪汪地退了出来。曾经有一个老百姓给他送饭去,这样对他说:"许县长,好人到了哪里也是好人，你降了他们，你还不是做好事？"许明钦同志说："老乡，你这饭是好饭，你这话可不是好话呀！我怎样能降了他们？降了他们我还是好人？"他和送饭的说的每一句话，传到了每一个老百姓的耳里，响在老百姓的心中。这些话是那样富于吸引性，流传起来，什么也挡不住的，墙挡不住，山挡不住，河流挡不住，反动派的刺刀、队伍也把它挡不住。送饭的人越来越多了，城里人送饭，乡里也有人送饭来。谁都想见一见这个好人。被许明钦同志在群众中产生的影响弄得惊惶失措的敌人，只有下命令禁止老百姓送饭，又加派了一排武装来看守他。

从群众的嘴里还透露了一点：谷炳奎还曾经在北门坡大操场召集过一次群众大会，要许明钦同志上台讲话。这天，到的群众很多，这些人要来看看许县长，谷炳奎先上台讲了讲他作战的经过，接着就把许明钦同志押上了台，谷炳奎的一个政治干事名叫黄日新的当的司仪，向台下说："看你们的许县长。"又回过头去向许明钦同志说："你把你当了这几天县长的事说说吧！"许明钦同志还是以前说过的那一套装束，只是手被反剪着，面容清瘦多了。那脸上又是一样的光辉，平静的、自信的、肃穆的光辉。他先向那干事说："你不配和我说话，我也不愿和你说话。"然后向台下说："老乡们不要伤心，人民要翻身总得要死一些人的。就是杀鸡，不小心也要割破手指头。人民翻身，是打老虎，只要大家都动手，就会把老虎打死。现在全中国有一万万人都动起手来了，还有三万万多人，也在想动手了。"老百姓静悄悄地听着，不敢叫也不敢笑，严肃得跟铁一样。这是使敌人难过得很的。谷炳奎气坏了，指挥兵士要拉他下台。兵士抓住他的手，拉他走，喊道："不准说，走！"拉得动他的身体，哪能停得住他的嘴！走了两步，他还扭转头来说道："你们把我的话记在心里头吧，它要灵验的。"台下的老百姓仍是铁一般的冷森森的严肃。接着，上台讲话的是一个也被国民党捉去的新四军曾经委派在地方上的区长，他变了节，投降了，上台嬉皮笑脸地给自己和新四军编派了些错误，老百姓没有听完，一个一个地散了。

许明钦同志又被送进何心彩家。门口有敌人的卫兵站着，明晃晃的刺刀插在枪尖上。任何人进不去，何心彩家的人也看不见许县长，他被关在一间小屋里，小屋跟前也有卫兵站着。里外见不了面，外面的心，记挂着许县长。老百姓垂头丧气了，互相打听着，互相见着的都是彼此的忧愁的脸色。

过了几天，一个下午，有一个老百姓在走马岗上割草，从一个坟台又到一个坟台，从一块庄稼地又钻过一块庄稼地。突然他钻到一块庄稼地边，从庄稼林里，他看见外边有一个丈多深的坑，坑里头还有一个兵在掏土。他钻出庄稼林，一个兵举着枪，枪尖上的刺刀对着他。吓得他缩回庄稼林里，没命地一溜烟跑了。入夜，据说，下了一阵大雨。天明，何心彩家的人出来对人说：许县长昨天晚上叫拉出去了，天明都没有回来。住在他家的国民党部队说：许县长死了。隔了几天，才由国民党部队里的人传出话来，许县长活埋在走马岗上，埋到他胸口的时候，他们还说："你只要说一个降字，就放你起来。"许明钦同志喊了一声："共产党万岁！"敌人在他头上打了一枪，就把他埋了。谷炳奎恨他，还叫人连夜把埋人的地方捶平，象打地基一样。谷炳奎的队伍一走，那个割草的人就悄悄说出了他的一段遭遇，给人指点出了许明钦同志坟墓的地点。

跟许明钦同志不屈服的精神一样，人民对许明钦同志的印象是不可磨灭的。这个印象是太鲜明了，这个印象是太有力了。人们回忆许明钦同志，钦佩许明钦同志，同情许明钦同志。许明钦同志深深地扣着人民的心。没过多久日子，人民——这些生长在农村的人们用神话的方式说明他们的思想，说：活埋许明钦同志的时候，天都变了，当泥土埋到他胸口，他仍然喊出"共产党万岁"的时候，暴风雨就起了。接着又传说着，当许明钦同志被捕的时候，本来是红火大太阳的日子，天上忽然就下起雨来。这时，发生了王太平的故事。

王太平，南山里的一个农民，二十多岁，他母亲害着营养不良而神经衰弱的病，三天两头地头晕。新四军撤出竹山城，钻入南山打游击，许明钦同志曾住过他家。他家，只有他母子俩，又住在深山沟里。这事情，外人都不知道。许明钦同志带着十来个人在他家住了一夜，谈了半宿的话。

谈的是家常，研究他们的痛苦，老娘娘很快就把他看成了自己人。第二天早起，他还给老娘娘扯了一把草药。临行的时候，他对老娘娘说："老人家，你不要看我们今天这里钻，明天那里钻地受罪，这个天下终究还是我们嘞！我们不是为了别的，是为了老百姓翻身出头。你看全天下是他们多呢？还是老百姓多呢？老百姓还不齐心。哪一天齐了心，他们就完啦！帮他们打仗当兵的还不是老百姓？这些老百姓叫他们恨倒起，没有办法。哪一天他恨不住了，他就连一个兵都没有了。"老娘娘只知道他是新四军，不知道他是许县长。谷炳奎要许明钦同志上台讲话的那天，王太平进城看见，才知道他就是许县长，回家，他把这个话告诉了他娘。他娘说："娃娃，这是个好人。喊一声他们坐稳了，这个许县长才真是青天嘞，我们也少受多少罪呵！"老娘娘向菩萨许愿，要菩萨保佑许县长。王太平第二次进城，就知道了许县长殉难的神话。他告诉娘，娘说："呃，他这样的人，难怪死的时候要打雷下雨，人家是归天嘞！在生是好人，死了成正神。"从此，老娘娘每天烧香的时候，总要给许县长插一根。

不几天，老娘娘病了——老年人总是病一时好一时的，就和雨季的天气一样。老娘娘对儿子说："娃子，我看许县长归了天，我们该到坟前去敬他一敬，他也会保佑你娘的病好呵！他到我们家来过一趟，不去，我心欠欠的嘞。"第二天，王太平进城，真的跑到走马岗上许明钦同志殉难的地点去烧了香。那是一个刮风的冬天下午，野外一个人也没有。他烧香，没有人干涉。他回来告诉了娘，娘心里一阵喜欢，心一宽，病好多了。第二天，娘身上的病象什么人一爪给她拢开了似的，象一个年轻人一样地硬朗起来。她说这是许县长显的灵。她完全相信是这样的。当夜，真是"日有所思，夜必成梦"，她梦见了许县长，对她说："多谢你好老人家派儿子来看我。"半夜里，她就叫醒儿子把自己做的梦告诉他，要他第二天进城还愿去。

王太平的确是一个孝顺儿子，第二天就真正进城去了。在西关里买好香烛纸钱，上走马岗，到了他前一次烧香的地方，他碰见了县政府的警察。这个警察也是本县南山里头的农民的儿子，和王太平是一块儿长大的，叫做吴德林，他告诉王太平：前几天发现了有人到许县长坟前烧香，县长很是生气，说这是共产党干的，县长特派他来悄悄地等捉烧香的人。吴德林又问他："你拿起香烛纸钱到哪里去？"几句话把王太平吓得做不得声，他感到了前次他来烧香的后果的严重性。国民党在南山里到处搜拿和新四军有往来的人，就是给新四军烧了一锅开水也脱不倒爪[1]，弄得好多人家倾家荡产，他是早就知道，甚至看见过的。但他是个孝子，娘的话，不能不听的。正直的他，聪明地扯了一个大谎。"德林哥，"他叫他，"说起来真是怪事，我妈病了，前天晚上来了一个人，小个子，湖南口音，穿了件蓝布长衫，戴顶博士帽，到我们家中来，说：'我知道你们有病人，来给你们看病的。'他打了一碗水，端在手上划了一下，给我妈喝了。当时妈的病就好了。我妈端板凳给他坐，他说他要出门去解手，一出了门，就不见了。半夜，我妈做了一个梦，梦见他说：'我就是许县长，住在竹山城背后走马岗，你要谢我，就到走马岗来。'我妈跟我说，我不信，我说许县长是共产党，早死了。妈说他成了神。昨天晚上，妈又得了一个梦，许县长又跟她说了前天夜里说的话，妈今天非叫我来烧香不成。"吴德林完全相信他的话。王太平烧香回去了，第二天就由吴德林的嘴里传出了王太平的故事。吴德林为了瞒住了王太平的名字，另外编造了一个名字，地方也由南山换成了溢水。

　　这个故事马上传遍了城里城外。人们说："许县长说过，活着为人民，死了也为人民；活着为国家，死了也为国家。这不是灵验了吗？"从此，人们把许明钦同志当成了神。人们有了疾病，有了困难，就到许明钦同志坟上去。人们靠着自己高度虔诚的信仰，来医治自己的病，来安慰自己。他们相信他是神，但并没有减弱许明钦同志这个共产党员在他们印象中所产生的强烈的政治影响，有时还加强了这个影响。有一个时期，人们在酝酿要给他修个庙。这个庙没修成的原因，是有这么个传说：许县长给人家托了梦了，说："大家都很穷，把钱拿去作别的有用的事情吧。就是修起来，

---

[1] 脱不倒爪：川渝方言，脱不了干系的意思。

他们——指国民党——也要叫拆了的。现在不是时候。将来等我们的军队再来的时候也不迟。大家把庙子修在心上。"在人们心里，常常响着许明钦同志的话，这些话鼓励着人们。

他坟上的草，人们常把它拿来治病。一年四季，到他坟前烧香的不断。敌人不断地进行着破坏，禁止人们到坟前烧香，挖坟，在坟场和坟场周围泼大粪，但一直破坏不了人们的信仰。最后一个进行破坏的是国民党的县长贺理华。

当解放军进到白沙的时候，竹山群众浮动起来了，传说着：许县长给人托了梦，说某月某日解放军就要进竹山来了，解放军就是跟许县长同党的共产党。究竟是哪月哪日，说法不一定。贺理华先还跟所有的蒋匪帮一样，造谣言，说共产党来了，对人民要用几大刑，要杀人，要放火，要实行共妻，要杀老头，……他发觉了普遍保存在人民中的许县长给人托梦的传说后，大大地生气了，就派了两个警察，拿大粪泼在许县长的坟场和坟场周围。但更使他生气的是第二天天明，凡是泼上了大粪的地方都盖上了一层新土。他跑到坟上大骂，又在街上大骂——那坟和城只隔一里多路——说这个是共产党，说那个是共产党，还拿大话吓人，说查出了要枪毙。为了这个事情吵闹到天黑。夜里，他还在毛焦火辣地要找和他作对的人，突然，电话室里的跑来告诉他说前方有紧急电话，他一出门，头碰在柱头上。象竹山县政府这样的机关，晚上除了办公室和县长室以及一些少数住人的屋子外，是没有照明的，半夜进去，就跟进了城隍庙一样，大堂上点的一个公灯，就和神灯差不离。这天晚上他头上碰的这个青包，从此也变成了人们的话柄："许县长显了灵。"

不两天，他的女儿病了，人们说："许县长显了灵了！"贺理华的女人也着急，要贺理华到许县长坟上去赔礼，贺理华自然不应承，女人哭了几场，吵了一顿，自己上许县长坟前磕头去。这女儿终于死了，贺理华的女人因为胆战心寒过了度也害了病。城里城外的舆论更逼紧了，说："许县长还是得罪不得的，人家在生是啥子人嘛！"舆论越逼越紧，贺理华的女人也说话了："哼，我也活不成啦！"她对贺理华这样说："我眼睛一闭，你绷你的县长架子我不管你。我还没有死，看在夫妻的情分上，你还是去给我求一求许县长，了一了你的心愿吧！你绷你的架子，你不想一想，你拿什么来比人家许县长！人家当县长，人人说好，你当县长，哪一个对着木头不说你的歹话！胳膊硬不过大腿。"叫女人训了一顿，下午，贺理华悄悄地也到许县长坟上去了。他假装着游山，就一直向走马岗去。许县长的坟就在走马岗大路旁。人们都躲开了，他自己也没有带一个人。满以为自己是做得人不知鬼不觉的，于是他磕下头去。没想到恰好有一个人，赶来烧香的，见贺理华来，就钻进了庄稼地里，这时，从庄稼地里钻出来了，向贺理华打了个招呼："县长烧香来啊！我来把香烛点起。"……从此，人们到许县长坟上烧香便成了合法的公开的理直气壮的行为。

有好几个地方，给许县长起了会，每年到许县长被害那天，聚会在一起，给许县长烧香磕头，找许县长保佑他们少受灾害。远处有在自己家里立牌位的，有在深山林里给他塑像的。深山林里的这种像，我看见过两个，一个在郧阳和竹山的交界处，一个在白河境内。跟一般土地庙不差多少，用石头盖的棚棚，当中一个军人，坐着，一处是塑的国民党军帽，一处是塑的红军帽。这是因为以前贺龙同志率领红军曾在这里活动过，人们对红军有特别好的印象，人们又知道新四军就是以前的红军。红军就成了人民给许明钦同志的标志，标志着许明钦同志的党性和红军的传统。这颗红星是许明钦同志多年来，如好多同志一样，戴在心上的，人民给他戴在头上了。一边一个警卫员，带着驳壳枪。

总之，许明钦同志在敌人统治的区域，建立了一个最强固的堡垒；在人们的精神里牢牢地插上了一支红旗。敌人不仅不能摧毁它，而且，敌人碰它，常常就要把自己碰得头破血流，而越加显出它的力量是不可战胜的。

张得全和他所讲的故事

大队前面走了，我们吆喝着十头大骡子慢慢地行进。大骡子驮着我们第四大队的行李。太阳很大，吹着风，梧桐花正盛开，每一棵树下都落了不少。这伏牛山的山路虽长，但并不令人厌倦。走着，心里想着老百姓讲的"八百里的伏牛山"的气势，举眼一看，一片繁茂的开着花的梧桐，果然是壮观。我们一伙五六个人相当乐观，这种乐观精神却不是偶然的。

当时，一九四八年，我们队伍南下，我要求去炊事班和运输班当政治干事。因为这炊事班和运输班都是刚被解放的川籍战士，急切需要政治教育。白天我在运输队，晚上我在炊事班，和他们一块儿工作一块儿劳动——煮饭、做菜、切萝卜、洗葱、煞驮子、抬驮子、卸驮子、找草料、选择牲口能通过的道路。我们很累，但我们的话说不完，我给他们讲革命队伍中的故事，他们给我讲他们在旧社会的遭遇。革命故事也好，他们的遭遇也好，都深深教育感动着我们，因为那是人民的欢乐，人民的力量，人民的痛苦，人民的哀愁。我们谈了许许多多动人心魄的事情。白天，不管太阳多么大，旷野无人，我们这一个运输队，是不会感到寂寞的。

这天，我们又谈论起来了。谈了一阵敌人队伍中的恶习，一个叫做张得全的说："国民党队伍，真叫残酷，那才是把一个人的命不当成人命！我倒想起了那时候出在我们排上的一件事。……"等了一阵，他没有说出他的故事来，我们要他讲。他又说："我还差点儿丢人嘞！"有人问："怎么丢人？"他低着头，没有开腔。他是一个矮个子，十五岁被拉壮丁出来，这时二十三岁了。但发育不健全，面孔象老汉一样，又黄又皱；身材象小孩一样，轻巧活泼。他常说他是脱过几层皮的人，"我没有死成，简直是万幸。"

下面是他亲眼看到的事。

一九四七年，胡宗南部队武装"大游行"到绥德某地，某旅某团某营某连第一排第一班班长，叫做赵万林的，半夜查哨，发现哨上丢了一挺轻机枪。第一排担任两座山头的警戒，第一班就负责内中的一座。两座山头象两只耸起的兔子耳朵，大路正好在两座山头之间通过。

太阳又那样怪，正午热得很，吹起一阵风来，都是又干又热的。士兵们背上那一百发子弹、一支步枪、四颗手榴弹、十天吃用的面粉，再加上自己的行李，在陕北光秃陡峭的山上爬山越岭，整天连一口水都喝不上。夜里歇下来，士兵们疲乏极了！赵万林每次查哨，都发现哨上的士兵，一个个睡得象死人样，走到跟前拉着肩膀使劲摇，才听见懵里懵懂的声音："是哪个？莫开玩笑呵！"摇醒了第二个，第一个又睡死了。

胡宗南的武装"大游行"是空前的，士兵们的疲乏也是空前的，一到宿营地，满地都是睡死了的人，就是拿大炮轰也难轰醒。赵万林自己也很觉疲乏，一闲下，不管坐着、躺着，就是靠墙立着，也会马上睡了过去。但机警的他，一会儿又突然惊醒过来。国民党军队里的班长真是难当呀！

他们第一排，住的是一个仅有一家人的庄子。一连三个空窑洞，什么也没有，门窗都叫老百姓事先下起走了。只有第二班住的那一眼窑洞的墙上，贴着一张边区印的大红大绿套色的农历——左边画着一个男人在耕地，右边画着一个女人在纺花。士兵们对这幅农历发表了意见，有一个人要扯掉它，说它是共产党的，有人要在上头找节气。当下太疲乏了，一幅画没有扯下，一句话没有说完，这一个班很快就都倒在农历跟前睡去了。这三眼窑洞跟前是一个光荡荡的土台，下面，一路梯坎下去，横过大路，是一条和大路平行的小河，过小河就是笔直的黄土坡路，沿路上去就是第一班放哨的地方了。天上没有月亮，只有不少的星星。路是模糊的。这是第三次查哨了。赵万林独自走着，一失足，差点儿跌在小河里，挣扎起来，揉了揉碰痛了的膝盖，咒骂着，昏昏沉沉地到达了山头。

山头上三个士兵睡得真香，和他前两次来查哨时一模一样，可是，一挺轻机枪却连影子也没有了。战场上无缘无故丢了机枪，再大胆的班排长，不管他怎么会冲锋陷阵，也要魂飞魄散的。赵万林马上清醒了，心里登时就扑通扑通地跳起来，出了一身冷汗。他当即把他们一个一个地唤醒，问机枪哪里去了。这三个人听说机枪不见了，瞌睡马上吓跑了，但和班长一样，谁都不知道机枪到哪里去了，只有对他说好话："班长，我们硬是不晓得，累得很呀，说不睡，说不睡，那眼睛不饶人啦！"赵万林威吓着要枪毙他们。有一个跪下向他磕头，另外两个却表示："早迟免不掉请蚂蚁打牙祭！"率性坐在地上不动。那跪在地下的挨了一顿拳打脚踢，班长算是出了气，可一点办法没有。事关重大，他不敢大声呼喝，只能小声辱骂："你狗脔的，给我惹祸，我要枪毙你！"

赵万林是当卫士出身的，人年轻，在军队里却是老资格，混得有些年月了。你要问他机枪的有效射程，他尽可以答复不出来，但他吃得开。他精明强干，曾经因为仇恨，在战场上开黑枪打死了两个排长，营长要枪毙他的时候，这个营所有连长却都站出来保他。在部队处境困难的时候，枪毙一个部属，尤其是在士兵中吃得开的有面子的部属，容易引起部队的不安。赵万林恰恰懂得这点，并利用了这点。

丢掉机枪在他也不是第一次。有一次他们一个营，冒充八路军，向山西某地"游击"，在一个村子里，遭受民兵的包围，一个营完全溃散。那次倒是他有意丢了轻机枪。丢了轻机枪，没有目标，又轻巧好跑呵！突围之后，他脱下裤子，拿手枪向裤子射击，打成了无数的孔，然后穿上，又用绳子捆紧自己的双手，让它肿起来。于是，归队时，他作了一个真正博得上司同情的报告，说自己被民兵俘虏，丢了机枪，民兵绑起他去活埋，他偷着解开绳子，撒腿跑掉，民兵追不上他，架上机枪，把他裤子都打烂了。他还照平常那样嬉皮笑脸地说，好在没有受一点伤。那次上司认真夸奖了他。

　　但是这次他可不能照样办啊！这次一个敌人也没有！无风哪能起浪？但这个兵油子是有办法的。他听那挨打的士兵坐在地下嘟囔："又不是我把机枪拿去卖了，打我做什么？算啰！千错万错，跟着走到这里就是我的错！哼！"他低下头去，一声也不响了。赵万林立在这完全沉静了的山头上，看着弓背坐在地上的三个瘦弱的身子，在这微明的夜里，更加显得瘦弱了，他们疲乏、悲观失望已到了极点，什么也不在乎了。赵万林看了看自己的环境。在满布星星的夜空下面，到处都是黑洞洞的山，山与山之间，昏沉沉，无底似的。饿狼在四处不住的哀嗥。他发觉了自己的错误。刚才那个被他打得沉静下来的家伙的嘟哝使他忆起了自己的处境，——疲乏紧张、心惊胆战、烦恼、忧愁、死的恐惧、饥渴、委曲；他想，吓唬着要枪毙他们，他们会逃跑的。他们只消溜下山去，进入昏沉沉的山谷，他向哪里找去？他在一刹那间也想到：能逃出去多好，免得活受罪；丢失机枪的事，他一跑就万事罢休了。但这个兵油子脑子里立刻又闪出一个好主意：有办法！万万不能让这三个人开小差，一挺机枪的损失有办法搪塞过去。他马上变得和颜悦色地对他们小声说道："弟兄，不要紧，咱们有福同享，有祸同当！这件事，交给我，你们可别开小差，谁开小差抓回来，那他就得交出机枪来。不要紧，弟兄，我有办法向排长交代去。不过，排长问着你们，你们可别瞎说呀！"他看见大家注意听他的话，相信大家情绪安定了，于是他才走下山去。

　　第一排排长名叫王得胜，和赵万林是同乡，河南人，又肯讲义气，就因为这个缘故，他两个的关系比较好。赵万林当上等兵的时候，就在他排上。曾经因为调皮，不服从命令，赵万林和班长打架，惹下了祸，如果不是排长看上了他，他早不知道哪里去了。那个班长是个湖南人，小个子，打架不赢，就用违抗命令这个罪名，到连部里去告了一状。连长这个人很暴躁，一听说违抗命令，还把班长打了，登时把赵万林叫去，打了一顿军棍。赵万林回到排上，就借口浑身痛，向排长告病假。王得胜，老早就看中了赵万林的，把那个小个子班长叫去也照样打了一顿军棍，而且天天找他的错处打他。倒霉的班长吃不住，开了小差，于是赵万林当了班长。自从赵万林当了班长，同王得胜的关系就更好了。排长如有紧急的重要任务，总是派赵万林去完成；赵万林也真会逢迎，交给他的任务他总是完成得巴巴实实，使得王得胜十分满意。有一次，排长叫赵万林找民伕带路，赵万林就抓来了一个。赵万林为了急于完成任务，虽然怀疑这人是民兵，但他想，能带路就得了，何必管他是不是民兵。他也不想抓民兵立功，因为他知道，把民兵送过去，就给自己找上了麻烦，还要再去找一个民伕来。谁知这个人果真是民兵，趁他们睡觉的时候，背走了他们一挺司登式手提机枪，还掠走了几带子弹。王得胜并没有因为这事重重责备赵万林，只叫他想办法找回一挺司登式来。就在当天上午，赵万林漂亮地完成了任务。在吃早饭的时候，他到另外一个营去串去了。正碰上那里煮熟了一锅面疙瘩，士兵们架起枪，用手抓起比拳头还大的面疙瘩，双手捧起啃。恰巧在人圈外，靠墙放了一挺司登式，赵万林就那么背了回来。王得胜这人是个大个子，动作比较迟缓，赵万林是个小个子，动作灵活；王得胜少言寡语，赵万林能说会道；王得胜性情虽也暴躁，但因患得患失很厉害，显得不勇敢，赵万林却是心直口快，说做就做。两人这样不相同，倒并不影响感情，却处得非常相得。

当时赵万林回到住处，一直走到王得胜的枕头边，把他摇醒，又把他拉到门外土台上。

"报告排长，哨上的轻机枪没有了！"

排长愣住了，半晌说不出话来。赵万林又说：

"我去查哨，哨上的轻机枪没有了！"

"没听见枪响吧？"

"一点动静也没听见。"

"哨上的人呢？"

"正在睡觉。"

"那，机枪到哪去了？"

“不知道。”

“那是要枪毙的呀！”

“排长，我知道要枪毙，但是，机枪不见了，枪毙了我，你也找不出一挺机枪来呀！”

王得胜沉默起来了，于是赵万林对王得胜说出他的意见：

“排长，得想个办法。如果连长要枪毙，枪毙我就是了，没有你的事。这样吧，你去和连长说一说，说等一两天我去寻一挺轻机枪回来。”他的眼睛在微明的黑暗中发亮，表示着：“我的办法多呢！我哪也捞得着。”

王得胜想了一想，说道：

“不中，连长今晚上脾气大得很。差点儿要打三排长一顿军棍。”

赵万林脑袋一偏，眼睛亮闪闪的，他说：

“排长，我有个办法，你看中不中？你把二班、三班带到我们第一班放哨的山尖上，和我们第一班开火，打上一阵后回来报告，八路军来了，把机枪夺去了。两边朝天放，打不着的，跟演习一样，保险，你看中不中？”

王得胜，这个脑筋简单，粗枝大叶的人，听见了这样的计划，是没有话说的。因为他自己实在想不出任何好办法。从他入伍当兵那天起，他的上司也好，他的同僚也好，谁也没有要求他拿出什么办法过，除了吃空额、打牌、讲交情、发脾气、互相吹捧，这些事情又是最忌讳严格地想一想的。何况这是忙中呵，这些紧急的事呵，落了水的人，拉着一片草叶也当是救命王菩萨了！

二十分钟后，发生了一场激烈的夜战。让饥渴、暴热暴寒、难走的长途、死的恐惧拖得疲惫不堪的士兵们，被他们的班长叫起来，拉到了山上投入战斗。一个个胡里胡涂，战战兢兢，以为是被包围了。待到排长告诉他们这全部的底细，并要他们枪口朝天放时，才觉得这玩笑开得实在太没意思。这时，一班的阵地上已经打开了，这边也就有一枪没一枪地朝天放起来。接着，不知是谁发现了一个真理，说：“打吧，打完了免得背起累死人。”“是呵，背起累死人！……”于是枪声与人声交织着，越来越热闹起来。

快拂晓，子弹打得差不多了，枪声才稀疏了下去。王得胜突然脸色一变，叫人找赵万林。"叫这王八羔子快一点。"原来他突然想到了，仗打得这样凶，没有一点伤亡，怎么能报销那一挺机枪呢？而且，胡乱打了这么一个半夜，消耗了这么多子弹，万一查出来，唉，还是他自己下命令，亲自领着干的呢！他真是懊悔，不该胡乱听赵万林的主意。"早知如此，我不如就把赵万林拿去报销好了！一个班长嘛！又不是我叫他丢的。我又不能一步不离的守着机枪！要我自己负责，那班长是干什么的！"越想，他越觉得上了赵万林的当，把自己牵累进去了；而且这么胡乱打半夜假仗，恐怕比丢一挺机枪的罪还要大。"赵万林这个王八羔子，滑头得厉害，到了连长跟前，不知他要怎么说嘞！"赵万林笑嘻嘻的永远得意的脸孔，在他眼前幻灯似的忽闪了一下。他觉得他骑不住赵万林这匹劣马了。一时之间，他非常讨厌赵万林平常那个嘻皮笑脸的样儿。他生了那么大的气，恨不得赵万林立时就在跟前，他好急啊！真好象热锅上的蚂蚁一般了。

象每一次一样，赵万林一叫就到，又是笑嘻嘻的脸孔，一见面，脚跟一靠，举手行了个礼。

"报告排长！……"

"你来得好，你害死我啦！"

"报告排长！"

"我要把你送到连部去。"

"报告排长！你要把我送到连部去也可以，就是迟了一会儿啦！你该在我向你报告丢机枪的时候就把我送去——那时节，你就捎带着，受点处罚也不重，现在，……"

唉，我的天，还是那个满不在乎的样儿！对这样的人，你一点办法也没有，排长于是改了口气软声软气地说道：

"向连部那里作报告，怎么交代啊！连长那个人你是知道的，脾气多大，我可是担当不起。……"

"说八路军来了，我们不是打了一仗，都听见了吗？"

"哎呀，听是听见了。打了一仗，连一个伤亡都没有，八路军就把机枪夺去了，好容易呀！"

赵万林把头低了下去。停了一会儿，把头一摇，又抬起来了，脸上带着笑：

"排长！要有伤亡，那容易！"

王得胜很痛苦的呻吟一声，他觉得赵万林在拿他的性命、职位开玩笑，不满地说道：

"你说得倒是怪容易，你那张嘴巴把树上的麻雀都哄得下来。"

"不，排长！"赵万林得意了，"叫几个愿意到后方去休养的人来自己打一两个窟窿就是了。"

王得胜摇了摇头："谁愿意呀！"实际上他知道有很多人巴不得由自己来动手制造彩号，只怕他不允许。这一个部队的情绪，他是知道的，就在前天，他亲眼看见一个瘦小子用一块白布盖在脸上，叫他的长官把他活埋了，那瘦小子说："长官，我实在累不得了！你怕我跑到八路军那边去，就把我活埋在这里吧！我实在走不得了！我先天不足，后天失调，没有一天好过活呵！"他把他看见的这个瓜瓜的故事，当成龙门阵摆给他排里的人听，没有一个人有要笑一笑的意思，相反，有人说："那倒美，可以得个全尸呵！"

赵万林说："谁愿意？我班上就有。回后方去休养，谁不愿意？又是自己开枪，找那个不要紧的地方，穿上一两个窟窿，这多便易呀！只怕你不答应，要不，我自己也愿意来顶上一个。"

王得胜是不过于坚持的，他本来就是不必坚持的，反驳一两句，也只是因为脾气是那样的罢了。于是他们就开始来进行这制造彩号的工作。

被他们所选中的目标，一个是第一班的刘二顺，三十一岁了，汉中人，是拉壮丁拉来的庄稼人，瘦小子，看样子有肺痨病，这回爬山越岭，没有一天不抱怨："哪一天时辰才到，阎王爷才肯勾簿子！"他想，累极了，有一天突然倒下去眼睛一闭就过去了，得一个全尸。他不相信他会被枪打死，他说："我祖宗三代没有害过一个人。"另一个也是一班的，叫王有林，西安人，才拉来不到一年的十九岁的青年，人是很强壮的。前两天，在路上遇到民兵打了两枪，他吓得一口气跑上了七里路一个大坡，吐了血，于是一天到晚怕得厉害，怕突然叫打死，尸首丢在野地里叫狼啃吃了。他家里还有一个刚订下的媳妇，他自己也长得漂亮。再一个是三班的冯国宝，湖北郧西人，是一个老兵油子，他对这次武装"大游行"十分不感兴趣，认为：他当了十几年兵，没见过这样的打仗，敌人没见着一个就会叫拖死了。他曾自己动手，巴着皮肤把腿上打了一个窟窿，说是走了火，要求处罚，要求处罚之后，进医院去。王得胜把他骂了一顿，却并不处罚他，只叫他扯块布筋筋把伤口扎起来，还是要他跟着走。他就只好跛着腿，一路上不住口地发起牢骚来。

为了实现这个计划，王得胜把第二、第三两人，也一块带到第一班原先设哨、打假仗的地方去，完成制造彩号的任务。就是说，他们把第一班设哨的地方作为自己防御的地段，第二、三班打假仗，算是八路军的进攻，那末，彩号就要在自己防御的地段才行呵！自然，他们就在山下制造彩号也是一样的，因为彩号要被人抬下火线的，再说，他们也不必担心上级会亲自到曾经作战的地方来视察。但人忙计短，常常就是聪明人也干起异常胡涂的事来。闹到一块动起手来，天开始亮了。初升的太阳光，非常温暖，照在山上，山，马上变红了。

冯国宝在听了排长王得胜说的话之后，满口应承了，只是半带抱怨地问道：

"将就原来的伤口可以吧？"

"那怎么行，你那伤口都要好了！你又打得浅了一些。"

"我原先打的那伤口不算浅呀！"

"不管它浅不浅吧，你那是旧伤口，要不得，要重新打过。"

"重新打过就重新打过，可是，……你要真的让我到后方去呀！"

"谁还骗你？"

"好吧！"他嘲讽起自己的腿来，"他妈的，这十几天，你就是麻木的，不听招呼了！再揍你他妈的一枪，看你疼不疼！"正说着，他擦着大腿肚打了一枪，血流了出来，他伸手把它蒙住，脸色都没变一变，也不呻唤，把脸转过来看着别人。

刘二顺是最痛快的，答应了下来，他也迅速地拿出老兵的动作，在自己小腿肚上打了一枪，麻木地看定流着血的伤口，突然打了一个冷噤，头上出起大汗来。他仍旧木然地看定流血的伤口，也不知道他是欢喜是痛苦，他也没有动手去揩一揩那从额上滚下来的黄豆大的汗珠。有一个老兵说："你还是扯块布条把它绑住，不叫血净是流。他好象被提醒了，伸手从破军服上撕布条。手发抖得厉害，连撕两下撕不下来，手软了，躺在一边，不想撕了。原先劝他绑住的那个老兵气愤愤地上去替他撕下布条来，又大脚大手地替他绑上，一边又在责备他："看你这个老兵，伤了这么一点皮皮就这样子呵，还是自己打的嘞！"他也没搭理。周围的士兵们，也没有一个说一句什么话，也是麻木了似的，好象他们还是在黑夜里，黎明还没有到来，彼此间谁也不看谁一眼，黑着个脸孔；他们是又在羡慕他，又在可怜他，又在悲痛自己的遭遇。

王有林又想干，又不想干，老是怕打伤了成残废，他有些可惜自己的皮肉，但又怕失掉这个好机会。所以当王得胜和赵万林反复说明了条件之后，总是不开腔，只是点头。直到刘二顺干了，他才一句话不说，只是机械地照刘二顺的动作办了，把枪一丢，仰倒在地上，嘤嘤地哭泣起来。他马上赢得了大家的同情。那个替刘二顺绑扎的老兵，因为枪挡住了脚，他愤愤地一脚把枪踢开。赵万林批评他："捡开就得了，你看枪灌砂啦！"他说："灌它的毬！"他看了看王有林这个青年人身上破得千疮百孔连肉都遮不住的衣服，又转身去在刘二顺身上撕下一块布条来，替王有林绑扎。王有林黑褐的大腿肉在破裤洞下颤抖着、抽搐着，眼泪象泉水似的在脸上横流，把黑色的泥污冲开，划出了一条条纹路。他小嘴巴噘起，鼻涕从鼻孔里喷了出来，眼睛时而睁开，时而闭起。那老兵说："你不干，就不干好啦！唉，还是一个娃娃嘞！"周围的战士们也发言了："是嘛，他不是一个娃娃是个毬！""他和我三兄弟一样大，还是进过学堂的学生嘞。""他人可聪明！""可是不捣蛋！"远一点的地方有人在叹息："今天还是他有运气！"

突然，王得胜又着急起来了，脸比所有人都黑得厉害，显得异常凶恶狠毒。他大声叫赵万林："不行，这样还是报销不了，这简直开玩笑。自己打的伤，谁还看不出来？赵万林，你要这样报销，你就这样报销去，我可不管！"这时节，他一丝丝软弱胆怯的样儿也没有了。

赵万林脸上青了一青，马上转过头来，表现出"不要愁"的神气，向王得胜平心静气地说："那，另外挑三个人重新打过就是了，不叫他们自己打，叫别人离远一点拣不要紧的地方打上一两个洞就行了。"他说得那样平易，也就显得难以形容的残酷，使得全排的士兵们都吃惊了，所有的眼睛都盯着他。冯国宝、王有林、刘二顺也神经紧张起来，一齐坐起来望着他。他继续说："排长，我们班上昨天下午不是有两个开小差的吗？这也用不着去报告了，就说叫八路军捉去了。刘二顺他们三个的伤口见不得人，就不让它见人好了。我们给他们几个盘缠钱，叫他们自个儿回家去好了，我们统统报告说是给八路军捉去了。这样，又有受伤的，又有被俘的。"

王得胜脸色还是那么黑，想了一下，轻声说道："那么就这样办吧！"

赵万林于是旋转着身子，对周围的士兵说道："谁愿意来，轻轻挨一枪，住医院去，不要跟着走了！来三个！"

周围的士兵们沉默了一阵，赵万林又解释了一遍他的妙计。有三个士兵出来报名。一个是二班的杨国栋，川北人，三十二岁，农民，被拉出来当了九年兵的壮丁，他的身体蛮好，脸上肉敦敦的，一对浑浊的大眼睛，没有一点神气，总象是刚睡了起来的样子，他也厌倦了这种武装"大游行"生活。当兵以来，他完全学会了兵油子的一套本领：耍奸心，好吃懒做，到处占便宜。最近，他常常发牢骚，说："不如干脆带彩痛快，这真是活着受洋罪。打死也好，当俘虏也好，都比这么天天爬山，连水都喝不上，累得要死强！真倒霉，好事一件遇不着。"一个是三班的张文秀，小个子，二十三四岁的青年，贵州人，拉壮丁出来有三四年了，这三四年中，他总开了不是十次就是八次小差，每次都在他回家的路上又被别的队伍抓住当了兵。但每到一处，人缘都好。平常是快活的性情，唱唱打打的，最

130

近也沉默了下去。第三个是第三班班长吴品先，这是一个大个子，山东人，三十岁了，颧骨突出，声音又刚又高，那脾气就和声音一样。

王得胜吃了一惊："吴品先，你不想干啦？"

"不想干啦！"

"咦，是我对不住你吧？"

"报告排长，你对得住我也罢，对不住我也罢，我不愿受这活罪啦！"

"你站回去，我不允许。"

"报告排长，你允许也罢，不允许也罢，我非来挨这一枪不可。不然我要把今天的事报告连长去。"

"好吧，那你们快些。"

王得胜就叫赵万林放枪。吴品先、张文秀、杨国栋面对着山，背着他们站成了一排。杨国栋伸手捞裤腿，意思是叫他朝大腿肚上打。

"不要动，裤子都不打穿，还象带花？打！赵万林！高一点。"

赵万林瞄了准，一枪射去，杨国栋倒地了。这一枪打在他的肩上。杨国栋登时倒在地上叫起来："我的妈呀！——奋妈，你真打呀！"王得胜高声叫道："赵万林，再打！就要这样才象！打！"

张文秀有点胆怯起来了，回过头来。王得胜更高声一些叫道："不准动，打死你妈的！怕，你就不要来！"赵万林把子弹推上膛，开始瞄准。张文秀身子象打摆子一般颤抖起来，哀求似的说道："老兄，手下留点情呀！只要不害了我的命，不要让我残废一辈子，弟兄，手下留点情呀！"杨国栋在地下呻唤得很厉害，赵万林的手颤抖了一下，又把头抬起来，看了王得胜一眼。王得胜骂他："怕什么，你手软呀？"赵万林眉头一皱，又把头低了下去。张文秀还在叫："弟兄，手下留点情呀！"张文秀倒地了，伤在膀子上，登时在地上滚起来，喊道："妈呀！妈呀！"

吴品先车转身子看了看张文秀和杨国栋，动摇了一下，然后勉强支持着，照原先一样挺直身子。赵万林脸白了，很费力地把子弹推上膛，又拿眼睛瞥了王得胜一眼。王得胜伸手把枪夺过来，口里骂道："草包！"一枪射去，擦着吴品先的耳朵，子弹飞过去了。王得胜骂了一声："奋妈巴蛋，这是哪个王八羔子造的枪！"退掉弹壳，正要推上子弹，吴品先打了一个寒噤，车转身，跑到士兵群里倒地坐下，脸白得怕人，嘴唇都乌了，口里直说："我不干啦！这不是人干的！"王得胜把枪往地上一丢，说道："我看你是铁打的！"

正在这时，伙伕把饭送上山来，绿油油一挑面疙瘩汤，上面浮起一层蝌蚪。这里很缺水，附近只有一个脏水沟。伙伕自己也在生气。

张文秀和杨国栋起来了，靠在一边哼，有人在替他俩绑扎伤口。刘二顺、王有林坐在那里，木雕泥塑似的，动也不动一下，眼睛也定了。冯国宝靠着一个小土堆坐着，嘴上浮起狡猾的微笑。王得胜和赵万林在一边小声商量什么。吴品先坐在士兵群中发愣。黑脸的士兵没有一个开腔的。

故事到了这里，张得全不开腔了。我们听的人也不开腔，我们都说这个故事没有完，大约他要做什么事，停顿了。我们谈话中，是常常停顿的，如象驮子歪了，需要抬一下呀，缰绳掉了，需要捡起来呀，这样的事情是常有的。但，这回，不是为这些，他连头都没有抬，牲口走得好好的，没有一点事故。有人就催他："说下去呀，怎么断了线了？"他昂起头，说道：

"你们听起来，会觉得这些人都不是人了！当时硬是这样子！当时我还想去挨一枪嘞！事情就是这样的怪，人到了那种时候，是什么也想得出来的。那个累法呀！我这时候想起来也害怕！我简直不相信是怎么熬下来的。"这时候，有人插嘴了："哼，哪个不是一样？"他们纷纷谈起他们解放前在胡宗南队伍的遭遇，同意了他这个说法。张得全又说：

"吴品先不干了，我想到嘞！我当时就想挨一枪，哪怕打成残废也好，我就可以回到后方医院去啦，我当时也不是想家，也不是想跑脱当老百姓，我没想到这些，我就是想不跟着拖了！我正要站出来，听见王有林说了几句话，我满身出起大汗，坐着不动了。他说的是：'妈呀，妈呀，我这个人没有志气呀！我不该自己糟蹋自己呀！我是个男子汉大丈夫呀！'我经他这一说，看穿了，原来我们自己看不起自己，在瞎碰。你们说'走狗'，这时候，赵万林在我眼睛里头，才真是一条狗。我想，我应该想别的办法，不能再这样拖下去。我坐着不动；好多人都哭起来了。

"吃了饭，大家你一个我一个地给冯国宝、王有林、刘二顺他们三个斗起盘缠钱，打发他们走了。这一天行军，我们每一个人都是毛焦火辣的，脾气大起来了，都象火镰石一样，一碰就要出火的。王得胜和赵万林看见事情有些不好，愁眉苦脸的，可是不敢惹我们。他们怕我们泄漏风声出去，更怕我们报告连长，赵万林还跟我们说：'哪个对得起我，我对得起哪个。'我们都没理他。大家都同意我的看法：想别的办法，不能再这样拖下去。……

"到了晚上，我们这个排就散了。"

又爬上了一个小坡，往下一望，那是一个绿树成行、村落如画的平川，我们走着的这条大路，伸过那美丽的村边，一直伸到前面去，那里有一道河，河水闪着白光。下坡了，他说：

"我们过来不久，赵万林也过来了。他和我们不一样，我们散了，他拖不下去，就去当土匪，叫民兵捉住，送到解放大队来。他万想不到我们也在解放大队，连冯国宝和王有林都在。一见了面，他脸就白了。他怕我们报复他。我们没有报复，倒教育了他。我们问他，那天早起为什么要那样干，他说：'都昏啦！都昏啦！'我们说：'都昏啦，你为什么不带起我们跑？你和排长一起随便让人家受伤流血，拿人家的命不当钱？'他只得向我们认错。我们叫他向大队部认错去。"

张得全说罢，我们下了坡，走在平川大路上。我们当中又有人讲起故事来。那是一个笑话，马上得到另一种效果。我们这一群人，赶着大队牲口的人，沿路欢笑着。我们这一群人的故事是很多的，悲苦的、哀愁的、欢乐的、有趣的、机智的、勇敢的、壮烈的，各种故事有各种故事的味道，都是一群从奴隶走向自由的人呵！牲口也好象快乐起来了，滴滴得得，流水一般前进。这时，张得全好象已经忘记了他的故事，打起口哨，挥起鞭子，满脸上都是光采。

我们迅速到了河边。我们要过河，但不知道这条河的深浅，需要一个人探一探去。没有谁说话，谁心里都懂得这个需要。每到河边，我们都要考虑这个问题。如果水太深了，就得沿着上下找桥。如果不太深，能过，也得分辨出哪些地方更浅，哪些地方有凼凼，哪些地方是陷沙，哪些地方是石子，哪里水急，哪里水平稳。张得全又是第一个跳下河去了。我已经干涉过他几次了，因为他在国民党队伍里害了关节炎。这一次我又干涉他，他笑眯眯地说："不要紧，我高兴啵！"他踩着水过河去了。

木工做机器的故事

　　某厂房产科木工房有一个木工名叫黄民昌，一九五一年的时候，只有二十八岁。这个人的父亲原是重庆码头上一个挑煤炭的苦力，累坏了，一脚跌倒，残废了，才下乡租地主的地种，天干三年，又被地主逼得逃荒，被贫穷和忧愁拖死了的。这个人的母亲就死在一家人逃荒的时候，那是大热天，路上烫得跟烙铁一样，连一口水都找不着喝的，她就倒在地上发了急痧，死了也就埋在路旁。这个人的小兄弟，在早年就抱给人家当儿去了，到现在也不知道是死是活。这个人的姐姐嫁给了一个穷木匠。这个人，十二岁，当孤儿的时候，也就是被这个穷木匠送去学雕花木匠的，说他是那样瘦，又不肯长，连猫耳朵都拿不动，学雕花要轻巧点。学了四五年，偷了点手艺，他也刚刚长大了点，师傅却又把他拿来卖了壮丁。毕竟因为人小，看起来老实，没被人注意，才逃出了虎口，再去投了个雕花木匠为师，才学成本事。这个人流浪到重庆，做起西服店里摆的美人桩来，是重庆第一。但是，手艺并没有给他保险，这个人的职业，没有一天安定过，总是再就业，再失业，而且总爱被老板卖他的壮丁，他也总是跑脱。解放后，人民政府办失业登记，经过考试，他才进的某厂。

　　这个人进了厂，真是肯干活路，拿起锯子，拿起猫耳朵，就发了狠，跟打冲锋一样。有人问他为啥，他说："这天下现在是我们的了。当主人就要真正当个主人，不要象唱戏那样做假过场。"他抱怨刨子太笨，说："人忙马不忙，急死人！"就把刨子改过，一只手拿刨子手手，一只手按着板子推。这件事引起好多人瘪嘴巴，因为他不按老规矩办事，说他是个乱弹琴。推了不多几天，他又对他的一只手推的改良刨子不感兴趣了，觉得这个东西并好不了多少。

正在这时候，马恒昌小组向全国挑战，厂里工会主席作报告，号召全厂工人应战。这就象给黄民昌胸膛里投进了一个火把，把他从头到底都点燃了起来。他说："我们怎样应战呢？拿起猫耳朵砍得出个啥子新纪录来，建设得起啥子社会主义来！"他提议安装机器。他和工人们商量，有些人说："怎么样的机器？安起来怕我们干不了吧？"有人就简直这样说："对，我们该穿起草鞋走路了！"掌墨师满脸怒气，说："好好做活路就行啦！哪个不晓得巧不过的木秀才，双手万能，辈辈代代都没有机器，还不是盖起了高楼大厦。哼，你见过多少？人家过的桥都比你走的路多。自己懒，不想做活路，就爱想这些鬼名堂。"他去找工长，工长一听，就想："安上了机器，我还干得了！"于是就这样答复他："你这个主意很好，上级早该把你调到机器木工厂去！"他去找房产科科长，科长是一个很耐烦而且有学问的人，又是党支部书记，对他说："黄民昌，你不要闹本位主义，光从自己的要求出发。我们木工房，不是厂里的主要车间，连附属车间都不是，不是出钢轨的，也不是出道钉、螺丝、耐火砖的，我们干的只是修缮工作。连基本建设工程都不是我们干的。从国家的利益出发，要增加设备，应该给主要车间主要部门增加。不然，到处搞，到处花钱，那还不是浪费吗？只要我们安心工作，做活路认真，我们就对得起国家，对得起人民。不要一天东想西想地闹工作情绪。"话是说得头头是道，简直没有黄民昌一句话好说的。科长接着还说了一大篇劝人安心工作的大道理。

黄民昌心烦意乱地回到木工房来，看见门外的木料堆了一地，一拿起猫耳朵，却又想起来："当主人，当主人，人家是拿起机器的主人，我们是拿起猫耳朵的主人；人家在喊，创造新纪录，为国家增加生产，我们就只有拿起猫耳朵整；吭哧，吭哧，人都累得跟猴子一样，活路还是做不赢，门外头的木料还是堆起。"闷了半天，他又想："我们自己动手来做，不找公家的麻烦又怎样呢？"他想到水车、织布机头、轧棉花籽的机头，都是拿木头做的。这些他都做过。"考不着人！"下午上班之前，他就提出来和人们商量，说自己做机器。少数人半信半疑，说："做好了倒好嘞！"大多数人却笑话他："拿木头做机器？做得成，还等你？那早就有了。"掌墨师说："你们看黄民昌就要用猫耳朵砍出个机器来啰！"工长又把它当做个笑话谈给科长听，科长说："这个人是不是有点神经？"工长又非常热心地把科长这个疑问告诉掌墨师和其他的人们。黄民昌任他们笑话，板着他那脸孔，一句腔也不开，做他自己的活路。

黄民昌想做机器的意见，不仅得不到支持，恰恰是"羊肉没吃着，倒惹一身骚"。有些人是要在这种时候面红耳赤，以至灰心丧气的。但是，黄民昌不是这种人。他认为他是对的，他就做下去。每天下班之后，他就勾着他那瘦削的身体，——他，是我们叫做的筋骨人——埋着他那黧黑但固执的勾着几根粗粗的皱纹的脸孔，在木工房里做他的机器，又到废铁堆里去捡来了一块钢片，拿宰子宰，拿锉子锉，要把它做成圆锯片。终于他做成了一部手摇圆锯机。刚刚试验成功，就被一个叫做徐相的特务破坏了。没有去修复它，他却做了另一部脚踏圆锯机。这部脚踏圆锯机，做起了，只存在了一早晨，又被徐相这特务破坏了。同样，他也没有忙着去修复脚踏圆锯机。他总觉得做出来的和他想象的不一样。而一试车，就连他过去的想象也给他推翻了。第一次，嫌摇起来重；第二次，他发觉这根本还不是什么真正的机器。同情他的青年团支部书记王立要忙着帮他修复，他说："出一回笨，长一回乖，另外再做吧！"但他并没有马上就做，他却拉着王立，到厂工会写了介绍信，徒步几十里，到民生机器厂去搜集徐相的材料。王立拖得又累又饿，他就象不懂得累和饿是怎么回事一样，一直搞到半下午，终于把徐相的一切罪恶行为弄清楚了才回来。捉了徐相，一时之间，上上下下对黄民昌的印象好了，说他倒还不是神经病。但当他又钻进搞机器思想里去时，一部分人又开始讥笑他了。一个老木工说："黄民昌，你啥都对，又肯干活路，又警惕性高，你做啥就这一点想不通？"掌墨师说他："人是好人，就是有这么一点邪。"

这一回，他钻得比以前更深了。他说："手摇的不好，脚踏的也不好。我这回要做的是也不要手摇，也不要脚踏，是要用别的东西把它弄动的。"他想到用水冲，但是从哪里去找这么多的水呢？又不能把木工房搬到大河边去。用电吗？这个道理就深沉了，他是一点不摸的。工长说："你都钻通了做出机器来啥，机器匠都不值钱啰！"不管别人怎么说，他半夜半夜地钻在木工房里，做了又拆，拆了又做。他原先就很瘦削的身体，现在越加瘦了。他原先就黧黑的脸孔，现在越加黧黑了。眉毛、眼睫毛，都显得长些了。吃饭忘菜，睡觉失眠，成了常事。吃饭的时候，他妻子问他："今天煎的豆腐还合口味吧！"他会一惊："唔，你说啥呀？""唉，这是你喜欢吃的油煎豆腐呀！""唔。""唉，你怎么亡魂失魄的，吃饭你都想到哪里去啰！"晚上，半夜过，妻子醒来，发现他还没有睡着，就说："睡吧，不要东想西想的了，天亮就要上班呀！""好，我啥子都不想，睡啦！""不要哄我。""好，我睡。"妻子又打呼噜了，而他还是睡不着，快鸡叫了，妻子问他："你睡着了吗？""不，啥也不想也睡不着。""你看怎么得了，下决心睡罢！""打死也睡不着。""你不要病啰，该到门诊部去看看，吃点药。""我会有啥病？"的确，他是没有病的。一天，王立硬拉他到门诊部去，医生拿听诊器听了一阵，又摸了脉，验了体温，然后问他："你有什么病？""我都说我没有病，他们要拉我来。""你们不晓得我们是怎么忙吗？没有病还来做啥子？简直开玩笑！""我们看见他一天天瘦了，饭也吃不得，怕他病了。""是不是思想不正确？"黄民昌看着王立不开腔。"不，他想做机器。""那你找我干什么？该找工程师才对。""工程师不管我们木工房的事。"医生没有办法回答，只笑了一声："想做机器的病，我还没有医过。"他的确没有病，但是越来越瘦了。大家通过他住业余休养所去。第一次不去，第二次又照样通过他去，他还是不去。第三次再通过他去，他去了。因为他想到住休养所的都是一些有成绩的工人，一个个都是有技术的，也许能在那里碰见真能帮助他的人吧。

完全如他所想象，他在业余休养所里碰见了老机器工人何工文。在业余休养所里是有很多这种人的，老英雄，老工人，齐齐整整，犹如一个万紫千红的花园。这何工文是好几十年的机器工人了，在他自己简直可以谈得出中国工人阶级的一部历史，他足迹遍布半个中国，什么活路都做过，车、钳、刨、铣、翻砂、化铜、化铁，门门都考不着他，见过资本家的各种花样，也吃过各种苦头，年纪有五十多岁了，是一个共产党员。这一个人是每个人最好的父亲和朋友。

　　有一天，晚饭后，黄民昌正在看描写刘胡兰的连环画，来安定自己。因为在这业余休养所里，他是十分不惯的。首先是他不能随便跑到木工房里去。一进休养所，护士同志就告诉他："到我们这，就要守我们的规矩，跟我们到你的车间去也要守你们的规矩一样。该睡就要睡，该吃就要吃。我们这里要保证每个人都长肉，就是筋骨人也要长够斤两。我晓得你们的生产热情高，我稍为不注意，你们就要跑。这是不行的。你长不够肉，我就不放你出去！"而黄民昌，离开了猫耳朵、锯子、锉子，思想都好象不活泛似的。医生和护士一看见他坐在那里板起他那张固执的脸孔在想问题，就要走来问他："心里头不舒服吧？有哪些地方不方便吗？"他能谈什么呢？他只能拿连环画这些来遮盖自己。但是这天这本描写刘胡兰的连环画，却真正地吸引住了他。刘胡兰这个人物使得他衷心地钦佩，看到刘胡兰慷慨就义，挺立在铡刀前，他就忍不住哭了。这时，只有何工文在跟前。何工文心里说："这个人是有志气、有觉悟的。"就找他谈起话来，黄民昌和他交上了朋友。他们彼此都谈了各人的历史。黄民昌听见他谈起了为了改进操作而作的一系列的斗争，觉得这个人是绝对不会讥笑他做机器的想法的，就把自己要做机器的决心以及一切遭遇都告诉了他，并说："我是一个小木工，我就只能够用猫耳朵去给国家增产节约，给马恒昌小组应战吗？到处都等着国家买机器吗？没有机器，又象不长翅膀的岩鹰一样，有天大的本事也飞不起来；我自己做，人家又反对我，说我害神经，特务又来破坏。捉特务我是狠了心的，做机器我也是狠了心的。就是呵，我没有手艺。小时候当学徒，师傅只把我当牛马。有一回，我偷着在河滩上画师傅画的花样，忘了担水，师傅跑来拿起扁担就砍。苦挣苦练，学会了木匠，就到处找饭吃，也没有工夫学手艺！"一个木工要搞机器，这一点，使得何工文佩服了黄民昌。何工文答应帮助他，两个人就蹲在地下画起图来。机器的原理，在黄民昌听来，是新奇的，然而他非常满意地接受了，犹如干松的土壤接受大滴的雨点一样。

到了五一节，也是黄民昌从休养所出来的时候，科长在会上报告生产任务，责备大家不努力，最后号召大家争取完成生产任务。在工会主席号召大家展开竞赛之后，黄民昌却提出做好两部机器，一部是圆锯机，一部是排锯机，都是电动的，来迎接七一，他说："这是党的生日。共产党是工人阶级的政党，是讲革命的，我们也要把旧的家具改成新的机器。"这可把科长气得发了昏，嫌他转移了目标。工长上去讲话，却说："我们工人阶级做事要实事求是，不要空洞。"接着又把掌墨师着实表扬了一番，说他不讲价钱，埋头苦干，不胡思乱想。这件事，科长垂头丧气地反映给厂党委会，他认为这个会开得最不好。党委书记倒对黄民昌感到了兴趣，要科长——他是党支书——培养黄民昌，支持他做机器，并说他是真正的积极分子。这在科长听来，是完全出乎意料的，也是想不通的。科长这个人，从各方面看来，都是满不错的，人是好人，又很忙，老是在开会，老是在计算任务完成了多少，总怕受批评。事实上，木工房堆山塞海地堆着木料，各车间各部门又总是来要账。他就是不懂得生活，看不到新鲜事物。这且不忙说他。黄民昌、王立，还有两个我们这里不必详细说明的青年工人，正在木工房角落里工作着。这个角落，简直就是一个仓库，堆集着黄民昌从废铁堆里拾来的各种各样的零件，这，有的是从汽车上取来的，有的是从飞机上来的，也有从迫击炮、重机枪上取来的，也有再高明的机器工人也说不清是从哪儿来的，各种各样的大大小小的螺丝、轮轴、布司。他们就要从这里做出机器来。

黄民昌不仅只是向何工文学得了机器上的一些知识，而且也学到了如何带领群众。他把他的想法和应该怎样做统统告诉了和他接触的每一个人。木工房一大批青年工人迅速被他带动起来。这批青年，有的是不安心手工操作要去学机器工人的；有的是安心工作但愿意工作搞得更好，什么事都可以学，不怕打破饭碗的。他把思想种进他们心里，就带起他们每天下班后钻在木工房里干。但，有人帮忙，他并不就轻松了一点。要从那样一堆各色各样，又在日晒雨淋中生锈久了的零件中做出机器来，本身就是一件极费力、需要有高度技术和耐心的工作。常常是有这样，没那样，需要继续到废铁堆上去寻觅的。有时候，在回去吃中饭之前，说是顺路到废铁堆上去看看，翻来翻去，就一直翻到上班的时候，连饭也顾不上回去吃。有一次，正翻着，下雨了，他也没有察觉，还是伸起那一只又长又大的手继续翻，偶然抬起头来看见远处有人打着雨伞在走路，还这样想："解放了，大家都有雨伞打了。"他绝没有意识到自己是如何淋着，只觉得脚下有点滑，锈铁块都是水汪汪的。"唉，真可惜，锈成这样子。"直到他一脚滑倒，翻身仰倒在地上，雨直注在他脸上，用手一摸，才发现浑身湿得象落汤鸡一般，才"呵唷"了一声，跑回家去。有时候，为了一个零件合用，一锉就锉它一个整夜。尤其到了六月中旬，他们就更紧张了。黄民昌一直把午饭都丢了，钻在木工房里吭哧吭哧地搞机器。守木工房的老头子，看不过意了，煮熟了自己的饭，就喊黄民昌吃，说："小伙子，不要饿坏了！我活了这么六十几岁，就没有看见过象你这样的。解放前，拿鞭子打，大家也不肯做活路；毛主席一来，你不叫做，大家都要做。叫你来吃你总不吃，你不吃，连我都吃不下去啦！"黄民昌有时也吃上这么一碗半碗的，又动起手来了。有一次，已经快天明了，王立他们都被他打发回去睡觉去，他说是："不要明天上班打瞌睡，妨碍生产。"为了试装飞轮，他却舍不得走，又爬到地下坑里头去工作。一个不小心，从肩膀到肚皮，叫皮带擦伤了两尺来长，血把衣服裤子都染红了，他到附近的急救站去上了药，又跑回家里去换衣服，妻子正烧起大火煮早饭，把衣服给他换了，说："搞机器是好事情，我不挡你，擦伤也不要紧。你好好地给我躺着，今天不要上班。"一面安排早饭给他吃了，天已大明，说："我先给你请一天假。""请什么假？我就要去上班。""说什么我今天也不让你去，"伸手把门扯上，倒扣了，"除非不要命了！"边说边请假去了。她忘记了黄民昌不是这样就关得住的，等她走到木工房，黄民昌已经在木工房里工作起来了。

七一前夕，机器完全做好了，这是两部很别致的机器，除了一些非铁不可的零件外，全是木头做的，只差锯片和马达。黄民昌不放心，又去请何工文来看。何工文仔细检查了一遍，说："想不到你搞得这样好。你这个人真是纸糊的灯笼，拿根指头一戳，就四面透亮。我保证它安上马达就会动得好，安上锯片就会做生活。"

前几天都还在说黄民昌是疯子的工长和掌墨师，这时可是有些急了。而科长呢，根本还不知道嘞！王立也不敢去告诉他，因为他总是批评他耸起黄民昌干，关于黄民昌，他们两人曾发生过好些争执，闹得很凶。工长和掌墨师看着王立和一些青年们兴高采烈，并和一些老工人说明如何操作，还说："每一个人都可操作，又轻巧，又快，我们再不那么累了！"老工人们看着机器，眼里也闪烁着快乐的光辉的时候，工长和掌墨师感到被完全孤立了，输了，而且这样想："原先我们对他们不起，现在我们坐不稳了！"晚上，掌墨师喝醉了酒，偏偏倒倒走去黄民昌家里找黄民昌，说："我也活够了，这个世界总是跟我不对头！解放前，大家只说我掌墨师吃得开，不晓得我女人病了没有药吃眼睁睁地看着死了的，不晓得我儿子跟我吵了架一跑出去就永不回来了。解放了，翻身了，我还跑到我女人坟上去哭过。什么都好了，我又结了婚，我说：'啥子东西都重新来过。'你们又搞起机器来了。我看我这碗饭不说都端不成了，黄民昌，我陪你下河吃水去！"说着，伸起他那劳动了几十年的手就来拉黄民昌。黄民昌甩掉了他的手，抓住他的肩膀说："你昏啦！做的机器不光是我们大家的，也是你的呀！你还不是照样用它做活路？我们不光是做这两部，我们还要做，越做得多，我们做起活路来越轻巧，做的活路越多，你不是越好啦！"拉他坐下来，"你原先说些啥子，我不把它放在心里。我晓得你年纪大了，一时想不通。现在我们倒可以好好的谈一谈了。"掌墨师的火气小了，他很耐烦地告诉他这两部机器如何操作，如何省事，可以快多少，又拉他到木工房去，仔细教给他。掌墨师悄悄地离开了他。第二天一早，他拉起工长又来了，工长承认了自己的错误。黄民昌请他们喝了酒，"庆祝共产党的

142

生日，就是庆祝我们的生日！"然后，三个人一起去工人广场参加大会。

七一大会上，听了党委书记报告的中国共产党由无到有、由小到大的斗争历史，黄民昌彻底地被激动了，在自由讲话的时候，他要求发言。他是一个从来不多说话的人。木工房的人们都在心里惊异："噫，他要发言！"这意思好象是说这是铁树开花马长角的事，又好象是说那一定有非讲不可的话。他连耳根都红了，脸向着主席台，直昂昂地走了过去。到了台上，咳了一声嗽，讲起话来。开始讲得很小声，声音有点抖，好象他心里是一个汹涌澎湃的海洋，但从他那质朴得简直有点粗糙的坚决的无畏的脸孔看来，他一定是要说下去的。他说听了党委书记讲的共产党的历史，他很感动，"我们木工房的活路堆起做不赢，我们又是一些手工业工人，不会使机器，也没有机器，光靠两只手整，累死了也对不起共产党，对不起毛主席。我们当主人当到哪里去啰！我们口口声声'学习'，学习到哪里去了？我们就想共产党是讲革命的，要学就该学这个，那末我们就也要把旧的家具变成新的机器。我们做了一部圆锯机，一部排锯机，来献给七一。"台下，群众的海洋鼓起了狂风巨浪一般的掌声。他简单地叙述了做机器的经过，又说："科长总怕完不成任务，不想我们搞，说我神经病。徐相破坏了机器，科长还害怕我和徐相闹不团结。不开动脑筋，又不愿意我们自己搞，木工房的料还是堆起！"满脸大汗，他伸出他那只又长又大的手随便那么抹了抹，就好象他还在专心做机器一样。后来他又说道："机器做在那里摆起来了，就是没有马达和锯片。这是拿木头做不出来的。行政上不给我们解决的话，那还是一点用处都没有的。"最后他提出他要把木工房全部机器化的计划和他争取入党的要求。群众用最热烈的掌声接受了他的发言。黄民昌这样大胆，这样明确，是科长做梦也想不到的，坐在那里真正是目瞪口呆了。党委书记临时决定上去宣布：在会后专门研究木工房的问题和审查黄民昌的入党请求。

这里不用说科长受处分和木工房得到马达锯片的情况，更重要的是在黄民昌的面前展开了最广阔的道路。几个月工夫，从一九五二年的七一到一九五三年一月底，他又陆续做出十部机器，入了党。而他，并没忘记废铁堆，人们还是经常看见这个瘦削的脸孔黧黑的人出没在废铁堆里；也没有忘记何工文，在何工文家里也经常有这么一个人出没。星期天你还是在他家里找不着他。他还是那么一副固执的勾着粗糙的皱纹的脸孔。他还是少说话，但木工房的人们已十分懂得他说的每一句话的重量。

在峡谷中

　　我们坐在河边。这是澜沧江的支流——藏曲。难怪藏人用碧玉来形容水。这条河是这样的清，没有一粒沙的清；因为太深了，水面反射着绿光，从水底透出一派冷森森的低于黑色的深碧。水呵，闹着，碰着岩石，翻起乳白色的浪花。河对面，满山开遍了杏花，河边的柳树绿了，雪山从杏树丛顶上探过头来，一片银光，和蔼地笑着。一对鸳鸯浮游。

　　他从外表看来，是一个再普通不过的人。两道弯弯的略嫌疏散的眉毛，一对大大的神采十分平静的眼睛，大鼻子，厚嘴唇，开始打皱的面皮。这样的面貌，再加上略为伛偻的背脊，穿着有点打皱的半新旧的蓝色制服，看样子，象学生，又象商人，要不然也是一个不很称职的小学教员。

　　他是路勘队的工程师。这个路勘队，连他一共十个人。这段路勘工作中的困难很多，好些地方，当时解放军都还没到。康藏高原又是那样的物质条件。超人的精神，克服了一切困难，坚持了工作。他们睡过牛棚、马厩、雪山、草地、岩穴、树林，自然也在房屋和帐篷里住过，也在人家屋檐下过夜。他们吃过苗苗草，野菠菜，野芹菜，白菌子，冬苋菜，野葱，野韭菜，水木耳，野山楂等。每个人的衣服都破烂不堪，补了又补，浑身油腻。

为了懂得他们，我把他拉到这里来。我们已经谈了很久了。

　　确实，山再高也没有我们高。多少凶恶的雪山，都在我们脚下踩过去了。他咳嗽，清了清嗓门儿，又继续对我说。

　　山是死的，人是活的，只有人战胜了山，哪有山战胜了人的？除非你在睡觉，山垮下来打死你。那回翻的日扎拉才是真正的大雪山。雪有一人多高。山又陡，拿我们搞工程的说法是，坡度在七十度以上。山上的石头，又都是片状风化，用手指一勾，每一块石头都会滚下来。到达山腰，一片白茫茫的雪海，雪堆总有两公尺[1]以上。所有的山巅都被浓雾遮住，山垭口在哪里，谁也把它猜不出来。和别的地方不同的，四面山总在坍雪呀，垮石头呀，轰隆轰隆地响着。再往上走，有人就为难了，说："现在已经是午后两点钟了，倘若在这个山上迷了路，到了天黑，可不是好玩的。"我们没有和他争论，这不是争论的时候。我们把人分成两批，轮流到前面开路，不管雪有多厚，人一到，总会把它冲出一条凹槽来。开路的人当然苦，从头到脚都是雪了，他不仅要用手，还要用身子去推雪。后面的人也并不就好走路了，左脚刚从雪里拔出，右脚又溜了下去。一百公尺，我们就要走一个钟头。开始虽然陡，究竟还不算啥，后来我们就在七十度以上的雪坡上爬了。走一步就往后溜一下，又不敢用手去攀石头。这座山的石头都是片状风化岩，只用手指一勾，那石头就往下滚。山顶上的石头还自己往下垮呢！石头从上面滚下来了，我们还得把头埋进雪堆里，让它从背上滚过。爬了两个多钟头，爬完了这个雪坡，我们才到达山垭口。山垭口只有一公尺宽，风大，石头松，不敢多停留，在草图上作了记号，我们又连翻带滚地溜下雪坡，摔到下面的雪海里。一路上，我们没有和那表现为难的同志说话，他也不开腔，只是跟着走。到了这时，他可说话了。他向我们认错了，后来，他不再叫苦为难了。

　　就是这样子，我们大家一个一个地在困难里坚强起来。意志坚强的人，

---

　　[1] 公尺：旧时长度单位，1公尺 =1米。

在极端困难中，也是愉快的。你不能亲眼看见我们黄昏时候那种热闹劲真是可惜。吹口琴的啰，唱歌的啰，还有那下午才涉了水，裤腿、鞋袜都结了冰的，而这时也跳起舞来了。你还想象不到，晚上和牛羊睡在一起，听着河水的怒吼，山林里野兽的咆哮，那时，一个人才认识到了自己的作用，那野兽咆哮声、河水声，在耳朵里才变成了最美丽的音乐。

一个人的可贵处，就在于他能克服困难前进。在困难中，哪怕是要死人的困难，你要想一想这个工作对于人民有什么好处，你就坚强起来了。藏族人民在一首谈到孔雀的诗里说的好："孔雀美，能够为它自己所希望的美，是因为它能吃极毒的东西。"红军二万五千里的长征故事，就足够启发我们。指导员给我们讲的，也就是那些夜里我所想到的。

现在我来说说，我们在南路的故事。

鸳鸯仿佛受了惊，飞起来，又落到水面上。白云从头顶飘过去，强烈的太阳光，突然洒落在地面。顺着雅鲁藏布江走，我们到了宽阔前进的道路上，有三十几公尺的地方，雅鲁藏布江钻进了山里去，变成了峡谷，两岸都是毕陡的高山。问老乡，老乡说，过去来往的人，都在这儿过江，翻两座大雪山，再绕到江边来；在这峡谷里是没有路走的。我们又问老乡，峡里头有人家没有？老乡说，人家是有几家，在里头种青稞，轻易不出来，就出来、进去，也从来不见带牲口。我们又向专门打猎的人打听。猎人常常是我们搞路勘工作的人的老师。猎人告诉我们，他们也少有去的。据去过的人说，峡里头不是打猎的地方，那里除了飞鸟和猴子，没有别的野兽，因为别的野兽也站不住脚——山太陡了。我们问船夫，船夫说，他们听见老人们说，从前有人把船撑到峡里去过，可是人和船都不知到哪里去了。我这样想：既然里头有人家，总还是可以进得去人的。我和大家说："为了路勘工作的质量，我们必须进去。在我们的草图上不容许虚线存在。"可是指导员说出了我们的心里话："帝国主义不因为虚线就原谅我们的。我们要和帝国主义赛跑。"他又提出路勘要胆大、心细，并说："这是考验。"大家没有别的意见。我们把行李驮子交给事务员和工人同志，叫他们渡江，抄近路到大队头里等我们。第二天早起，我们就出发了。

通过乱石堆，爬上峡口的山嘴，往里一望，我们才知道地图上和老乡所告诉我们的一切都不是吓人的。雅鲁藏布江到了这里，被两岸所约束，只有几十公尺宽了，打雷一般地吼着，两岸都是倾斜七八十度的山崖，高度在一千七八百公尺以上。满山都是荆棘、荨麻。我回头一看，有的两眼乱看山岩和江流，有的面容呆滞，眼色迷茫，象被面前的景象慑住了。不知怎地，我也是他们那个模样了。我埋着头就向荆棘林里钻，也不管它有刺无刺，碰着荨麻不碰着荨麻。听见后面的脚步声，石头滚落的声音，我觉得都跟上来了，我也没再回头看他们。

钻进了荆棘林，前面是一道直立着的岩石挡着路，岩石当中有一个洞，我钻过洞去，洞跟前是一个约略三公尺高的石岩，石岩下面是个小小的斜坡一般的沙滩。我跳下石岩，到了小沙滩上。这时，我才想到我该接应他们，于是回过来接他们，他们不要我接。一个个的神色完全变了，都是很活泼，兴高采烈的。有人对我说："让开点，老人家，不要把你碰倒了。"我说："我哪里老，在这些地方，我比哪个都硬走。"有的还跑到我前面去攀着树根，下来了，我也跟着爬上岩去。

就这样爬岩，钻刺林，走了好久，终于又上了一个大石岩。从这里，峡谷转弯了，江水也转弯了，雅鲁藏布江发出了更大的吼声，仿佛它在和什么东西搏斗一般。我们彼此说话都听不见了。满山都开着一种我们谁也叫不出名字的红花。回过头来，把我们走过的这一段，作了仔细的观察，在草图上作了记号，我们又向前走去。

再转一个弯，我们看见了一群猴子。猴子看见我们都尖声叫着，跑到石岩顶上去了，我们这才发觉，除了猴子，这里的确没有别的什么野兽。也就在这里，我们才开始懂得了我们艰险的路程。十来公尺宽的一道石壁，从岩顶成八十度左右的倾斜度，直落到雅鲁藏布江的水面。石壁从头到底都是很光滑，好象冻结的瀑布，连一根草都不生，连一块苔藓也不长。只在山崖半腰打了几个槽槽，槽里放着一堆六七只粗布做的鞋。看样子，不知是多少年前的东西，布朽了。江水在我们脚下，百把公尺深的地方咆哮着，撕打着，忿怒地旋转着。我不知不觉地又把大家看了一眼，谁知大家也在看着我，每个人的眼神里都说着一句话："怎么办呢？"

我望了一眼指导员。他真不愧是从咱们解放军来的。他的眼色就和别人不一样，他没看岩上、岩下，只打量着那些横桩和那根放在横桩上当桥用的树干，跃跃欲试的样子。从这些地方可以看出来，考验究竟是怎么回事。他刚向我这边扭头，我马上掉转了脸，怕他在我的眼睛里看见象在大家眼睛里的那种神色，我不晓得我当时给了他一个什么印象，只听见他脚踩得呼鲁呼鲁地响，把我挤了一下，他站到我的前边去了。

指导员伸手摸了摸跟前的一根横桩和那树干，又用脚踩了踩，也没回头看我，好象自言自语似的：

"工程师，还行。我先上去试试看。"

两手扶着石壁，他上去了。走了五六步，他回头看了我们一眼，笑了笑，然后放下手来，挺直腰，就象走浪桥似的，一直走了过去。

接着，我也上去了。开头，我是被指导员的行动所鼓舞，我觉得，他能过去，我们也应该过去。当时，岩呀，水呀等都没想，走到中间，不知怎地，我突然想到："万一木头乘不住呢？"这么一来，那百把公尺高的光滑悬岩，突然在脑子里站起来了，水浪狰狞地翻滚在眼前，我觉得头晕了，腿在打颤。我不敢迈步，停留了一下，我相信，当时只要我一举脚，我就会象一团死肉一样滚下去的。也就好在当时这么停留了一下，我考虑了一个问题：是退回去？还是前进？这条虚线能够让它继续在地图上存在吗？责任心逼迫着我不能允许自己退回去。接着我又想："落下去，也不过是个死。解放前，我真没想到会有今天所干的为人民的光辉事业。今天，这个紧要关头，也就是在考验我配不配干这样光辉的事业了。"这么一想，我的勇气就上来了。就是死，也要在脚板往前伸的时候死。这一瞬间的思想，一掠而过。我又迈开了脚步。正在这时，那边指导员说话了：

"工程师，稳当点！只要稳当点，就不要紧。木头乘得起，对啰！对啰！乘得起，来吧！来吧！对啰！"

我轻快地走过了最后的一半。

他这几句话和当时的声调，总一直在我的耳朵里响着，我一辈子也不会忘记。

到了指导员身边，我感到有些疲倦，就在他身后一块石头上坐下来。

等到大家都过来了，我们又边测量，边走。一会儿上，一会儿下，又是荆棘，又是猴子，下面雅鲁藏布江变成了大瀑布。但过石壁那一段，总在我脑子里萦回着。

我恨我自己差点要在那石壁上拉稀呢？还是高兴我自己终于经过了这番考验呢？样啥都有点。我拿指导员来比自己，我觉得自己是软弱的。他——指导员才是真正战胜一切的铁人哪！

难怪指导员是一个铁人，不论什么时候，他都没有一点自私的念头。我边这么想，又边看到他那副经常带笑的面孔，一会儿帮助这个，一会儿又帮助那个的劲头，我觉得，我那时才真正地了解了他。

回头我又想这块石壁，我们算是把虚线消灭了一节了，这是多么重大的一件事呀！如果说，对人民有贡献，这就算得一个贡献了，想到这里，我又伤心，又高兴，如果将来我活一百岁，我也活了半辈子的人了。过去，都做出点什么象样的事情来呢？而今，而今……

"工程师，"指导员在喊我，"你怎么哭起来了？"呵！我一摸，的确在落泪。我笑了，一时不知说什么话答复他。

指导员也笑了，说：

"你这个人真怪，一会儿流眼泪，一会儿又在笑。"

正在测高的技术员瞅了我一眼插嘴说：

"那是迎风泪。"

指导员又取笑似的说：

"迎风泪，点把点；伤心泪，牵线线。哪里是迎风泪呵！"

我没有答复他们，只是笑。心里头，我这么想："这怎能给你们说清楚呀！"埋头在草图上做我的记号。

转过山嘴，我们又碰见了一道石壁，比起这道石壁，我们已经走过的那道就不能说什么危险了，那不过是象天桥罢了，而这才真正是石壁。这道石壁，比我们已经走过的那道要宽个几公尺，也更要陡些。雅鲁藏布江到了石壁下面又成了一道瀑布,翻过拦江巨岩。石壁拦腰刻着一上一下的一些两三寸宽,三四寸深的凹槽,这些凹槽也不知是多少年前,勇敢的人们刻下的了,年代太久,都风化了,一个个向外倾斜着。除了这凹槽,石壁没有一个凸出来的石头尖,也没有一个凹进去的小洞,也没有裂纹。

指导员扶着石壁,脚踩在凹槽里,左脚踩在第二个靠下的凹槽里,然后把右脚移到第三个靠上的凹槽里,然后再把左脚踩进第四个凿下凹槽里,这样向前走了几步,又退了回来,对大家说:"小心点,是可以安全过去的。"大约他觉察到了什么,他又和大家讲起消灭虚线和帝国主义的问题来。不等指导员讲完,我抢在他前头爬上石壁去了,我想着,这回得及格,我得十分够格地战胜它,再向石壁上下瞅了一眼。

我象指导员那个走法,双手扶着石壁,用脚摸索着凹槽,一步一步向前移动。大约走了三分之二了,都没事,我觉得这石壁也没有什么,我就粗心大意了,站住我向岩上岩下看了一下,这一看,我突然觉得我象一个壁虎贴在墙上一般,凉气从我全身流过,我的头又发晕了。我停在那里,不敢动弹。

唉!真不争气,刚才我怎么想过来的呢?怕死鬼!

我抱怨自己,紧接着我又想,落下去,也不过是死。就是死,也要在我的脚板往前伸的时候死,我觉着大家都望着我的一举一动。我感到了我的行动,对大家消灭虚线和帝国主义赛跑的作用。不行,我要走过去。

我这么一想,勇气上来了,尽管手脚都仍然有些颤抖,我坚持走完了这道石壁。

我是一个泥水工
——一个青年工人的笔记

一

　　我进了厂了。我又兴奋，又懊丧。兴奋的是进了厂，"工人"这个名称，这个这么光荣的名称，落到了我头上，——我的名字上要加上"工人"二字了。懊丧的是——不是我理想的去学车工、钳工，搞什么机器工作，需要用我在学校里学的力学、光学、电磁学、化学；所谓学，也不是如我所理想的那样，象在学校里上课做试验似的，有人教我。——我到了砌炉班，跟着做，跟着学。做些什么呢？又学些什么呢？调火泥啦，递砖头啦，抬砖头啦……

　　我来厂之前，碰见教语文的黄老师，他对我说：

　　"你这个人，又爱面子，又好思想，到社会里去是少不了钉子碰的。"

　　我猜不透他为什么既讨厌爱面子，又讨厌好思想。难道说，好思想都是弱点么？我当时就反问他，他笑了一下，说：

　　"你以后就懂得了！"

我现在懂得了，他是说一切都要得过且过。虽然我现在懊丧，我还是要说黄老师不正确。他虽然"不幸而言中"，但我讨厌他的灰色的人生观。

我要找领导上谈去。我是一个中学生，根据我的文化程度，我不可以学学别的什么吗？就只能够调火泥，递砖头吗？李成安也有我这个想法。

李成安比我大两三岁，解放前毕业的初中学生，狮子鼻子，大眼睛，不大用脑筋，直心直肠的青年。到处学手艺，没有一样学成，——纸烟铺啦，米粮铺啦，山货行啦，西药铺啦，都跳过了，最后还跳进绸缎铺学过几天。他说：他是来学技术，以后好当工程师。这家伙有些自私，和他一起生活，什么便宜他都要独占，不知怎么，我却有些同情他。大约这就叫做"同病相怜"吧！

二

心烦意乱，今天才又捡起笔记本子来记。

第一次领了工资，趁星期天回家去了。在母亲面前第一次从荷包里把工资掏出来，我是这样地激动：这是用自己的劳动挣来的钱啦！一张张都是光采夺目，十分亲切可爱的。一个人第一次从工资上看出自己的身份的时候，我相信都有这种感觉，这种心境。这使得一个人看重自己，尊重自己的劳动和义务，让美丽的远景展示在自己的面前。忍不住我在母亲面前谈起了我的打算，反复证明我的路走对了。——比父亲好。父亲做了一辈子不大不小的生意，临解放前，金融混乱中，彻底垮了台，收生意那天就得起病，解放不久就死了。——我又信口开河地和母亲谈到我们的厂将要怎样扩大，谈到我们厂里那些先进工作者、生产模范，那些合理化建议，仿佛不久我也要成为英雄模范了一样。正谈着，隔壁李大嫂过来了，说：

"我说你今天为什么这样高兴，话就说不完，原来你喝了酒了！"

我说我没有喝酒。

她说："你照照镜子看。"

我一摸，脸烫烫的。

黄老师啦黄老师，你又要说我"小资产阶级的冲动"了。

一出门，碰见了原来校中的同学，拉我到人民公园去。还没有走到，老同学就越聚越多，碰见的都跟我们走。他们有的升到高中去了，有的在读师范。听说我在当工人，都说我好。又说起我们厂。随便讲什么，他们听起来都是新鲜的。他们问到哪里，我就答到哪里。我自己都奇怪，在这个短短日子里头，我知道了这么多东西。他们问我进了厂有什么感想，我也尽他们满意地说了。突然，李铁耕问我在哪一个部门，做什么。不知怎么，我冲口而出，答复他：

"在炼钢厂修炼钢炉。"

我没有说我是一个泥水匠。炼钢炉是一种近代化的设备。修炼钢炉又有各种各样的工种。不知怎么，我竟会这样掩盖自己，要在平时，我挖空心思也编造不出来的。

我的话一出口，我也就哑默了，情绪低落了。我的思想集中到那个苦恼我的问题上去了。同时又因为扯了谎，心里有些不安。

回厂的时候，在公共汽车上碰见了李成安。他正在和一个年轻姑娘讲话。那个年轻姑娘胸口上挂了个纱厂的证章。一个漂亮的姑娘呀！脸上青春的玫瑰正旺盛，实实在在象一朵花。稍为胖一点，但不臃肿。那对眉毛，黑漆一般。那对眼睛，是会说话的。鼻子有点大，但配上了那微厚的嘴唇，雪白的整齐的牙齿，那就是天造地设，显得活泼而美丽了。看来他们并不是熟人，他在向她夸耀自己，说他是一个技术员。不知不觉，我脸红了。想到我自己也骗人来着。看见我和李成安熟，她又问我的工作，我别转了身子，低头答道：

"我是一个泥水工。"

我没有看李成安，但我觉得他的脸红了。我挤到前面去，让他们自由自在地谈话。

下车的时候，李成安狠狠地看了我一眼，别转了脸，再也不答理我。

三

　　无聊得很。这一段时间里，我们几个学工都在闹情绪。李成安说是要跳河。他公然和那个纱厂女工，车上碰见的那个年轻姑娘，讲上恋爱了。恼火的事情就在这里。她要来厂里看他，他就怕在她面前现形。一次两次地推却不了，一天，她就看他来了。我们耍星期的日子和她那个纱厂刚刚是错开了的，所以她来就正赶上他工作。她直接到了炼钢炉。他正在调火泥。她的脸变了，也没有开腔，直瞪瞪地看着他。他低下了头，就抬不起来。她车转身走了，就象来得那么突然一样。突然，他泪眼婆娑地坐在地上，说是自己要跳河去。好多人围了上来，有的劝他，有的安慰他，有的责备他。小组长小周拉他到一边谈话去了。这件事情发生后，我就有些讨厌李成安了。想到我和他有共同点，就脸红。

　　几个月来，虽然不安心，但我没有袖手旁观，照样跟着做，跟着学。小周给我们上课，因为我学得快，很喜欢我。别的老师傅也跟着喜欢了我。他们也就主动地告诉我这，告诉我那。老刘，抖动着脸上的皱纹，那只筋暴暴的大手搭在我肩上，说：

　　"好好学。你们有文化的学得快，没有什么能挡着你们的。只要你不把泥水工这个行道看轻了就行。这个行道并不简单嘞！"

　　他以为他这句话是在鼓励我，哪晓得它是刺伤了我。想到在将来的社会主义社会里，我是一个泥水匠，我心里就不自在。

　　到图书馆还《绞索套着脖子时的报告》，借来了《钢铁是怎样炼成的》。

　　听说专家要来了，我们炼钢厂要学快速炼钢。我是个炼钢工人多好呀！

四

真奇怪！李成安的那个姑娘并没有一去不复返。李成安写了信去，承认了自己的错误，那边也来了回信。只是信上的口气冷淡些。李成安好高兴，把信拿给别人看。他不知道，他自己又在扯谎了，又在往自己挽的圈圈里钻。他在信上告诉他爱人：他最近就要调动工作了。真见鬼！

记住，欺骗不是恋爱。

五

专家来了。

快速炼钢，还说是要快速修炉。砌炉班轰动起来了。一个个粗声莽气地争吵着。

原来是这样的：解放前，炉子坏了，不管大坏小坏，把钢水放了，冷它个十天半月，等它冷过了性，再动手修，一修就是一两个月。解放后，修的时期越来越缩短，短到二十四天，还在全厂范围内表扬过。最近，已经缩短到只要半个月了。听说别处工人还要厉害，他们在和时间赛跑。坏得不厉害，只穿个孔呀，烧坏了炉门呀前墙呀这些，就根本不停火，边炼钢边修。他们把它叫做热修。至于只是炉子坏了，中修，比我们的炉子大两倍到五倍的也只花五天。

这不是一个简单的问题。这当中的对头是火。这个火，又不是柴把把烧的火，木棒棒烧的火，不是煮饭、炒菜、烘烧饼的那种火。这是炼钢的火。钢呀铁一丢进去就要熔化的火。热修，人面临着的就是这种火。中修，虽然好点，但是它总共只有五天，噫，它冷得到个啥子名堂来呢！

难怪大家争吵得这样厉害。

老刘说："人家都做得到，我们也做得到！"

小周和他是一个意见，说："人家也是人，火烧着哪个都疼。人家有快速修炉法呀！"

他们这个说法，让大家镇定了一下，接着又争吵起来。不过，变了形势了。他们的争论转到该怎么搞的问题上去了。

假如我是一个作家，我就要这样描写这个争论：原先是一个暴跳的横流，突然到了强有力的闸门，于是转了方向，一齐都成了顺流，然后再激烈地冲去。

然而引起我深深思考的是：别的钢厂也有泥水工。

六

开始了关于快速修炉的学习。工程师来传达先进经验。

七

讨论了一个星期，都是关于快速修炉的：从热谈到修，从先进操作法谈到我们的技术水平。我这里要记的是这一点：

不热修，当时正炼着的一炉钢就要报废了。这是一个了不得的损失。这是要做多少机器的钢呀！我们不够勇敢，没有克服了它，那不是眼看多少机器的钢化为乌有么？

而且，炼钢炉的时间是这样值钱，“一寸光阴一寸金”这句话都落后了！我们计算了一下，一分钟就要值好几十万。

我怀疑，我不安心做这个工作是错误的。

的确，生活里有斗争，经过斗争，好的站起来，坏的倒下去。一点不差。生活在教育人，问题在于一个人接不接受教育。

平心静气地想来，我这个不争气的家伙，就没有及时地受到教育。不说别的，就拿我们砌炉班的这些人来说吧，都够使得很多人接受很深刻的教育了。除了我们几个新来学手艺的，其余十几个人都是很有了年辰的老师傅，个个的历史写出来都是一本书。老刘的父亲，就是泥水工，他自己搞这一行也有三十几年了。老李，二十年的工龄。老林，十八年。最年轻的小周也有八年的工龄。问题还不在于工龄。谈起技术，这种烟囱，那种炉子，扳起指拇算，就有二三十种，修呀拆呀这些当中的复杂情况就听不完，随便怎么谈，都不会重复；谈起工厂和工人的故事，年年月月都抖不抻。在他们的片言只语中，都有着金子。——难怪高尔基的小说那么丰富，他接触的就是这种人。假如我是作家，我可以写出多么令人惊叹的小说来呀！——为什么这些东西过去没有引起我的重视呢？就因为我不安心，瞧不起这个工作。轻视了一个人的工作，怎么还说得上重视这些人呢？难怪我们平时叫他们“老刘”“老林”“小周”呵！以后要改过，应该诚心诚意地喊“刘师傅”“林师傅”“周师傅”。

我想找李成安谈谈我的这些想法。为了他，我挨过批评：说我和他的关系不好，要由我负责，因为我对他抱成见。在这一个星期的讨论当中，他也的确不妙。从头到底，他都好象人家借了他的米还了他糠似的，噘着个嘴，坐在一边，什么也听不到他耳朵里去。不忠诚、不幸福的恋爱折磨着他。

我去找他谈，他说：

“你愿怎么干就怎么干，你管不着我。”

八

一号炉要中修了，作准备工作。

砌炉班的全体老师傅都紧张了起来。如果要找一句话来形容他们，那就是：

"准备战斗！"

每一个人的神情都是紧张的。紧张但不冒火。按平时那粗声莽气的样子，可以设想这时候一定是一个个都肝精火旺的。不然，完全不然。大家是这样愉快而兴奋，就好象要做的是一件叫一个个都心安理得的事。

"兄弟厂都做到了"的这个信心鼓舞着他们，这一个星期多的讨论先进操作法武装了他们。

看见我也愉快地跟着做，大家也拿非常亲热的目光看我。

看见李成安一脸的晦气，我非常难受。我走拢去，要跟他讲话，他不答理我。

我说："看大家多快活呀！"

他把头一甩，也就走了。

九

炉子停下来，拆炉，十多个钟头，炉里还燃烧着熊熊的火，老师傅们就要进炉子去了。

走到跟前，火气就逼得人拢不去。那绝不是生命能够存在的地方。没有在我们高温车间工作过的人，只是知道普通的火、普通的热，是不理解炼钢炉的温度的。可以熔解钢，并让钢水沸腾的温度，钻进了每一块砖头。尽管面上黑了，你把那砖头撬出来，你就会看见那里头还是那样的高温，砖头红得发白，就象炼钢的时候燃烧着的煤气的火焰本身。

铺上白云石，安上打风扇，搭上了木板，林师傅，好象是要试试这个温度，没有其他任何的御温设备，一脚就踩了上去，往炉里走。大家眼睁睁地看着他，他马上退了出来。我问他怎么样，他摇了摇手。汗在他脸上流淌。大家穿上石棉衣，头上蒙起石棉套，再戴上保险帽，穿起木底石棉鞋，再要往里进，木板燃起来了。拉掉燃烧的木板，换成了钢板，一个接一个就走了进去。

我的任务是递砖头，搬运砖头，拿铁锹往里送火泥。李成安，所有的学工和我是一样的任务。我们不能进炉去，不晓得里面的温度。我只看见他们穿的木底鞋的底子在冒烟。我想，钢板一定是滚烫的。四分钟了，吹口哨换班，里头的出来，汗水从他们头上、脸上、颈子上，滚滚而下。一出来，一个个都弯着腰反手提着脊梁背上的衣服。我想，那是传了高温的布烫着皮肤了的缘故。我去替刘师傅提着，接着，他就说：

"快传砖头去。"

他这么一说，我象接触了火焰，赶快丢开了手，去递砖头。他的态度是这样严正，使我觉得工作在我面前严肃地站着。

和他一起出来的林师傅在说：

"不经一事，不长一智。干得了。努力争取，还会提前。"

刘师博仿佛在答复他：

"提前一分钟，就给国家挣来好几十万！"

又吹口哨了，里头的出来，刚才出来的又进去了。

我不敢说话，我也不敢打晃眼，只听话办事。要砖头就递砖头，要火泥就铲火泥往里送。我觉得里面的每一句话，都是严肃的命令，也是从我良心上发出的命令。我也没有多注意李成安，只觉得他在我后头。

老刘终于晕倒了，我对林师傅说我替刘师傅。林师傅答应了我。我从刘师傅身上脱下石棉衣这些来穿戴上，进炉子去了。

进了炉子，我才知道这个工作的意义。

炉里热得很。热气象一把刀，直插进人的内脏，又好象周身每根汗毛都在被人用夹子夹着在拔，耳朵好象突然落了下来。这是在从火里争取时间。这是名符其实的战斗。

我想到我也在学习兄弟厂战胜火焰的精神，我也在和火焰战斗，我象一个正式的砌炉工一般工作。尽管这样热，我应该承认，我从来没有这样愉快过，从来没有这样看得起过自己。不是外面吹口哨了，我还不会出来。

大约我这么轮了三回。第三回出来，刘师傅走过来脱我的石棉衣了。我说："你年纪大，身体弱，休息吧！"

他没有答理我，硬脱起去了。

我又只有来递砖头，刚刚站在我的地位上，抬头一看，李成安的爱人在离我们不远站着，两只眼睛尽往炉里看。她今天穿得很漂亮，呢子制服，围了一根红围巾。我想：对了，你看看我们泥水工的战斗吧！泥水工并不简单嘞！我挂了李成安一眼。李成安很惶惑。

大约又经过四五次换班的时间，王师傅晕倒了。李成安的爱人走拢了去。我过去脱王师傅的石棉衣，李成安的爱人的眼睛比什么时候都明亮，脸上有着微微一道笑容，看着我。我突然不敢多看她，匆匆地进了炉子。

这来得这样突然，一时之间使我转不过弯来。原来李成安的爱人并不嫌弃他是个泥水工。不然，为什么她不丢了他呢？李成安的痛苦是自己缠自己。李成安的爱人倒的确了不起，是个有思想的人啦。她为什么这样看我呢？我为什么在她一看之下这样震动呢？我批评我自己，我不该乱想。不知怎么，我觉得李成安才是值得她爱的了。这个青年，性格明明朗朗的，也算有志气，又聪明，路又走对了，还有，长得也漂亮。我呢？我却有些丑呵！

从炉子里出来，我觉得非常不自然，因为她的目光总是落在我身上。我只有努力地控制自己，尽量避免往她那方面看。

十

　　果然提前完成了中修。只是第一天就挨了批评，关于劳动保护方面的，严重的是有三个人晕倒过。

　　不管怎样，大家是愉快的。只有李成安是例外。

　　我完全安下心来，并且明确了一点：初中学生来学这么个泥水工是完全对头的。老师傅那么多的经验正需要掌握在有一定文化程度的人手里。而泥水工，尤其是与近代化生产联系着的泥水工，也正是需要有一定文化程度的人来干。工人不是普遍都在提高文化程度吗？没有文化，难学技术。我们应该把我们的科学知识用来改进和研究；比如战胜火的问题，就需要改进。只是我们现有的科学知识还差得很，还需要提高。

　　好了，不写了，李成安的爱人来了，我需要出去走一走，让他们好谈话。实在说，我也不愿停留。

十一

　　结果没有马上走成。李成安的爱人叫我不要走，还叫我请他们吃糖。我说我还没有资格请吃糖，她笑了。但她马上窘住了，我回头一看，李成安更窘得厉害。我马上走了。

　　我知道……

　　我应该控制我自己。

抓住老虎的舌根

　　我们四个人，除了我以外都是钳工。我们已经谈了很久了，从车间生产谈到人生，从过去和资本家斗争，谈到在河里摸鱼。茶由浓转淡，实际上谁也不能再喝了。人们在周围来来去去。一忽儿又散了，那是和我们谈话内容的精采部分相连的。人们在追求真理，哪怕是一鳞半爪，只要从别人的遭遇和实际情况结合着的片言只语中，找到自己生活的借鉴也就好了。人们好久在这站下或走开，我们也为了这迟迟不散。茶喝得够多了，每个人都兴高采烈，当别人说着的时候，自己插进一言半语；这一个还没有真正说完，另一个却又接头说起自己的故事来了。

　　不知怎么，我们的话题突然转到一个人该怎样在千钧一发的时候，渡过难关。

　　千钧一发，是啥时都会碰到的，有些明显，有些不明显，但是道理是一个：怕危险的人，就做不出革命的英雄事迹。

　　日本投降一年多，我失业了，回到乡下去，住在舅舅家里。我舅舅在农闲的时候，就上山打猎去。那一带地方的老百姓都会打猎。我们说打猎，他们说打山。那个地方，离这里也不远，但是那山上有虎，有豹，还有那和豹子一样似的，叫九节连的，就是它的尾巴大、很长，尾巴上有花，分九节，就好象连上去似的，还有就是山羊、野猪、野兔、野鸡这些东西了。野兽伤害人畜，破坏庄稼。他们打多了，学会了打山的技巧，养成了打山的习惯，还有了名家的劲头，所以谈起打山时那样热闹，把危险当成笑谈。

你们听说书人说武松打虎吗？说得好威武，真象打虎似的。其实，只要打山的人一听，就知道武松不是一个打山的。他是用打人的办法在打虎。我舅舅他们就不是武松这种打法。当然，武松的气力大，但我舅舅他们实实在在要比武松能干。

那一天，我也跟他们打山去了。我没有打过山，只是听他们说得热闹，引起了我的兴趣。他们告诉了我一些极其简单的常识，就好象你进工厂，人家仅仅告诉你不要把衣服缠到机器上去这样简单的常识。

舅舅伙同他们打山的邻居有好几十条狗，这些狗都是有名字的。人们到了山脚，一声呼唤，狗就遍山奔跑起来。不懂得这个就不懂得"搜山狗"这个名称。

我也被分配在一个点上，背后就是一个寨子。寨子，你们晓得，那是满清时代的老古董了，已经垮得不象样子。寨子跟前有一条小路。我说路，你千万别误认为有一条什么路。那只是说可以扶着寨子走得过去。顺着它过去十几丈远就是坡顶。面前就是岩，岩不高，几丈深的地方，就有土台——上面长着一个人这么高的草和一些黄荆、马桑之类的植物。土台有一两丈宽，下面又是同样的岩，同样的土台，这样一层一层下去，就接上下面的坡了。

我舅舅那个点离我最近，实在说，我们并不是两个点。大家知道我是生手，舅舅也不放心，我们不过是一个点的两个地方。

我一到了我的点上，心就紧张起来，觉得好象什么危险就要临头似的。原来坐在家里，听我舅舅他们眉飞色舞地谈起那些打山的光景，显得太容易了，告诉我的常识，也显得太简单了，我要碰到什么情况呢？我是一个生手呀！我相信，我什么也无法应付，我不断地四面八方张望，总疑惑什么东西就要出来。使我有点懊悔，我想真不该这么冒冒失失地就跟他们来；要来，也要在学会一些什么可靠本领时再来。要学什么呢？我自己也说不清楚。但我又想，不来都来了，硬着头皮看吧，什么事情也有个开头。开头难，开头难，这话是不错的。横顺我还有一个手艺，我的枪打得准。

我忽然听见附近狗叫的声音近了，舅舅让我多注意。向四面八方看看，我什么也没有看到，连狗也没有看到。我又检查了我的枪，——那是溜子枪，不懂吧，是象罐一样长的铁针的明火枪，枪是早就灌好了的，没有任何问题。

狗还在叫，但离我越来越近了。

舅舅他们告诉过我，如碰见什么狗和人要对付的东西，狗没出声，就会扑上去咬那个东西，就不会这样汪汪汪地直叫了。它在追什么东西，那它就一边胜利地叫着，很迅速地追赶过来，不会这样一声紧一声地向人跟前靠拢了。它现在这个叫法，照舅舅他们说的，那就是有什么大东西，不能吃得了的东西，在一步一步逼拢来了。

我实在慌了。要走嘛，我觉得不能走，中途谁知我又会碰见什么东西呢？还有，这回走了，下回我还跟不跟他们再来打山呢？不走吧，这个就要到来的是什么东西呢？

狗在一声一声地叫着，往我这里靠拢。从那声音，我觉得狗也是恐怖的，无可奈何的，象是有人用大棍子打它，它在边叫边退一样。

你们经受过危险吗？处在危险的境地中的人，他要去了解一下他所处的危险究竟是怎么样的，他就不那么慌了。我有个怕鬼的朋友，漆黑夜里走到乱葬坟中去了，怕得很，连脚都不敢动，觉得到处都是鬼，好象就要被鬼拉去了。他想，究竟鬼是什么样子呢？他就坐下来看。他的心定了。当然什么也没看到。坐了半天，拍了拍屁股上的泥巴，站起来，从此不怕鬼了。我当然也是这样，我想究竟是什么呢？是虎吗？是豹呢？这些东西在野外又是什么样子呢？我就想法站高点看，当然还远得很，什么也没看到。我又想爬到寨子上去，一看见寨子，我的思想就活动了，我想我还可以躲在寨子后头打它呢！打不了它，我总还可以躲它呢！

这时，我的舅舅进来了。

我想，我来说说我的舅舅。

165

我的舅舅，已经四十岁了，背有点驼，脸上不红也不黄，身子不胖也不瘦。一个老老实实的农民。打山这一天，他也是紧紧扎扎的，才真象个打山的人。平常做起活路来，就不是这个样子，上街赶场，也不是这个样子。

他肩上扛着枪和把钳，走了过来，对我说：

"是什么大东西朝我们这儿来了，不要怕，你看着这边，我看着那边，来了对准脑壳打。"

就象工长给我们分配工作一样。

我按他的吩咐，在一块石头后面立着，端着枪，守着寨子跟前的这一条路。

有了他，我当然放心多了。尤其他那不慌不忙的态度、满有把握的口气，给我壮了胆。临危慌忙，常常是倒楣的来头。我现在想它没到我跟前我是可以笑呵！

一会儿，从坡那边过来了两只老虎，一前一后，都是小黄牛般的粗壮、茁实、浑身锦锈斑斓的"扁担花"，如果它不吃人，那是谁也想用手摸摸的。比动物园的大老虎要大，那劲头就不用说了，那完全是野的，又是狗把它惹怒了的。它们一翻过坡，就对直向我守的这条小路过来。

我的枪本来就瞄准这条路的，只要我扳动枪扭，它立刻就会冲到这条路上来的。但我并没有能够马上射击。

它的模样，使我忘了打枪，倒不是因为怕。打过仗的人就知道，面对面对着敌人的时候，是不会害怕的，我在看它们是那样漂亮，那样生动。当然这只是一刹那的事，当我醒过来的时候，感到那是好长的时间，是呵！那是千不该万不该延误的千分之一秒，怎么能够以平常的时间，哪怕是一年吧，来和这交换得了呢？

一经醒悟，枪里的火药就爆发出了一股烟，我亲眼看见前头这只老虎的肚皮上穿进什么东西一跳，然后它就扑向我们来了。后面那只老虎，往后挫了一挫，有些惶恐。

我不由得把身子一矮，藏在石后，老虎从我头上扑了过来。接着，我听见一声铁器磨擦的声音，回头一看，一幅永远不能忘记的情景出现在我的面前。

我舅舅的枪放在地上，他两只手拿着把钳的把子，而老虎的颈子夹在钳里，把钳随着老虎的冲劲，歪过去，断了，老虎就落在舅舅面前，对着舅舅张开了嘴。舅舅的右手一下子就伸进了老虎的嘴里，左手抓住老虎的颈子，两脚蹬着老虎的胯骨，身子巴巴实实贴在老虎的肚皮上。

老虎仿佛受了好大的刺激，但跳不起来，也站不起来，就在地上滚；舅舅也没别的动作，就只是和着它滚。滚了一转，舅舅在喊：

"拿枪打脑壳！"

我站起来，拿起舅舅那支还没有打的枪，但老虎和舅舅已经滚到岩下的土台上去了，他还是那样缠在老虎身上，还是那样滚着，我不敢开枪，怕打着了舅舅。

一眨眼的工夫，舅舅和老虎又滚到下一层的土台上去了。

我束手无策，只得喊叫：

"救命呵！老虎伤人啦！"

连着喊了几声，我拿着我舅舅那支枪，跳下土台，追我舅舅和老虎去。

我已忘掉了另外一只老虎，另一只老虎，也不知到哪里去了。我现在估计，它是吓跑了。我也不再害怕和舅舅缠在一起的那只老虎了。大约那是因为那只老虎，已经不成为一只老虎了，舅舅在它身上缠着，它不是那么可怕了。大约还更是因我舅舅缠在它身上和它正在作着生死搏斗；舅舅是我的亲人——我最喜欢的亲人，不，我现在想起来，哪怕就是一个其他的什么人也一样，我不能见死不救，哪怕是更可怕些，我也要去救的。事后我想到，倘若老虎终于战胜了舅舅，我是来不及退下去的，也会让它一起吃掉的。至于那些，更不在我忧虑中了。跳了三层岩，我刚刚追上舅舅和老虎，舅舅和老虎又滚到下一层去了，我也跳了下去。舅舅看我这样勇敢，也很高兴，就说：

"拿枪打脑壳！"

我还是不敢打脑壳，怕伤了我的舅舅，围着转了一转，朝着它的屁股放了枪。

老虎更急地又一滚，又连着舅舅滚了下去。

我跟着跳下去，其他打山的人们也跑拢来了。几把抱钳，同时伸过来，前前后后把老虎钳住了。以后的情况，我想不多说你们也会明白的。剩下来，非说不可的是一根木头插进老虎嘴里，舅舅把手从老虎嘴里拿出来，一跳，就离开了老虎。

棉袄的袖子烂了，手臂上流着血，有一条寸多长的肉血淋淋地吊着。

打山的人们，没有多注意他手臂上的伤，他也没多注意，只笑嘻嘻看着在地上死命挣扎的老虎说：“看你再凶吧！”

舅舅还用左手臂擦了擦头上的汗说：“把我浑身的汗都整出来了！”

回家的路上，没有别人了，我说：“你看，老虎好厉害呀，把你的手臂咬成这个样子！”

他笑了说：“这不是咬的，是我和它打滚的时候，在它牙齿上挂的。咬，那还行？嘴一搭，手臂就没有了，那才不能叫它咬得成呢！”

这时候我才想起问他：“你为什么要把手伸到它嘴里去呢？”

“你问这个？我不把手伸到它嘴里去，你、我两个人就都完了。记着吧，这就是打虎的诀窍：抓住它的舌根。大家怕老虎吃人，你抓住了它的舌根，它的嘴就合不拢来了，它还能吃人吗？

“就是要靠那么一下，它嘴一张，就要伸进去，晚了不行，早了也不行。抓住它的舌根，贴在它的肚皮上，它就咬不着你，连爪子也抓不着。就是滚坡跳坎，它比你重，它总会在下头。不懂这些，就不要打山。

“不要误会，我不是在办打虎训练班，光记住我这个故事，你也打不了老虎的。那里头的道理还多得很，我所要告诉你们的，就是这一点：‘在千钧一发的时候，要抓住老虎舌根。’”

他一说起头，就没有一个人插嘴，听的人越挤越多。他讲完了，大家还没有散，静悄悄的，只听见人们呼吸的声音。

葫芦滩

以前有这么一个老头，年纪有六十多岁，姓名——可惜姓名没有传下来。谁都知道这个故事，可是谁都说不出他的姓名。这样子，就是这样子，故事比人的姓名更重要。这里，我们只记着有这么一个六十多岁的老头。

他很有钱。他住的是一进又一进的大瓦房。房子周围，又是竹林，又是树林，包得谨谨慎慎的。他，儿孙满堂的，连曾孙都有了，人家都说他福气好。他自己也认为是这样的，他给自己修好了坟山，又给自己做好了棺材——这棺材，一年上一道漆，已经上了六七道了。他自己都认为"死了也值得"了。骂他的人还说他这个老家伙就是老不死嘞。但是，他还不想就这样死去——如果就这样死去，也就没有葫芦滩了。

他想，什么都好，就是这一辈子他还没有做过官。做官多威风，死了见阎王也威风。还有，尽管年年子佃客把租谷牵成线线往他家里头挑，但是，家财涨得还是有限，哪及做官的钱来得快啊！做了官，那是要把银子一挑一挑往家里头刨的呵！他要做官去。

还有，他想讨一个小老婆。

做官、讨小老婆，一齐都要。当然，讨小老婆容易些。他把一个佃客的十八岁的闺女弄来当了小老婆。通过了舅子的舅子，姐夫的姐夫，转弯抹角的亲戚关系，官儿也终于弄到手了——到四川来做一个什么官。究竟在哪州哪县做什么官，谁也说不出来了，因为那是不重要的，重要的只是到四川来做官。

两样事情都搞成，他多么高兴啊！他已经准备出发了，要带起小老婆做官去了。

忽然，他一想，觉得本来简单的事情并不简单。带起小老婆上路，这该是多大的费用啊！不说别的，坐轿要多一乘，骑马要多一匹，就连坐船也要多给一个人的船钱。而且，年纪轻轻的女人，又长得那么漂亮，在路上抛头露面的，人看见她呢，她看见人呢？他都放心不下。老头子是一个又吝啬又嫉妒的家伙。越想他越觉得麻烦。不带她走，丢在家里吧，他又实实在在舍不得，而且，丢在家里他也不放心，他觉得他的儿子、孙子一个个都是贼眉贼眼的。这真正把他难住了。

附近山上有一个道人，是他的好朋友，他去找他商量。道人是有鬼办法的，传说中这么说：道人给了他一个葫芦，教给他一个咒语。给他说：只要他把葫芦塞子拿开，把咒语一念，向她吹一口气，她就钻到葫芦里去了；要她出来的时候，也只消把咒语一念，吹一口气，她就会出来。拿葫芦装起她走，就什么麻烦都解决了。他把葫芦拿在手上掂了掂，不放心了，问道人：

"人装到里头去该不要紧吧？"

道人说："不要紧。我这个葫芦是专装好人的。想必你太太一定是个好人。只是不要装恶人，恶人进了葫芦就永世不得翻身，我这个葫芦也就完了。"

得了这个葫芦，原先他认为并不简单的事情又变得非常简单了。他只带了一匹马和一个仆人上路。这个仆人，叫做李老幺，是他的放牛娃。行李么，马驮一些，李老幺背一些。腰带上别着他那个葫芦，葫芦里装着他那个小老婆。一路之上，好利索啊！吃饭和睡觉的时候到了，到了清静的无闲杂人的房间里，从腰带上取下葫芦，一口气把她吹出来；吃了饭或者再打早上路了，一口气又把她吹进葫芦去，把葫芦往腰带上一别，就万事大吉了，放心得很，也不怕她落了，也不怕她走了，外人也见不着她。还有，这才是想不到的俭省嘞！不光是少车马上的费用，不光是过河少付一个人的船钱，住旅馆他都可以少付一个人的房钱，下雨他不必多买一顶斗篷，出太阳他也不必多费一把伞，喝茶、吃饭，他都可以少付一个人的茶饭钱。

但是，苦坏了这个装在葫芦里的十八岁的女人。她是一个非常善良的，非常天真活泼的，对生活有着自己辽阔的梦想的女人。给这么一个老不死当小老婆，她就是非常不乐意的了。进了老不死的门，她，就象乌云遮住了的太阳，满脸的光辉都阴暗了，脸上原先有的花一般的容颜也衰败了，连头也抬不起来，眼里的满含希望的纯洁的光辉也收敛了。现在又是这个葫芦！把她吹进吹出的！一天到晚，连太阳都见不到。一天到晚，连一个人都见不到，除非吃饭睡觉的时候见着那个越来越让她讨厌的老不死。一天到晚，不能走动，坐也不是坐，立也不是立，只能够蜷成那么一团。一天到晚，哭死了也没有人理，笑死了也没有人理，急死了也没有人理，寂寞、孤独、死一样的静默。如果拿坐牢来比，坐牢是好得多了，牢房里还有别的犯人，牢门外还有看守，自己可以脚踏着地，可以坐，可以立，从窗子眼里可以射进来太阳光。坐牢，一个人也是生活在人们当中。这比坐牢还要坏。任何的挨打受气，都不能和这葫芦里的日子相比。挨打可以还手，挨骂可以还嘴，受气可以出气，可是，在这个葫芦里头呵，只有闷死人，闷死人，闷死人！还有，一口气把你吹出来，一口气把你吹进去，那简直把人不当人了，想起来都叫人恶心。

这个日子过不下去了，不能忍受了，她要想法子摆脱这个讨厌的日子。动脑筋是什么地方也能的。用不到好久，她想出一些办法来了。

一天晚上，老头子又把她吹了出来。她显得很愉快的样子，说：

"我才晓得这个葫芦有这么好。"

老头子问她：

"怎么好法？"

"才进去的那些日子还不晓得，一住惯了，我才晓得那里头那么好耍。"

"那你原先为什么不耍呢？到了那里头，不叫你上坡下田，又不叫你纺纱绩麻，屁大的事都没有，还不好耍？"

"才进去的那些日子，我有些怕，连眼睛都不敢闭，今天，我把眼睛一闭，再睁开，我看见了神仙——"

"神仙？"老头子吃惊了。

"尽是些女神仙，弹琴的弹琴，吹箫的吹箫，下棋的下棋，绣花的绣花，一见了我，都起身来接——"

"来接你呀！"老头子更吃惊了。

"还请我吃东西嘞！都是些稀奇东西，好吃得很，没有见过，我叫不出那些东西的名字，我又不好问，怕人家笑。

"呵呀，有这些名堂！"

"用的杯盘碗盏都是金银的。"

"嗯！"听说金银，他呻唤了一声，好象有谁捣动了他的心肝一样。

"她们说，明天进去，她们还要给我吃席嘞，说是今天来得匆忙，来不及预备，只是便饭。"

老头想了一想，说：

"再好也是梦。"

"那才不是梦嘞，只是眼睛闭了那么一闭，有点象做梦的样儿。我还不是再把眼睛睁开才看见的！刚刚吃完东西，那个当家的女神仙对我说：'老太爷在请你啦，你快去吧，明天请早。'她的话一完，你就把我吹出来啦。最后一道菜是甜菜。我嘴巴里现在还在甜嘞！你随便问哪个去吧，哪有睁起眼睛见神仙的，总要把眼睛闭那么一闭才行嘛！"

他不得不相信了。但他呻唤了一声，说：

"你都不向她要个金碗！"

这是她没有想到的，就顺口答应：

"我怎么好向人家要。"

"你都不替我带点好吃的出来！"

这更是她想不到的了，只得这样答复：

"她们一个一个伺候着我，我不好意思往荷包里装呵！"

"这有什么不好意思的？哪里吃席都时兴包杂拌儿。讲面子的人户，连荷叶都给你预备起。有些人户，还要专门给你包一包让你拿走嘞！你没看到我幺女出嫁那一回么？人家什么都包起走，最后上的一碗连锅子汤，人家也要先把肉片捞起来放到杂拌儿里才喝汤。一顿酒席，他们光是吃饭，连粉条他们都要包回家里去的。那一回，好象你也来过的吧？"

"我哪里来过！我大伯倒是来了的。他说你只给他们吃了一顿小菜饭。"

他争辩起来了。她不想把话扯远，就不和他争辩，又提到葫芦。

"这个葫芦，这么好，是哪里来的呀？"

"哪里来的，我们山背后那个道人送我的。——那回我杀条打条猪，办了三十几桌……"

老头子尽管吝啬，但他是不愿意人家说他吝啬的，所以他又争辩起幺女的酒席来。

"那道人么，我都认得他，他偷我们家里的茄子，叫我嫂嫂还打过他一棒棒，后来他又来偷我们家的辣子。倒想不到他有这么一个宝贝葫芦。"

老头子不管她说什么，也不答复她什么，只是描写他嫁幺女时的酒席多么有排场，描写的劲头那么大，简直连水也泼不进。她只得认识自己的错误——不该莽里莽撞地牵动了他这个无穷无尽的唠叨。她叹了一口气，不再言语，只好等明天再说了。

第二天中午，吹她出来吃饭的时候，她刚要开腔，他怕堂倌听见说话赶了来收他两个人的饭钱，眼睛一鼓，示意她不要开腔。她没有说成。

晚上，她再出来的时候，她刚说到葫芦，老头子却先开腔了：

"快把杂拌儿拿出来吧！"

这是她意想不到的。她暗暗吃了一惊。但她顺口这么说：

"今天倒是吃的酒席，比昨天好得多，莫说我一个人吃不完，就是七八个人也吃不完。金子的斗碗，玉石的调羹。有一碗扣肉，还有一碗回锅肉……"因为她一边说，一边在想怎么答复他没有包杂拌儿回来，就这样胡扯起这些菜的名字来。

“呵唷，什么酒席？上起回锅肉来了！”老头子的确觉得奇怪了。

“我也这么想嘞，”她一边答复着，一边编话，“那位当家的女神仙是看得透人的心思的，就说，怕我吃不惯她们的酒席，专门给我做了这么一碗回锅肉。”要编的话编出来了，于是答复他没有带杂拌儿出来的道理：“她也看出我要包杂拌儿的心思，就取笑我，说她们那里不象我们府上，是不时兴包杂拌儿的。还说了我好多笑话，说我舍不得你，我真不好意思，当着那么多的人。”

“唉呀，你这个人，脸皮也太薄了！脸皮薄的人总是要吃亏的。是我，手一抹，把脸皮往荷包里一揣，就说：‘不给他包一点回去，我怎么舍得一个人吃嘛！’”

“她说，哪天有空，请你也进去耍一耍。叫我问一问你，哪天去，她们好预备。”

“呵，哪天有空，进去耍耍也好。”

“我给她说：‘不行，进来的法子只有他一个人晓得，他自己也不能把自己吹进来。’”

“你不该这么说——我可以把咒语教给跟我们来的李老幺呵，约好了日子，我先把你吹进去，然后，他再把我吹进去，那不就行了吗？你这样说了，人家信以为实，不请我去了，我又怎么好去。”

“是倒是呵，人家说，那就算了。”

“不过，那也不要紧，只要我厚起脸皮去就行了。”

她打算了打算，说：

“不行，还是不去的好。”

“怕什么？怕她说闲话么？说的风吹过，吃的是实在货——”

“我不是怕这个。李老幺把我们吹进去了，就不把我们吹出来，拐带起行李跑了嘞？”

“是呵！”他在心里说：“想不到她这么机灵！我说比屋头那个老鸡婆强吧！”

“我看，你还是不要进去。”

174

想了一阵，他忽然问：

"斗碗是金子的？"

"是啊，斗碗是金子的，饭碗是银子的，调羹是玉石的，筷子是金包银——"

"斗碗大不大？"

"咦，大嘞，是那种老古式的，又大又厚，黄澄澄的。"

"唉呀！"他呻唤起来，说，"我一定要亲自去一趟。我把咒语教给你好了，你来把我吹进去。"

"使不得。"

"使得。"

"我才学不会那些。"

"就只有几句话，一教就会。"

现在是轮着他求她答应，强迫着她学咒语了。扯到半夜，她才答应了，也勉强学会了咒语。第二天早起吹她进去的时候，还再三叮咛她，不要忘了给他约日子。

这天正午，到了重庆上头的白鹤嘴。白鹤嘴，当时很热闹，有一条大街。这天又逢赶场日子，街上人很多。他准备在这里吃了饭就过河。他一边叫李老幺去看船，一边就在一家饭馆的楼上坐下来，从腰间取出葫芦，把她吹出来吃饭。她刚出来，街上一片吵闹。推窗一看，原来李老幺撞了什么祸，和人打起来了。他赶快下楼去排解纠纷，人们却把他一起拉到街头上一间茶馆讲理去。楼上就只剩下了她一个人。她也正靠着窗口往街上望。

街上人挤人，有东来的，有西去的。在人丛中，她看见了一个青年。这青年也正仰着头望她。大约这是一见钟情吧。青年上楼来了。楼上没有别人，彼此打了个招呼，就谈起来。

正谈到难分难解的时候，老头子一个人跑回来了。李老幺撞坏了别人的家具，还不认账，经过吵闹，经过评理，大家叫老头子拿钱来赔。李老幺还在茶馆里，等赔清了，人家才放他嘞。老头子一上楼，看见他们这样亲热就冒了火，正要上前打闹，她拿起葫芦，一念咒语，一口气就把老头子吹进葫芦里。因为老头子是个恶人，他一进去，葫芦就开始变，开始大，而且往窗外飞。

葫芦向江心飞去，落水变成了一个大石头。它的样子还是象个葫芦。石头太大了，在江里造成了一个滩。

老头子关在那里头永世不能翻身了。

等了半天，人们还不见老头子来赔账，押着李老幺来找，人不见了，只找着了行李和马，李老幺从行李头拿出钱来赔了账，也不走了，就在这里安身下来。人们从李老幺嘴里知道了这全部故事，也就把江里新出现的滩叫葫芦滩。据李老幺说，这个石头的样子，和老头子腰上装小老婆的葫芦是一模一样的。

头一个说书人

原先没有说书人。头一个说书人是这样的：

据说，他是一个国王的儿子，因为他一生下来眼睛就是瞎的，国王不喜欢他，说他不能继承王位，就把他丢到深山里去。

深山里老虎豹子很多。这些老虎豹子不仅不吃他，反转可怜他。它们把他带到窝里，喂他虎奶豹奶。狐狸替他缝衣服，孔雀替他做帽子，山羊替他做鞋。山神土地给他讲故事，百灵、画眉、黄莺给他唱歌。他长得很好，长得很聪明。他学山神土地讲故事，又学百灵、画眉、黄莺唱歌。他讲得很好，唱得很好听。

当他长到七岁的时候，天上落下一面玉石琵琶来。这是专门送给他的，就落在他怀里。树林里的一个女仙教他弹，很快他就学会了。他学会了女仙的手艺，又把百灵、画眉、黄莺的歌声加进去，再把山神土地讲的故事加进去，这样一来他弹得就再美也没有了。

他抱着琵琶，告别了他的这些老朋友，离开了虎窝，到有人的地方去。

他碰见了放羊的人、割草的人、打猎的人、放牛的人、放马的人、砍柴的人、种地的人，碰见了他们，他就一面弹琵琶，一面唱，给他们讲山神土地告诉他的故事。他们都喜欢他，给他吃他们吃的东西，给他喝他们喝的东西，让他跟他们在一起。他和他们成了朋友，成了弟兄。和放羊的一起，他又碰见了割草的，和割草的一起，他又碰见了打猎的。……如此这般，一个连一个，他知道了很多的人。他爱这很多的人。他不光是专爱那几个，他要爱这山上的所有的人。所以，他从这一伙走到那一伙，在他们当中，奔走不停。大家不光是听他的，也把他们的故事讲给他听。放羊的给他讲放羊人的故事，打猎的给他讲打猎人的故事。砍柴的讲的是砍柴生活，种地的讲的是种地生活。他懂得了他们的快乐，也懂得了他们的痛苦。他把他们的故事编成了他自己的歌，到处去唱，到处去说。后来，在一个教书人那里，他知道了天文地理，又知道了三皇五帝。他也把这些编成了自己的歌，到处去唱，到处去说。他的歌越唱越好，他的故事越说越动人。

到他十二岁的时候，为了他，发生了一场很大的纠纷。

一个有着很大的牛群的财主，听见他的放牛娃说起了这么一个说书人，就要这个放牛娃把他领到家里来，他要亲自听一听。放牛娃把他领去了。财主一听，他果然唱得好，说得妙。一天又一天地舍不得放他走，要他唱，要他说。他有那么多唱的，也有那么多说的，一连好几十天，唱也唱不完，说也说不尽。这个财主，有一个朋友，和他一样的有钱，有着很大的马群。这个养马的财主来看养牛的财主来了。养牛的财主请养马的财主听说书。养马的财主也喜欢了这个说书人，就向这养牛的财主说，要把他领到他自己家里去。养牛的财主不同意，养马的财主生了气，就动手抢。养牛的财主打不赢养马的财主，养马的财主把他抢走了。

养牛的财主不甘心，跑到国王那里去告状，说养马的财主抢了他的说书人。养马的财主也不服气，也跑到国王那里去告状，说养牛的财主要抢他的说书人，打了架，养牛的财主把他都打伤了。国王把两边都叫去。他们就在国王面前争论了三天三夜。国王看见他们都是"公说公有理，婆说婆有理"，找不出个是非，就叫说书人来问。

他抱着玉石琵琶到了国王面前。国王认不得玉石琵琶，就问他那是干什么用的。他说是拿来弹的，国王就叫他弹。他弹了一阵，国王听得入了迷，就叫他唱。他唱了又说，说了又唱。一段完了，国王叫他再唱。他唱了三天三夜，满朝文武和后宫妃嫔都围着听，人人都说："弹得好，唱得好，说得好！"还要叫他弹唱下去。

国王看见这样弹唱下去是没有完的了，而且唱的和说的都和他要断的这件案子无关，就要他说他自己以及这个案件。他也不知道这个国王是谁，就按山神土地告诉他的说起他狠心的父亲和慈善的老虎豹子来。

国王以及后宫妃嫔，都晓得这就是那个丢了十二年的瞎眼太子了。他弹唱着，大家就哭泣着。他一直唱到两家抢夺的经过，和他到这里来弹唱为止。他唱完，国王和国王的老婆就来认他们的儿子。大家痛哭一阵之后，国王就说，虽然他眼睛是瞎的，但他比哪一个国王都更聪明，要他留在宫中，以后继承他的王位。国王还没有另外的儿子。他不愿意，他说，他一不愿在国王宫中，二不愿在财主家里，他要到普天下说他的书，到他那些朋友、那些弟兄当中去。

他又到处说书去了。

后来，他碰见了鲁班木匠，为了帮助他做墨斗，从他的玉石琵琶上取下一根弦来送给他，于是鲁班才有了墨线。他还碰见了姜子牙，又取了一根弦送给他做钓线。据说，原来的琵琶要比现在说书人的琵琶多两根弦。据说，从此说书人和木匠、钓鱼人就有着特别密切的关系。后来，他还碰见了乞丐，见他要饭吃很困难，就把绑在自己腿上的板取下两块送给他，叫他拿去唱莲花落。据说，后来有些乞丐唱莲花落，就是这个缘故。据说，后来唱莲花落又独立出来成了一门说书艺术。据说，从那以后，说书人绑在腿上的板就少了两块了。

赵巧儿送灯台

一个人干什么去了，老是不回来，大家就习惯了这么说：

> 赵巧儿送灯台，
> 一去就永不来。

说是这么说，哪里晓得这话里头包含着教训呵！

赵巧儿是鲁班的徒弟。鲁班就是最巧的人了，赵巧儿自认为比他还要巧。

据说有一回，鲁班用木头做了一条狗来代替真正的狗，模样儿完全和真正的狗一样，还会跑，会咬人，见了熟人还懂得摇头摆尾地讨好。它不仅是能够代替一条真正的狗，比起真正的狗来，它还要逗人喜欢些：它不吃东西不拉屎，也不洗了澡把脏水抖到人身上，进屋不带跳蚤来，颈子上也不长狗蚊子。应该这样说，它只有狗的优点，没有狗的缺点。

赵巧儿也用木头做了一条狗。他这条狗，个儿比鲁班那条大，样子也比鲁班那条凶。它也是和真正的狗一模一样。他做这条狗的时候，是没有向他的师傅——鲁班请教的。他向来不愿意当面去求教师父。他愿意偷手艺，不愿意学手艺。因为他不虚心，他讲面子，他不服输。学手艺是要谦虚，要把自己不懂的地方说出来的。偷手艺呢，就不然了，那只有显得自己聪明。他把狗做成了，他不虚心的结果也暴露了，——他的狗不会动。

怎样让他的狗能够动呢？怎样去学师父这个窍门呢？他还是不愿意当面求教。他找师娘去了。他甜言蜜语地向师娘讨好，向师娘献小殷勤。他要求师娘去问师父，还要求师娘替他瞒住，不要露出口风是他要她问的。师娘说，问是可以问的，只是，她不懂这些手艺上的事情，就是师父说了，她也不能再原原本本地说得出来。赵巧儿就要师娘把他关在柜子里，然后再把师父拉到柜子跟前来套他的话。师娘依了他的，他也就这样偷到了这个窍门。这只是他偷手艺的办法之一。把窍门找着了，他连夜动手改他的木头狗，做到天亮，他的狗也活起来了。

这条狗比鲁班那条要大得多，见了面就打架，三下两下，把鲁班那条狗按在地上，咬了个半死，又衔起来在地上摔。鲁班听见狗打架，跑来看，他的狗已经摔得稀烂，成了一堆木渣了。

描写赵巧儿耍小聪明的故事很多，这里不去一一说它。这里要说的是，尽管赵巧儿聪明，但他不把他的聪明用到正路上。

鲁班不光是一个木匠，还是一个石匠。鲁班有一个古怪的墨斗，拉伸墨线一弹，石头就齐墨线裂开，整整齐齐，就象切糕一般。鲁班还有一个赶石头的办法，把石头弹开了，手一挥，就象我们赶猪一般，让石头随他的意思走。就这样，鲁班到处为人们铺路，修桥，造房子。

有一回，鲁班看见一座石岩的石头质料很好，岩又大，有几十丈高，几十里长，就想把它雕刻成为一件艺术品。他对赵巧儿说，他要抽空，拿一个晚上，把它雕成一个千佛岩，上面要雕一千个小佛像、三十个大佛像。赵巧儿不相信，说这是办不到的。鲁班说，不光是他办得到，等赵巧儿精通技艺的时候也办得到。赵巧儿问鲁班，按他现在的技艺，他一晚上能雕多少？鲁班说，加点劲儿，可以雕两个大佛像。这么一说，赵巧儿觉得鲁班太看不起他的技艺了，他就向鲁班说，如果师父一晚上能雕个千佛岩，他可以和师父竞赛，他一晚上可以雕三个大佛像。

后来他们就竞赛了。那是一个月白风清的夜晚。他们确定的是以鸡叫为限。

　　赵巧儿雕了半夜，只雕了一个，眼看自己要失败了，他不加紧自己的工作，倒跑去看鲁班进行得怎么样了，想从中捣乱，也造成鲁班的失败。一看呀，鲁班的技艺的确又快又好，一千个小佛像完全成功了，三十个大佛像也完成了一半！你看这赵巧儿打了个什么主意？他伸手一摸，把那一千个小佛像的脑袋全摸掉了，然后，他又趴在山上学鸡叫。鲁班以为真正的鸡叫了，应该遵守竞赛的信用，就歇手不做，睡觉去了。赵巧儿又急忙赶回去做自己的。因为跑来跑去耽误了，下半夜，他也只能再雕半个大佛像。

　　鲁班醒了之后，好好地责备了他一顿。他如果真正受到教育也就好了。

　　当时，除了鲁班和赵巧儿，还没有别的石匠，鲁班也还没有收别的徒弟，所以他们忙得很。不管天晴下雨，他都带着赵巧儿在山上工作。从大块的岩石里，用墨线弹成一些石板或者石条石块，然后再把它们赶到需要的地方去，铺起来，砌起来，按他们的心意修建。一条百来里的石板路，或者一座城墙，要费他们一天一夜的工夫。一座石桥，最低限度也要花费一个整天——半天开石头，半天赶石头和砌石头。当然，从我们手工石匠看来，这是快得不得了啦，但是，从人们的需要来说，这还是太慢了。你想，要把所有的道路都铺上石板，要把所有的河流上都修上桥，要把所有的城墙修好，还有，例如每一家人都要有一座石头房子，那要多少石头，多少开石头、赶石头、铺石头、砌石头的时间呵！

　　一天，天气很热，鲁班和赵巧儿在一个高山顶上开石头，太阳把墨斗晒干了，他叫赵巧儿拿起墨斗到山下的河里头去灌水。赵巧儿走到半山，自个儿又埋怨起来了。他说他这个师父太蠢了，这么大热天也不晓得休息。你这个老牛筋不怕累，也不想想人家是年轻人。再做得多些，又有什么好处？修那么多石板路、那么多桥，怕就只有你和我才走它呢！越想，他越觉得师父愚蠢。又想，这么高的山，一上一下，怕很有好几里，单单去灌这么一墨斗水，也不想想这是多么累人呵。想来想去，他的巧主意又来了。

182

他说，我何不如给他屙一泡尿进去呢？只要把墨线打得湿就行了。我还可以抽个空，找个荫凉地方睡他一个觉，就说我是拿河水灌的，他又哪里晓得。

可惜，他不晓得，这么一来，那墨斗的墨线从此就只能弹出一条黑线，再也弹不开石头了。等他睡了一个时辰，回去把墨斗交给鲁班，鲁班一试，看见糟了，只好叹了一口气，对他说：

"你以为你巧，这一下，你才笨得多嘞！从此以后，我们要用钻子和铁锤才把石头奈得何了！"

工作比以前要吃重得多，进展要慢得多了。过去，石头在他们手里象豆腐，现在，两只臂膀累得又酸又麻，双手磨出血泡，又磨成茧巴，浑身大汗出了一阵又一阵，还开不出一块象样的石板来。鲁班晓得现在只有经过这么艰苦的劳动才能开得出石头来，所以，再不言语，再不叹气，只埋着头打石头。他的心思只是用到怎么快些和怎么得力些上头去。他一面工作，一面还要教赵巧儿。赵巧儿现在完全吃到他的小聪明所给的苦头了。一天到晚，他都在唉声叹气，埋怨这样，埋怨那样，对于他自己的弄巧成拙，倒一字不提。

终于到了这么一天，他又耍起他的小聪明来了。鲁班赶石头的办法，他是晓得的。他想，把这些该死的石头都一齐赶到东洋大海，再找不到一块石头打，师父也就不会再带起他打石头了，打石头这门该死的活路也就完蛋了。他以为他这个办法最彻底，也最好办。晚上，等到鲁班睡了，他就爬起来赶石头。他只有一个人，不能把普天下的石头都一齐赶走，他只能赶他看得见的石头，所以，只能赶那么一股。他说，赶一股就算一股，多赶几趟也就行了。还有，今天晚上赶不完，明天晚上再赶，总有一天，要赶得干干净净。

鲁班正在睡觉，听见石头走路，爬起来看，一大股石头都叫他赶到夔府以下去了。这是一件大祸事，天下没有石头，这简直等于人身上没有骨头。这还了得！他连忙把石头停住。——据说，这就是现在夔府以下宜昌以上尽是石头山，然而有些地方却连一块大点的石头都没有的原因。

赵巧儿就是这么样一个不成器的家伙，一辈子干的尽是些弄巧成拙的把戏，到后来，还因为耍弄小聪明把自己的命都丢了。——这就要说到他送灯台进龙宫的故事了。

有一条很宽很深的河。人要过河，非坐船不可。龙王在这里勒索老百姓，你不给它烧香磕头，不给它冷猪头肉吃，它就兴风作浪，让你翻船。鲁班想在这里修一座大石桥。有了大石桥，龙王再有威风也使不出来，那风浪也不起作用了。他仔细看了地势，算计了算计，就带起赵巧儿到山上去打石头。

这是一座特别大的石桥，要用很多很多的石头。鲁班和赵巧儿一连在山上打了三个月，才把石头打好。

鲁班和赵巧儿把石头赶到河边来，要动手修了，鲁班又才发现要修这座桥还有困难。这困难就是龙王捣乱：水冲激得太厉害，动荡得太厉害。野性的水会把下水的石头冲走。龙王非常不乐意人家在这儿修桥。

赵巧儿问鲁班怎么办，鲁班说，他有个灯台，只消把它点燃，拿到龙王的水晶宫里，龙王看见灯，就会规规矩矩，水就稳了，他就可以下石头修桥了。赵巧儿听说，觉得很好玩，要求鲁班派他去。鲁班答应派他去。

鲁班拿出了灯台来。这灯台，是木头砍的，很粗糙，模样很难看。鲁班拿出油罐倾了一灯盏油，再拿一根灯草穿在一个铜钱里，放进灯盏，用火点燃，又对赵巧儿说：

"我晓得你的脾气，爱耍点小聪明。这一回倒不是好耍的呀！你拿起这个灯台往水里走，那水就会分开，只要灯不熄，那水就合不拢来。到了水晶宫，龙王见了灯台，它一定欢迎你，你给它说，我要修桥，叫它规矩点，它也会规矩听话。桥一修好，我会放鞭炮的，听见鞭炮响，你再拿起灯台回来。"

说一句，赵巧儿应一声。说完了，鲁班把灯吹熄，叫他好好休息一会儿，他自己还要去预备鞭炮，等他回来，他再走。

鲁班走了，赵巧儿再拿起灯台来看了看，就说，这灯台并不难做，他做起来准定比它还要好看些。他也不休息了，拿起斧头来砍灯台。他砍了一个灯台，比起鲁班这个灯台来，果然要漂亮得多。他不愿意让鲁班看见，又来东指点西指点，于是顺手把它揣在怀里。

鲁班拿起鞭炮回来，看见地上的木渣，以为赵巧儿又是做了什么小玩具来，也没有问他——赵巧儿总是爱在休息的时候做些小玩具来玩，如象木头砍的小鸟呀，石头雕的小狮子呀，玩一阵也随手丢了。——把灯点燃，对赵巧儿说：

"你就去吧，看见水稳了，我就晓得你到了水晶宫了，我就动手。"

接着他又把已经叮咛过的再叮咛一番。

赵巧儿答应了一声：

"是，我都记得了！"

他端着灯台往水边走。到了水边，据说，水让开了。灯光照多远，水就让多远。他一直向河底走去。他走远了，这边，灯光照不到了，水又合了拢来。他回头一看，水合拢来了，他也不怕，因为手里的灯明晃晃地燃着，他周围都没有水。他也不管水晶宫在哪里，只是朝低处走。走了一阵，他觉得已经到了很深的水底下了。尽管他周围没有水，他听见他头上以及他前后左右，水在忿怒地吼着，象要把他所在的这一个没有水的空间翻过来似的。他还是不怕，还是往低处走。走来走来，据说，他真的到了水晶宫了。

龙王果然来迎接他，把他恭恭敬敬地迎进水晶宫里。他照鲁班说的，对龙王说：

"鲁班师父要修桥，叫你规矩点。"

龙王"唔唔"地答应了。那在他头上，在他前后左右吼着的水声突然停止了。龙王眼睁睁地看着他手里的灯台，非常恭敬地请他朝上坐了，又用非常恭敬的口吻向他说起鲁班师父。接着龙王的话，他用夸张的语句谈起鲁班师父，用更夸张的语句谈到他自己。据说，他吹牛吹得这样漂亮，龙王完全被他哄住了。

他看见龙王怕灯台，便拿出了自己的灯台，想把它点起来，让龙王更加害怕他一些。他这个从来不认真学只是在一边偷手艺的家伙，以为他这个灯台是一定比鲁班那个还要好的，顺手就把鲁班灯台里的油倒进他自己做的这个灯台里来，把灯草和镇住它的铜钱也移了过来。油，马上干了——他这个灯台是漏油的。突然，灯熄了。

龙王把他摔出了水晶宫。

水又照样地吼起来，冲激起来，动荡起来。鲁班晓得赵巧儿又坏了他的事了。

两颗西瓜子

据说，很早很早以前，有这么两弟兄：哥哥自己占了大瓦房和最好的田土，只分给了弟弟最坏的一点点田土和两间茅草房。

春天，燕子来了。一对燕子飞来飞去地找地方搭窝。燕子先飞到哥哥的大瓦房，哥哥把门关上，对燕子说：

"不要在我这里搭窝，要搭，找我弟弟的茅草房搭去，在我这里搭窝，我会给你拆了。"

燕子飞到弟弟的茅草房，弟弟把门打开，对燕子说：

"你们愿意在我这里搭窝，你们就搭吧。"

燕子在弟弟的茅草房的屋檐下搭了一个窝。一对燕子在茅草房的屋檐下飞来飞去。不久，在这个燕子窝里就有了一群小燕子。小燕子的毛衣长齐全了，该出窝了，两个大燕子就带着他们学飞。有一个顶小的燕子，比它的哥哥和姐姐们都勇敢，争着学飞，只飞了几尺远，"普塔"一声，落到了地上。它的腿摔断了，飞不起来了。大燕子没有办法了，飞来飞去地啼哭。小燕子的哥哥和姐姐们也没有办法，挤在一起，为它们摔在地上起不来的弟弟啼哭。小燕子在地上呻唤，挣扎。

弟弟听见燕子们叫得很特别，猜想它们出了什么事，跑来看。他把小燕子捧到手里，反反复复地看了，说：

"不要紧，我给你治好。"

他用根小棍绑在它断了的那只腿上，替它把骨头合拢，就象一个外科医生给人上夹板一样，然后，他又拿出一个木匣匣来，里头给垫了草，把小燕子放了进去。

他对大燕子说：

"现在就把它放回你们窝里，对它的伤没有好处。你们放心吧，它哪天好，我哪天放它出来。"

过了不久，小燕子的伤养好了。弟弟果然让小燕子飞到它爸爸妈妈和哥哥姐姐们那儿去了。

春天又来了，这只摔断过腿的小燕子已经长成大燕子了，它含着一颗西瓜子，飞到弟弟面前，把西瓜子放下又飞了。弟弟认得它，就把这颗西瓜子种在自己的阶沿下。

西瓜子发了芽，长出了一根很长的藤子，藤子上开了一朵花，结了一个不大不小的美丽的西瓜。

西瓜熟了，弟弟把它摘下来，一刀砍开，里头没有瓜瓢，是一瓜的瓜子金。

哥哥看见弟弟有金子了，跑来问他从哪里得来的。弟弟把前前后后的经过告诉了他。他说，这不难，他也照样能得着金子。

当春天再来的时候，他把门打开，眼巴巴地等燕子来。燕子来了，他对燕子说：

"请进去搭窝吧，我这里是大瓦房，比我弟弟的茅草房要舒服得多。"

燕子在他那大瓦房的屋梁上搭了一个窝。一对燕子在大瓦房的屋梁上飞来飞去。不久，在那个窝里就有了一群小燕子。他天天守着，等他们出窝。削好了小棍，准备好了木匣匣。小燕子的毛衣长齐全了，该出窝了，大燕子也带着他们学飞。大燕子耐心地教，小燕子耐心地学，一个一个都会飞了，一个一个都不往下落。哥哥看见没有一个落下来的，就拿起扫帚扑它们。扑落了一个——这一个，也恰恰摔断了腿，在地上呻唤，挣扎，要飞，飞不起来。大燕子没有办法了，飞来飞去地啼哭。小燕子的兄弟姐妹们也没有办法，挤在一起，为它们遭逢不幸的兄弟啼哭。

他把小燕子捡起来，捧在手里，对小燕子说：

"不要紧，我给你治好。"

他把那根早就准备好了的小棍取出来，绑在它断了的那只腿上，替它把骨头合拢，也象一个外科医生给人上夹板一样，然后，他又拿那个早就准备好了的非常精致的描金木匣匣来，里面早就垫上了棉花，把小燕子放了进去。

他也照样对大燕子说：

"现在就把它放回你们窝里，对它的伤没有好处。你们放心吧，它哪天好，我哪天放它出来。"

过了不久，小燕子的伤好了。他把小燕子从木匣匣里取出来，他对它说：

"你要记着啊，我住的是大瓦房，我弟弟住的是茅草房，不要认错了呵！"

他让小燕子飞到它爸爸妈妈和兄弟姐妹们那儿去了。

他认为自己的一切手续都是做得非常周到的。

春天又来了，这只摔断过腿的小燕子已经长成大燕子了，它也含着一颗西瓜子，飞到他面前，把西瓜子放下又飞了。他非常高兴，说：

"这才是知恩不忘报嘛！"

他也把西瓜子种在自己的阶沿下。

西瓜子发芽了，长出了一根很长的藤子，藤子上开了一朵花，结了一个很大很大的美丽的西瓜。

他非常高兴，天天守着它，等它成熟。

瓜熟了，长得又大又重。一家人都来抬西瓜。把西瓜抬到堂屋里大方桌上了，他一刀砍去。瓜里没有瓜瓤，也没有金子，只有一个白胡子老汉。

白胡子老汉说：

"你既然抱着一副坏心肠来做'好事'，骗人家报恩，人家是应该忘掉你的'恩'，光报你的仇的。"

说完，白胡子老汉不见了，一朵火飞到屋梁上，大瓦房燃起来了。

臭牡丹

据说，以前有两姊妹，是一胎生的，长得一模一样，——如果她们把衣服交换穿了，外人或者就是一个见面不久的人吧，就会分不出谁是姊姊，谁是妹妹。她们都长得很美丽，站在一起，就象两朵花。她们都很灵巧，挑花绣朵，绩麻纺纱，织布裁衣，烧茶煮饭，没有一样能考得着她们。

故事是发生在两姊妹出嫁以后。

姊姊嫁到了有钱人家，女婿是个游手好闲的子弟。妹妹嫁到了做庄稼的人家，女婿是个勤快的青年。

本来就装腔作势的姊姊，这下子认为自己是世上的贵人，是生来享福的，是比别人要高一等的人。至于妹妹呢，这个原先和她一胎生，一起长大，又和她长得一模一样的妹妹，因为嫁的人家不象她嫁的那家那么有钱，既然穷一些，那在她看来，就要下贱得多了。本来她就是嫌贫爱富，爱在穷人面前摆架子的，见了妹妹，她认为特别要显出她们的区别来，那架子也就摆得更大了。和妹妹说话，她都要微微把头昂起，眼睛望着天，故意装起好象不屑于和她说话的样子。既然要摆架子，也就不能谈知心话；既然不谈知心话，也就没有那么多闲话给她认为的这个没出息的货好啰嗦的了，一定要说几句，那也一定要伤着点这个没出息的货的脸皮和心才好点。

如果妹妹忘记了身份和她说话了，就象出嫁以前那样和她说话的话，她就要大发脾气，教训她不晓得礼节。吃饭的时候，她是绝对不容许妹妹和她同桌的。

但是，事情变化的结果，却给这个姊姊开了一个大玩笑。突然，不知什么原因，姊姊的那个有钱人家一下子倾家荡产了，她的那个女婿也一下子病死了。她变成了一个孤苦伶仃的乞丐，住到一个冷庙子里去了。她气坏了，坐在冷庙子里骂了那个不长眼睛的老天爷，又骂那些和她倾家荡产有关的一切。原先她还只是看不起她妹妹，讨厌她妹妹的，这时候，她倒恨起她妹妹来了。恨她还是那样照常地过日子，没有马上倾家荡产。她认为她都这样了，她妹妹还应该比她更惨一些才公道。至于去求妹妹的帮助么，她觉得，她放不下那个架子。

她妹妹听见她遭到了这样的变故，可怜她，为她惋惜，为她痛苦，认为不帮助她是自己当妹妹的人的不对。姊姊过去对待她的一切，她全把它忘了似的原谅了她。于是她犯了一个她再也失悔不转来的错误，她看她姊姊去了。就在冷庙子里，她找到了她。

姊姊假装认不得妹妹，故意把脑袋车转过去不看她。妹妹喊她了，把她抱在怀里哭啼，安慰她，而且告诉她说，要把她接到她家里去。她详详细细地说她女婿和她怎样好，怎样一个心眼，怎样和她一样同情这个姊姊。

姊姊完全相信妹妹的话是真的。妹妹是个老实人，从来都不扯谎的那股劲儿，感情又那么真诚，她不能不信。她懊悔了，——早晓得这样子，她还不如嫁给妹妹那一家嘞，叫妹妹嫁给她这一家来倒她这个霉好了。妹妹的话都没有说完，她已经打了一个极坏极毒的主意。等妹妹的话一说完，她倒在妹妹的怀里痛哭，说她怎样没有脸见她，以前她多么愚蠢，认不得她是一个大贤大德的人。妹妹也更加感动了。两姊妹哭一阵，说一阵，又哭一阵。当到妹妹催她起身跟她走的时候，她就说，她要去收拾一下她的东西，叫妹妹等她。你听她说得多好听呵！

"我是经过患难的人了，再破烂再不值钱，究竟有用的总比无用的好呵！到了你家，你的家还不是就成了我的家了，多花费一个钱，你不心疼，我也心疼嘞！"

妹妹要帮她去拿，她说，她一个人就拿得了。她到后面一间空房子里去了，说是她的东西放在那里。

进了空房子，"砰"的一声石头响，她在里头"哎哟"了一声。妹妹以为她出了什么事了，赶忙跑去看。妹妹一进门，冷不防，一块石头向她头上打来，她倒在地上了。姊姊赶快摘她头上的首饰，脱她身上的衣服。把该摘的摘完，该脱的脱光，然后把她拖到庙后头，推到古井里。

她把妹妹戴的戴起来，把妹妹穿的穿起来，大大方方地出了冷庙子，到她妹妹家里去。

这样，她把妹妹害死，要全部占有她妹妹的一切。

妹妹家的人果然把她当成了她妹妹，问她：

"怎么没有把你姊姊带回来？"

她这样答复他们：

"到处找都找不到，不晓得她跑到哪里去死去了。"

她妹夫也以为她就是他妻子，也对她说：

"你该多打听打听，找到她才好。"

她这样答复他：

"她长着两只脚，哪个晓得她会朝哪里走；找不到，也就只有心到神知了。"

大家都疑惑：怎么她的心变硬了？要是原先么，没有找着她受苦受难的姊姊，她该头都抬不起来，说话都没有气力，一说，眼泪花就滚出来了。走的时候，她那么哭了又说，说了又哭，为她受苦受难的姊姊焦心嘞！

她也看出大家的疑心了，就说：

"哪个晓得她那么无情无义嘞！她自己倒了霉，还在咒人家！她跟人家说，她唯愿我们也跟她一样才好，在咒我们雷打火烧，一家死绝嘞！所以，我说，我这条好心算是冤枉的啰。她都无情，我还讲什么义，算啰，算啰！"

扯谎扯得圆，把他们都哄过去了。只是她妹夫倒越来越觉得奇怪。

尽管她两姊妹外表上怎么相象，实质上无论如何都不是一个人。姊姊的性格和妹妹的就完全不同。姊姊狡猾，妹妹忠实。姊姊冷酷，妹妹热情。姊姊凶恶，妹妹善良。姊姊粗暴，妹妹温柔。她们说话的语气不同，她们动作的姿势不同，笑的样子是两样，哭的样子也是两样。在最熟悉最亲近的人面前，性格上的特征比面貌上的特征还更重要。随便她怎么解释，他总觉得不对头。如果他过去的妻子是仙女，那么现在这个却是魔鬼。尽管她怎么讨好他，向他献殷勤，他总觉得感情上融洽不过来。她说的好话已经难听了，她还说一些他妻子从来不说的恶言恶语。家庭间，人的关系也突然变坏了，谁都觉得不象过去，难以和她相处了。她又不象他原先那个妻子那样肯做下力的事。大家叫她下力，她总是推，不是说不舒服，就是说身子不好；推不过去了，也显得那么勉强。他也把自己的疑惑向她说过，说头一回，她还东支西吾地答复他；说第二回，她就显得不乐意；说第三回，她就又吵又闹的了。从此，他只好闷在心头。

　　他以为他原来的妻子已经不存在了，现在在他面前的是个不相干的人。他和他原先的妻子的感情那么好，生活那么甜蜜，现在一去不复返了。他现在只有怀恋过去的日子了。

　　不久，一只鸟飞来了。这只鸟，说它象杜鹃不象杜鹃，说它象画眉不象画眉。这只鸟，就是那个被推在古井里头的妹妹变的。传说中这样说，它悲悲切切地叫着：

　　"姊姊心狠，姊姊心狠。"

　　飞来了，它就不飞走，不在屋前，就在屋后，飞着，叫着。

　　这个声音，他听得懂。他对它说：

　　"你说清楚点呀！"

　　它又悲悲切切地叫：

　　"我死得苦，我死得苦。"

　　眼泪从他眼里流出来，他倒在床上病倒了。请来了医生，吃什么药也不见效。她也着忙，来服侍他。他见不得她。看见了她，他就心痛。闷在心里的悲痛，太深沉了，又不能宣泄。要说眼前的这个妻子不是自己的妻子，要说自己的妻子遭到了什么意外吧，谁能相信他？他妻子不是原封原样地在他面前么？他试着向他妈说，他妈说他疯了；试着向爸爸说，爸爸说他胡思乱想。他的病越来越深沉了。他天天叫人把他扶到阶沿上来，听那只鸟的悲悲切切的叫声。

姊姊恨死了这只鸟，对它说：

"该遭瘟的，快走不走，我收拾你！"

它就这么叫着：

"对不起我，对不起我！"还是不走。

她趁他躺在床上发昏的时候，拿起弓箭，躲在它看不见的地方，比得端端地，向它一箭射去。正射着了它，它落下地来了。她这么想：如果它真是妹妹变的，我把它做成菜哄他吃了，他们的情义就断绝了。你死缠他吧，他连你的肉都要吃的。

她把它剁成了肉酱，做了一碗汤给他端去。嗅着了它的味道，他就心痛，说什么也不肯吃。

她气了，把它拿到屋后头，挖了一个很深很深的坑，把它倒了进去，还咒骂着：

"贱胚子，你死了嘛就算了嘛，还来闹得人家不安生。我给他当妻子总比你强呀！一家人都哄过去了，连他都没有什么说的了，你还要来！"

撮上土，死死地把坑填上。

过了一夜，在这个坑上，长起了一根竹子。这根竹子，很秀气，凄凄惨惨地垂着枝叶。风一吹，竹叶里悲悲切切地响出这么一个声音：

"姊姊心狠，姊姊心狠！"

隔着一堵墙，他听见了这个声音。他叫人把他扶到竹子跟前去，对竹子说：

"你说清楚点！"

风一吹，竹叶里又响出悲悲切切的声音：

"我死得苦，我死得苦！"

她在一边听见了这个声音，恨死了它，就说：

"这根竹子长在这里很讨厌，该砍了它。"

风一吹，竹叶里又这么响：

"对不起我，对不起我！"

听见了这个声音，又看见她这么说，他昏过去了。她恨得咬牙切齿，恨它死死地阻碍她继续占有她妹妹的一切。等人把他扶进去了，她拿了一把柴刀，跑去狠狠地砍倒了它。竹叶上滴下了眼泪，竹根里冒出了鲜血。

她把竹子抱到厨房里，塞进灶里烧了。她等它完全变成了灰，再把灰撮出来，倒到菜园子里去。

过了一夜，从灰里长出一株小树来。这株小树，垂着碧绿的叶子，十分好看。

他叫人扶他到菜园子里去。看着这株小树，他哭了。风一吹，在它的枝叶间又发出这么个声音来：

"姊姊心狠，姊姊心狠！"

他对它说：

"我都懂得了！"

叹一口气，他死了。

在那株小树上，开出了一朵红花。这朵花就是他变的。他们合成一个生命了。花红得好看，叶绿得好看，人们叫它牡丹花。

这个害死了妹妹，想占有妹妹的一切幸福的姊姊，也马上死了。她倒下去，变成了一株草花，花也红，但是臭得很，人们叫它臭牡丹。

没有一个喜欢臭牡丹的，见了它，就锄掉它。

王抄手打鬼

　　王抄手的抄手很有名。他担起抄手担担大街小巷转。大家都认得他，都爱吃他的抄手。

　　一天夜里，已经打三更的时候了，他还在街上卖抄手。一卖就卖到城隍庙跟前。据说，城隍庙的鬼多。无常鬼，这个喜欢抽鸦片烟的家伙，不知道梭到哪家烟馆里去过了烟瘾来，回他们城隍庙去，恰好就碰见王抄手在那儿卖抄手。十个鸦片烟鬼，九个都是馋的。一见了抄手担担，他就馋得心慌。他也没有摸摸口袋里有没有钱，就走拢去，叫给他煮一碗来。王抄手也没有仔细看他，就给他煮了一碗。他端起就吃，吃完了才想到自己原来是一个钱也没有的。他会扯谎，就向王抄手说：

　　"你等一下，我就给你拿钱来。"

　　王抄手和人们很熟。他相信人。他从不愿碍难人。他点了点头。无常鬼对直进城隍庙去了。王抄手看见他进城隍庙去了，也不怀疑，以为是庙里的和尚。鬼和和尚住在一起，所以很容易搞混，不知哪是和尚哪是鬼。王抄手等他出来给钱。

　　无常鬼去找胖官借钱。胖官问他拿钱做啥子，他就老打老实说吃了王抄手的抄手没钱给。胖官最近打麻将输了钱，也正手紧，没钱借给他，倒想吃抄手。就说：

"你找眼睛菩萨借去吧。要借就多借点。我现在就出去吃。借着了，拿出来一起给吧。"

胖官就摇摇摆摆地出庙来了。

"煮碗抄手来！多放点酸辣。"

王抄手刚把抄手丢下锅。他又说：

"多放几根豌豆尖。"

王抄手照他的话办了。他也慢条斯理地吃了，看见无常鬼还没有拿钱出来，就说：

"刚才我们有个伙计也吃了你一碗没有给钱。他拿钱去了。等会儿一起给你。"

但是，左等不来，右等不来，等来等去，眼睛菩萨倒揉着眼睛出来了。原来，眼睛菩萨也没有现钱。他的钱都拿去买眼药去了。他的眼睛总没有一天好过。他叫无常鬼找尖屁股鬼借钱去了。他叫胖官：

"你给我挡着亮。我这个眼睛又恼火了。他拿钱去了。给我也煮一碗来。不要放辣椒呀！吃了辣椒上火。"

王抄手煮给他吃了。无常鬼还是没有来。于是胖官就说：

"怎么搞的，还不来！我这个伙计的眼睛见不得亮，我先引他进去。你再等一会儿。"

王抄手是最豁达的。不要说三碗抄手，就是十碗八碗，管你面生面熟，他也肯赊。

尖屁股鬼也没有钱借给无常鬼的。他比哪个都好吃，所有的钱都拿去修五脏庙了。无常鬼一说起抄手，又引动了他的馋火。无常鬼一转背，他也溜出去吃抄手去了。

无常鬼、胖官、眼睛菩萨都聚到一起了，商量到哪里搞钱来付抄手账。商量过来，商量过去，什么法子也没有。如果不是半夜三更，他们是不愁没有办法的，——怪得人家肚皮痛呀，让人家丢了东西呀，这些手段总会使得人家来烧钱化纸。但是，现在怎么办呢？他们的声音越来越大，终于把城隍菩萨也惊动了。

城隍菩萨把他们叫来问，听说是吃了王抄手的抄手找不着钱给他，他也想吃抄手了。就说：

"你们哪个去给我端一碗进来。看了半夜公文，我肚里有些饿了。"

恰好尖屁股鬼吃了抄手进来，大家就叫他去端。尖屁股鬼嘴上麻利，不要说赊两回三回，就是赊百回，他也有的是办法。恰好又碰见王抄手这个大方人。尖屁股鬼马上就给城隍菩萨端来了。

城隍菩萨吃了，把碗一放，说：

"你们想办法去吧，我要看公文了！"

谁也拿不出钱来。大家想来想去，就说：

"世上只有人怕鬼的，哪里见过鬼怕人？"

于是大家露出鬼脸，刮起一股阴风，向王抄手扑去。王抄手一见，担起担担就走。他们还不肯就放，一直追下去。王抄手跑得急了，没顾着脚下，一跤摔了下去，抄手担担翻倒在地上了，汤锅打破了，碗盏打破了，担担的架子也粉碎了。可怜他，连收拾都来不及仔细收拾，——这些鬼还是紧追着他。

王抄手到家，算是得到了安全。他把前前后后的经过，想了一想，才发觉吃抄手的这几个家伙，不光是在庙前庙后没有见过，就是全城他也没有见过，倒有点象庙里塑的那些站在城隍菩萨两边的。这样，他才晓得他上当了。——人家白吃了他的，末了还耍流氓手段。

他也不是一个傻瓜，他知道他该怎么收拾这些流氓。

第二天，他拣出另外一套家具，不声不响地照样卖他的抄手。到了半下午，不卖抄手了，动手收拾昨晚上摔坏的这一堆破烂，拿绳子把担担架子捆好，把烂锅烂碗补起来。然后，他又拿大粪做馅子包了五碗抄手。看见天色还早，他又挑起新家具出去卖了一阵。挨到三更，他把那套烂家具和准备好的五碗抄手一直担到城隍庙跟前，昨天晚上撞鬼的地方，长声吆吆地喊着：

"抄手！抄手！"

首先听见的是尖屁股鬼。想到昨天晚上吃的抄手，他又馋得喉咙里都伸出爪爪来了。他喊无常鬼：

"无二哥，王抄手又来啰。走吧，吃抄手去！"

"没有钱嘞！"

"怕啥子，只要我们把脸一变，他还敢问我要钱？"

无常鬼才过了瘾不久，嘴里嫌苦，正想吃点有味道的东西。他一想，尖屁股鬼的话有道理，就和他一块儿去了。

一到，尖屁股鬼就喊：

"两碗抄手，多加酸辣！"

王抄手一看，正是昨天晚上的家伙来了，就高高兴兴地给他们煮了两碗抄手。

他们两个，一个一碗，端起来就吃。尖屁股鬼是个害了馋痨的人，也不管什么味道了，就一股劲儿往下吞。无常鬼却觉得味道很不正派，就说：

"咦，这是啥子味道啊？"

尖屁股鬼边吃边说：

"啥子味道！趁热好吃啊！"

"臭！"

"唔，是有些臭！"尖屁股鬼搭搭嘴唇也说。

"今天挑粪挑的走这里过，"王抄手这样说，"洒了一点在地下。"

说着，尖屁股鬼早都吃完了，眼睁睁地看着无常鬼一边说臭一边尽管吃。无常鬼吃完最后一口，刚要说什么，哇的一声，翻肠倒肚地吐起来。一股臭气从自己喉咙管里冲上来，尖屁股鬼也觉得不妙了，突然发恶心了，支持不住，也翻肠倒肚地吐起来。

"我看你们都伤风了，快回去躺躺，躺一会儿就会好的！"王抄手笑嘻嘻地说。

他们也没了主意，只好互相搀扶着，往庙里走。顶头他们碰见了胖官和眼睛菩萨，知道他们也是出去吃抄手的，也无精神搭理他们，一直往大殿上走。走到大殿，就倒在他们各人的位子上呻唤。呻唤了一阵，他们又吐。

城隍菩萨被他们惊动了，问：

"怎么你两个都病了？"又说：

"怎么搞的？哪个半夜洗厕所？臭到这里来了！"

尖屁股鬼一边揉着肚皮一边说了吃抄手的怪事，说王抄手整人。城隍菩萨不信，说：

"昨天晚上都吃了来的。那么好吃，你还说它臭！你这二恍恍的脾气呀，看哪天才改得了！无常鬼，你说嘞？"

无常鬼说的和尖屁股鬼说的一样。城隍菩萨还是不信。这无常鬼和尖屁股鬼的话也的确难以叫他相信。王抄手的抄手那样好吃，隔了一天想起来都还叫人流清口水。这两个家伙又是扯谎大王。每回出差，哪个出的钱多，他们就说哪个的好话。城隍菩萨摸得清他们的根根底底。不光是不信，他倒想吃抄手了。他说：

"我看是王抄手没有买你们的账，你们才来坏人家。——去，给我端一碗来，我亲自尝一尝。"

没有办法，尖屁股鬼只得答应一声"是"，摸着墙站起来，一只手按着肚皮，一拐一拐地去端抄手。城隍菩萨又补说几句：

"看有人在吃抄手没有。都给我叫回来。吃一碗就够了嘛。"

走到庙门口，看见胖官和眼睛菩萨正在那里吐嘞！胖官愁眉苦脸地看着他说：

"尖老幺，你还要吃啊？"

"我倒想吃嘞，"尖屁股鬼也是愁眉苦脸的，"快些回去吧。"他回头招呼了王抄手："再煮一碗，免红。"又对胖官说："快回去吧，里头在喊嘞。"

胖官和眼睛菩萨也互相搀扶着，一路呻唤着走了。尖屁股鬼等王抄手煮好了抄手，一只手端着碗，一只手捏着筷子按着肚皮，一拐一拐地拐进庙去。

大殿上更臭了，胖官和眼睛菩萨，还有那个无常鬼，都还在吐，城隍菩萨正在骂人：

"明天叫厕所都给我搬出五里以外去！"

尖屁股鬼不声不响地把抄手端上去，城隍菩萨伸手接了，还说：

"我看城隍庙今天遭瘟了！东倒一个，西倒一个，象什么样子！"

说着，他就吃。他也觉着不怎么对劲儿。他想，自己刚才还训了人家一顿，说人家恍些忽些，现在怎么好改口跟着人家说呢？只好硬着头皮吃下去。但是，越吃越吃不下去。边硬吃边想：该怎么下台呢？突然，忍不住，他也翻肠倒肚地吐起来。这是不好受的：肚子里头又难过，脸面上又过不去。这个该死的王抄手！吐了一阵，他大喊大叫：

"快给我抓王抄手来！"

一个一个挣扎起来，挨到门外，哪里还有王抄手？王抄手早回家去了。一个一个也无精神去赶，城隍菩萨又"草包""草包"地骂了他们一阵，最后，他命令胖官负责，明天晚上一定要把王抄手抓来。

墙有缝，壁有耳。城隍菩萨的命令，叫那十处打锣九处在的土地老汉知道了。这个土地老汉本来是城隍菩萨那一党子的，不过，他是爱吃王抄手的抄手的，想趁此敲一敲王抄手的竹杠。连夜，他找王抄手去了。找着王抄手，他说：

"王抄手啊，你的祸事到了！"

"什么祸事？"

"这场祸事，只有我晓得。"他不肯就这样说出来。

"究竟什么祸事呀？"

"先煮碗抄手来吧！"他只得直接提出他的条件来了。

王抄手煮碗抄手给他吃了，他说：

"城隍菩萨下了命令了，明天晚上，胖官来抓你。"

送走土地老汉，王抄手放倒头睡了。

他照常卖抄手。

到了下午，他取下一扇门板来，拿出几十颗三寸长的门斗钉，往门板上钉。钉子长，门板薄，钉子尖尖露出去两寸长。他把门板翻转来，放在两根板凳上，又拿纸来把钉子尖尖盖着。在门板侧边，他摆了一把小椅子。

什么都收拾好了，他关起门来等胖官。

天黑不久，胖官来了。他在门外喊：

"王抄手！王抄手！"

王抄手不开门，问：

"哪一个？"

"是我——胖官。"

王抄手装做不晓得，又问：

"做什么？"

"开门来吧！"

王抄手把门打开了。

"是不是要吃抄手？——请椅子上坐吧！"

胖官太胖了，小椅子太小了。胖官坐不下去，看见侧边搭在两根板凳上的门板，就指着门板说：

"那里宽生些，我坐那里算了。"

"你看哪里方便，就坐哪里吧。"

胖官往门板上坐。王抄手顺着他那股劲儿就给他一推，胖官睡在门板上了，钉子钉在他背上了。胖官喊了一声：

"唉哟！"

王抄手还怕钉得不深，把他按住。看到钉子都钉进去了，他才放手。胖官"呵嗬"连天地站起来，门板就背在他背上。王抄手从门背后拿出棒棒来，打他的脑壳，打一棒，说一句：

"你以为我不晓得！"

胖官边跑边呻唤，背着门板回城隍庙去了。

城隍菩萨问他抓来的王抄手在哪里，他说：

"还说抓他！他厉害嘞，不是跑得快，我都叫他打死了！哎哟，哪个帮忙，给我把门板取下来！"

城隍菩萨说他笨，不准给他取下来，又叫人把他按倒，打了一顿板子，把他丢进监狱里去了。

　　城隍菩萨命令眼睛菩萨明天晚上去抓王抄手。

　　土地老汉又找王抄手去了。

　　"王抄手啊，你的祸事又到了。"

　　"什么祸事？"

　　"这场祸事，只有我晓得。"

　　"究竟什么祸事呀？"

　　"你先给我煮碗抄手来吧！"

　　王抄手煮碗抄手给他吃了，他摸了摸白胡子，说：

　　"城隍菩萨下命令了，明天晚上，眼睛菩萨要来抓你。"

　　送走土地老汉，王抄手放倒头睡了。

　　天亮，他照常卖他的抄手。

　　天黑，他把一碗辣椒面放在柜子里，把灯点得亮亮的，关起门等眼睛菩萨。

　　一会儿，眼睛菩萨来了，站在门外喊：

　　"王抄手！王抄手！"

　　"哪一个？"

　　"是我——眼睛菩萨。"

　　"做什么？"

　　"开门来呀！"

　　眼睛菩萨，就是因为一年到头害眼才叫眼睛菩萨。凡是厉害的眼病都找上了他，这种病好了，又害了那种病。害眼病的人最怕见灯光。王抄手把门一开，他就喊：

　　"快把灯背住！快把灯背住！"

　　王抄手说："怕什么？"

　　"我见不得亮。"

"没有亮，打黑摸么？"

"我就是喜欢打黑摸。"

"那才受罪嘞！"

"你不晓得害眼病的人的痛苦。"

"你不是眼睛菩萨吗？人家还求你保佑眼睛好嘞！"

"快不要说起，说得脱的话，哪个舅子才当眼睛菩萨！尽说，快把灯背住！"

"你也不找个眼科医生看看。"

"找过，就是医不好。"

"那你没有找到好医生。"

"我看也没有好医生了。西医、中医，内科、外科、五官科、小儿科、骨科、妇科，我都找过，就连草药医生，我也没有遗漏一个，就是没有一个好医生。"

"我看你是乱跳坛。乱找，那还医得好！"

"那你给我举荐一个好医生看。"

"我也不能举荐哪个。我倒有一个药方，——是祖传的。"

"灵不灵验？"

"那还消说。"

"是些什么药？你给我说说看。"

王抄手故意把身子一闪，灯光又照着眼睛菩萨了。

"请你背住点——"他又问药方。

王抄手不理他，却说：

"我倒配得有一服现成的。"

"给我试试看。"

"不行。"

"我给你药钱嘛！"

"我这个药一点上去就好，——给你医好了，你好抓我啊？"

眼睛菩萨心想，这家伙厉害嘞，他怎么晓得我要抓他？好吧，不晓得都晓得了，就给他来个打开窗子说亮话，看他怎么办！也许他要拿药出来求人情嘞！他就这么说：

"是啊，我是来抓你的，你就跟我走！"

王抄手也懂得了他的心思，就顺口答应他：

"走就走吧！"

他就做出要走的样子。眼睛菩萨倒显出不忙走的样子来了，想了一想，说：

"把眼药带起走。"

"带眼药做什么？我又不害眼。"

"咦，把我医好了，我还可以给你讲情嘞！这点你都不明白？"

"讲什么情？到了城隍庙，还有我活的么？你们都讲人情了，那我就不撞着鬼啰！"

眼睛菩萨心想，这个人倒是不好哄的，不做得象一点不行，就说：

"我可以赌咒！"

王抄手也想了一想，就说：

"好吧，你就赌咒吧！"

"我哄了你，我的眼睛瞎。要不要得？"

"要跟我讲人情啊！"

"咒都赌了嘛！"

"好，我相信你。你等着，我拿药去。"

打开柜子，顺便摸了一摸，一只手抓了一把辣椒面，说：

"先点一点试试好不好？"

"好！"

"那你把眼睛睁大点！"

"好！"眼睛菩萨心想，怕你歪，我还是把你哄着了。

他果然把眼睛睁得大大的。王抄手一只手一把辣椒面，两手就对准他两只眼睛一按，全给灌上辣椒面。痛得眼睛菩萨喊了一声"妈呀"，王抄手就趁势一掌，把他打倒在地下。他还没有爬起来，王抄手拿起棒棒就打，打一下，说一声：

"看你眼睛瞎不瞎？你还哄人！"

眼睛菩萨赶紧往门外爬。

爬回城隍庙了，城隍菩萨看他不光是没有抓着王抄手，眼睛都整瞎了，又挨得这样惨，于是又打了他一顿板子，丢到监狱里去关起。

城隍菩萨命令尖屁股鬼明天晚上去抓王抄手。

土地老汉又找王抄手去了。

"王抄手啊，你的祸事到了。"

"又是什么祸事？"

"这场祸事，只有我晓得。"

"究竟什么祸事？"

"先煮碗抄手来。"

王抄手煮碗抄手给他吃了，他摸着白胡子说：

"城隍菩萨下了命令，明天晚上，尖屁股鬼要来抓你。"

送走土地老汉，王抄手放倒头睡了。

天亮，他照常卖他的抄手。

下午，他春了一碓窝倒干不干的糍粑，让它在碓窝里头，又插了几十颗鞋底针进去，然后再在上面贴了一层纸。碓窝旁边摆了一根板凳。天黑，他关起门，等尖屁股鬼。

等了一会儿，尖屁股鬼来了，在门外喊：

"王抄手，王抄手！"

"哪一个？"

"是我呀！"

"你是哪一个嘛？你应该有一个名字。"

"尖幺哥。"

他把门打开一看，说：

"尖屁股鬼就尖屁股鬼，跑出尖幺哥来了！请板凳上坐吧！"

尖屁股鬼，因为心奸，奸得太厉害了，于是就成了一个尖（奸与尖同音）屁股。这样，他不能坐。要坐，也只有坐碓窝。看见板凳旁边有个碓窝，还铺了纸的，干干净净，他就说：

"我不喜欢坐板凳。"

他去坐碓窝。刚一坐下去，他就"呵嗬"连天地喊叫起来了。鞋底针锥着他了。他往起立，又立不起来。倒干不稀的糍粑粘住他了。王抄手拿起棒棒就打，打一下，骂一声：

"看你再耍奸！"

他挨够了，拼死拼活地往起站。后来，他站是站起来了，只是碓窝还套在他屁股上，不要说走动，就转身都不方便。王抄手打他，他不能还手。他只有"呵嗬"连天地喊叫着往门外走。

回到城隍庙，已经半夜了，碓窝还套在他屁股上。城隍菩萨一见，懂得尖屁股鬼又吃亏了。但他并不可怜尖屁股鬼，反转打了他一顿，把他丢了监。

城隍菩萨心想，这个王抄手倒着实厉害，看来只有派无常鬼去了。一般人都以为鸦片烟灯侧边的人都是一些烂肚皮，鬼主意多，专会整人害人。城隍菩萨看重无常鬼的也就是这一点。

他于是命令无常鬼明天晚上去抓王抄手。

土地老汉找王抄手去了。

"王抄手啊，你的祸事又到了。"

"又是什么祸事？"

"这场祸事，只有我一个人晓得。"

"究竟是什么祸事？"

"先煮碗抄手来！"

王抄手煮碗抄手给他吃了。他摸着白胡子说：

"城隍菩萨下了命令，明天晚上，无常鬼要来抓你。"

送走土地老汉，王抄手放倒头睡了。

天亮，他照常卖他的抄手。

下午，他找了一个纸扎匠，给他扎了一架纸床，和真床一般大小，有帐子，有被盖，有卧单，还有鸦片烟灯、鸦片烟枪。纸床安在厕所上。

天黑，他关起门等无常鬼。

等了一会儿，无常鬼来了，在门外叫：

"王抄手！王抄手！"

"哪一个？"

"是我——无二爷。"

"哪个无二爷？"开开门来，"原来是你，请坐。"

无常鬼张开口就打了个哈欠，象烟瘾没有过足的样子。他脸上的席子印儿都还在，好象才睡了起来。

"唉呀，你来得这么早，瘾都还没有过。我给你煮碗抄手来吧。"

"不吃抄手。我晓得你的鬼名堂多。人家会上你的当，我是不会上你的当的。你马上就跟我走。"

"是你来啰，我就没有话讲啰。哪个不晓得：'有朝一日无常到，万贯家财皆成空。'我马上就跟你走。不过，我看你的瘾还没有过够，我也想抽一口提提精神，横顺我这么一走，这二两南土也不算我的了。"

"现成不现成？"

"现成。"

"我晓得你的，你莫耍鬼呵！"

"哪个说的，死都死到眉毛尖尖上了，还要耍鬼！"

说着，他打开后门，露出那架纸床来。无常鬼笑了，说：

"你这个人真有名堂，睡觉的床还没有过瘾的床好。"

"吃烟的人嘛，只图过得了瘾，哪里不好睡？"

"你这个人真有趣，跟我想法一样。"

说着，无常鬼就往纸床上躺。纸床哪里乘得起他，"扑通"一声，他落到厕所里去了。厕所很深，他又是倒栽葱落下去的，等他站起来，王抄手已经搬开纸床，拿着棒棒在手里了。他打无常鬼，打一下，说一声：

"你该过瘾了吧！"

无常鬼只得硬着头皮挨，连呻唤都不敢呻唤，呻唤，脏东西就要流进嘴里。等他爬上来的时候，他已经挨了个够，半死不活的了。

他爬回城隍庙，城隍菩萨又打了他一顿板子。他就拖着一身肮脏，给城隍菩萨丢进监狱里。

城隍菩萨觉得王抄手实在厉害得很，再派谁去也是不中用的了，就说：

"明天晚上，我亲自去抓他。"

侧边有人说："你去，他当然搞不赢你。就是怕他跑了。"

他说：

"跑，我有千里马，怕他跑到天涯海角！"

土地老汉又找王抄手去了。

"王抄手啊，这场祸事才比哪场祸事都大得多嘞！"

"什么祸事？"

"这场祸事，只有我一个人晓得。"

"究竟什么祸事？"

"这场祸事大，要煮三碗抄手给我吃了，我才给你说。"

王抄手煮三碗抄手给他吃了。他摸着白胡子说：

"明天晚上，城隍菩萨骑着他的千里马亲自来抓你。"

送走土地老汉，王抄手放倒头睡了。

天亮，他照常卖他的抄手。

天黑，他把他圈里头的老母猪赶出来，拴在门口树上，手里拿一根黄荆条子，坐在门口，等城隍菩萨。

一会儿，看见城隍菩萨骑着马来了，他就摸着猪背说：

"万里马呀万里马——"

城隍菩萨一听他说万里马，就是一惊："咦，他的是万里马，我的是千里马，我怎么追得上他！"又听见他说：

"今天一天，我骑起你跑了一万里，你连气都不出，和没有走路一样。

今天晚上，我还要骑起你走一万里，看你累不累嘞？"

城隍菩萨就想给他换马了。城隍菩萨也是他那妈个又蠢又爱占便宜的家伙。他想，把马换到了手，再抓他也不迟。就说：

"王抄手，拿我的马换你的马行不行？"

"不行，换了马，你好抓我啊？"

城隍菩萨心想，王抄手这么厉害，简直看得透人家的肠肠肚肚嘞，难怪那几个笨贼要吃亏。他认为他是比那几个笨贼要高明些，就说：

"只要你肯换，我不抓你。"

"我不信。"

"我给你赌咒。"

"哪个给你赌咒呵，我晓得你就爱赌冤枉咒。"

城隍菩萨觉得这王抄手确实厉害，就拿出他最后的一套手艺来，说：

"我哄了你，你明天喊人下我的招牌，掀我的摊子好了。"

王抄手答应他换马了。他心想：我怕你王抄手上不当，我抓都抓了你，你还能喊人下我的招牌，掀我的摊子？他跳下马来，把缰绳交给王抄手，就从树上解下老母猪，骑到它的背上去。老母猪不走，他打，老母猪还是不走，只是"唝""唝"地叫。

"王抄手，它为什么不走？"

"它是我喂家了的。它看见你穿的衣服和我穿的不一样——它认生嘞。"

他要王抄手和他换衣服穿。王抄手开初还不答应，说穿起城隍菩萨的衣服不好卖抄手，后来城隍菩萨说只换一会儿，王抄手才答应了。

他们把衣服换了。王抄手骑起城隍菩萨的千里马往城隍庙跑。到了庙门口，他喊：

"都出来，都出来！"

庙里头的鬼都出来了。这是一些有眼无珠只凭衣服认人的家伙，都把他当成了城隍菩萨。王抄手说：

"都跟我去打王抄手！"

大家一窝蜂跟着他走。等他们走拢，城隍菩萨还骑在老母猪背上。他打一下，猪"唝"一声，根本不走。城隍庙的鬼也认不得城隍菩萨了，以为他就是王抄手，一拥上前，不容分说，动手就打。

趁他们不注意，王抄手溜了，把城隍菩萨的衣服脱下来丢了。这些鬼以为把王抄手打死了，回头不见城隍菩萨，再一看，这些鬼才知道他们打死的就是城隍菩萨，一个个哭哭啼啼地号着丧，把城隍菩萨的尸首拖起回城隍庙。

王抄手还在卖他的抄手。城隍庙的菩萨和小鬼从此倒了台。

老土地大闹天宫

　　土地公公，是个眉毛胡子都白了的穷老头子，原先连拐棍都没有一根。住的房子，又窄又矮，而且还只有三面墙，一面大敞起，有些象没门窗的汽车间。吃的也很可怜，原先有人在初一、十五送他冷刀头，就这个冷刀头也只有四两猪肉，还是没有煮熟的。他是上了年纪的人，总把它啃不动，闻闻气味又让别人拿起走了。别人敬他这个冷刀头的时候，就向他提出许多条件来：要他保佑全家平安，要他保证境内不出野神野鬼，要土中生白玉，要地内出黄金，要保证他的娃娃背得书，要保证他的大儿媳妇生娃娃，还要保证土蚕不吃海椒苗苗，还要保证一年四季风调雨顺，简直人的一切可能想得出做不到的，都要他保证。他也为了这些事情一年忙到头。过年了，人们还要和他开个玩笑，在他住房两边墙上，贴上一副对联：上写"一三五七九"，下写"二四六八十"。近年来，一些人要表示自己的文明，不光是不给他冷刀头猪肉闻一闻了，而且在他的境内盖起了摩天大楼，吹弹歌舞，不亦乐乎，最后还把他的棚棚拆了，盖了一个厕所。土地公公气不过，这天就想："到天宫诉诉苦。"于是驾上一股茅草房里穷人烧饭的湿柴烟子，升天去了。

　　他是没有上过天的，天宫警卫森严，各部各院衙门又大，转了几下，他头都昏了，看见一所房子，门无比的大，又无小鬼守门，他就走了进去。这不是别处，这是原始天尊的公馆。原始天尊是在地上修成的神仙，所以认得土地。土地因为在眼睛边边过的人太多了，认不得原始天尊。土地向原始天尊打听佛爷的住处，又一五一十地说明自己的冤屈。元始天尊说："我认得你，老土地，你见不着佛爷的，因为佛爷在地上的时候，就巴不得脱离红尘，他不会记得你的样子和名字。我把我这支八宝玉如意给你吧，它对你自有好处，我就是靠着它成仙的，不要看轻了它，我靠它作敲门砖，才在天上占到这么一块地盘盖玉虚宫呢。"土地谢过了，拿起玉如意就走。走了一阵，心想走累了，要是有一根拐棍也好。说来奇怪，玉如意马上变了一根拐棍，这就是土地公公有拐棍的来历。

土地拄起拐棍往回走，走来走去迷了路，走到了南天门。他想既然来到了天上，不参观参观，岂不虚此一行？听说玉皇大帝也是在地上成仙的，他该讲点人情，于是一直向天门走去。哪知把门的四大天王拦住他说："老头儿，你还往哪里走？这是天门呀。"老土地站住把他们望了一眼，认得他们也是地上长大的，曾经替暴虐无道的纣王带起兵打闹革命的周武王，尸首就摆在陕西，灵魂在岐山封神榜前受了封，才到这里来的。因为有这么一长串经过，所以老土地还认得。但是，老土地为人忠厚，不愿当面揭底子，装做不认得，上前说道："我想参观灵霄殿。"他以为他们听声音该认得，会放他进去。谁知他们是死了以后，才改邪归正的，不会认得他，一拳头就打在老土地胸脯上，老土地差点儿跌倒，一时怒起，举起拐棍就是一下。这一拐棍不偏不歪，正打在南天门上，当时就把南天门打垮了。四大天王一见大事不好，一面呈报玉皇大帝，一面抗敌。玉皇大帝得了报告，马上调天兵元帅——李靖率领哪吒、木吒、金吒、二十八宿、三十六天罡、七十二地煞、百万大兵，进剿老土地。

老土地见了李靖大声叫道："为了自己的地位、逼死儿子的李靖，慢当些。"哪吒不等土地说完，就踏起风火轮，手挺金枪，劈面便刺，喝道："老畜生，认得八臂哪吒么？"老土地哈哈大笑道："反复无常的小子，因为轮火烧你，不是才把李靖叫做父亲么？"一拐还将上去，一来一往，

213

三五个回合，杀得哪吒汗流浃背。李靖惟恐哪吒有失，指挥兵将一拥上前，把老土地团团围住，乒乒乓乓一阵乱杀乱打。老土地在当中抡起拐棍，该招架就招架，该还手就还手，一阵性起，倒地变成了一个大得无边的果树林，树木上结着各种稀奇果品：斗大的仙桃，拳大的枣子，杏子、葡萄、香蕉、荔枝，应有尽有，颜色好看，香气迷人。三军将士一时之间馋涎三尺，立刻忘了战斗，一齐入林采食。当大家吃饱了果木，正要出林的时候，树林忽然起火。李靖大惊，急忙整理队伍，要退出树林。只见众兵将一个个弯腰驼背叫起苦来，原来果儿在肚内也起了火，烧得一个个心焦肺烂，口吐黑烟。李靖也如此这般，不能幸免。

突然霹雳一声，树林不见，老土地站在面前，哈哈大笑道："去吧，去吧！"百万天兵，肚内火虽灭了，一个个骨软筋酥，打不得仗，赶快逃进天门，四大天王仍然接住厮杀。李靖到了灵霄宝殿，报告玉皇大帝，玉皇大帝大惊，急调南极仙翁抵挡。南极仙翁引领上仙、下八仙、三山五岳、孙悟空、猪八戒、庄周等许多神仙，前去抵挡。

这些神仙，老土地有认得的，有不认得的。他向庄周说道："试妻的庄周，我还认得你，你曾经扇过坟，装过死，把妻子逼死，还把瓦盆打烂了才出家，想不到你也上天当正神来了。"举起拐棍劈面打去，庄周拔剑相迎。庄周哪是老土地的敌手，看着败了下来。众神仙见不是事，齐把宝物抛出。宝物多了，宝斗宝，一时天昏地暗，日月无光。众神仙正当手足无措之时，忽然听到老土地一声大笑，立时云散天晴，宝物一样也不见，老土地也不知哪里去了。只见当面一个美丽的大海，绿波接天，白鸥飞翔，仙舟神岛，红花辉映。众神仙是娇养惯了的，一见了海，各显神通，跳到海里，或踏波嬉戏，或乘荷叶，或作海水浴，或作一苇之航，又歌又舞，快乐得很。老土地再笑一声，忽然海水变成硬土，一个个神仙跌倒。孙悟空不服，硬要老土地再战。老土地对孙悟空说："你并不是好汉，你怕脑壳痛，才保唐僧上西天取经，一路上丢人现眼。"孙悟空说："我也大闹过天宫。大闹天宫是胡闹，我站在老前辈的立场，劝你还是皈依佛法好了。"孙悟空说罢，不等老土地回话，一棒打去，老土地急架相迎。孙悟空杀得劲起，一手把毫毛扯下来，吹口仙气，立即变成千千万万个孙悟空。老土地说："五行山下，你不是这样子。"也摇身一变，其大无比。孙悟空只觉得周身拘束，象坠入了什么陷坑里，死命挣扎，方探出头来一看，原来是被夹在老土地的汗毛孔里，赶紧驾云而去。可怜所有的小孙悟空都被夹在老土地的汗毛孔里。

众神仙败入南天门，四大天王接住厮杀。玉皇大帝接到战报，急调天上天下凶神恶煞、横死鬼、拦道神、夏桀、殷纣、秦皇、汉武、一切残兵败将，上前作殊死战。老土地见了，哈哈大笑道："你们的骨头还在我口袋里，也要来和我对敌了么？"笑声太大，一个个顿时被消灭得无影无形。

四大天王吓得不敢接战，老土地进了南天门。玉皇大帝听见战报，一面急叫太白星前去安抚，一面急遣费长房到西天问如来佛，并请援助。

如来佛睁开慧眼，仔细观察了一阵，然后对费长房说："亏你还有缩地法术，连老土地也不认得。那是老土地，我也奈何他不得。他要动起手来，连我们释迦牟尼佛的灵鹫山都保不住的。我也是土里生长的，连你们玉皇，我们大家都是从土里生长，在土地上修的道，道成我们就讨厌土地升天，你想我们还能搬倒根子不成？快不要惹他。对象我们这种从土地上生长、修仙成道、上天的菩萨神仙、妖魔鬼怪，我是有办法的，对他却是没有法子的。"

费长房急忙回来报告给玉皇大帝，玉皇大帝束手无策。老土地进了南天门，游了瑶池，上了灵霄宝殿，到处走了一遭，觉得没有趣味，叹息一声道："都是草包。"一个人又出了南天门，竟自去了。

从此以后，老土地再也不想上天去玩了。